EDITH JOYCE

riot

AMORE E LOTTA

ROMANZO

MAGAZZINI
SALANI

ISBN: 979-12-5957-302-5

Per essere informato sulle novità
del Gruppo editoriale Mauri Spagnol visita:
www.illibraio.it

www.magazzinisalani.it

Come away, O human child!
To the waters and the wild
With a faery, hand in hand,
For the world's more full of weeping than you can understand.

W.B. Yeats, *The Stolen Child*

But all the time I'm thinking
Of me little Armalite
And it's down in the Bogside is
Where I long to be
Lying in the dark with the Provo company
A comrade on me left and
Another one on me right
A clip of ammunition for me little Armalite.

The Irish Brigade, *My Little Armalite*

A noi, i ragazzi del Bogside

Prologo

Belfast, 1978

A Belfast non avevo nessuno da amare e nessuno da proteggere. C'era Orla, ma era un amore diverso: lei si sapeva proteggere benissimo da sola. La mattina studiavo, la notte sparavo contro gli inglesi. Bombe piantate sotto le auto. Fuoco aperto contro le barricate. Non ci vuole coraggio per sparare a un uomo, è sufficiente la rabbia.

Quando uccisi un soldato per la prima volta, avevo appena dato il primo esame, Letteratura inglese. Avevo ingoiato a forza libri scritti da chi voleva giustificare, e riusciva a farlo perfino in prosa o in versi, l'occupazione inglese dell'Irlanda. Ma Mr Malone era irlandese e aveva uno sguardo critico sulla questione. All'esame mi fece domande più banali di quelle che aveva riservato agli altri e prima di scrivermi il voto più alto sul libretto mi disse che aveva apprezzato i miei interventi in aula durante le lezioni. Credo sapesse che ero nell'IRA, e senza dubbio non voleva casini. Io sorrisi, infilai il libretto nella tasca della giacca e uscii. La mia borsa era quasi vuota: un libro di poesie scelte di Yeats e una Glock 17, la pistola più stupida del mondo. Quando, anni prima, mi dissero che poteva usarla anche un bambino, sapevo che non scherzavano. Mi era capitato spesso di vederla in mano a qualche bambino del Bogside. Io fino a quel giorno non avevo mai sparato a nessuno. Avevo fatto esplodere qualche colpo contro il cielo in situazioni del cazzo, ma non avevo mai puntato la pistola contro un'altra persona.

Orla mi aspettava a casa. La sua sessione era iniziata, ma non si era ancora presentata a nessun esame. La ferita era ancora aperta, e aveva scelto di prendersi cura prima del cuore e poi del resto.

Mi lasciai alle spalle la Queen's University. Il cielo aveva il colore della cenere e l'erba che cresceva ordinata attorno al campus portava con sé un buon profumo di pioggia e terra.

«Ciao Tony» dissi. «Due scones da portare via, per favore». Infilai la mano in tasca e poi lasciai le monetine sul bancone di vetro. Alla fine anche Tony Doherty era venuto a studiare a Belfast.

«Com'è andato l'esame?»

Tirai su il pollice della mano destra e gli feci l'occhiolino. Lui mi restituì un sorriso entusiasta e si voltò verso lo scaffale. Prese gli scones con la pinza di metallo e li fece scivolare in un sacchetto di carta, ne arrotolò l'estremità e me lo porse.

«Grazie».

Spinsi la porta di vetro e le campanelline tintinnarono al mio passaggio. Aveva iniziato a piovere, di nuovo, e io non vedevo l'ora di arrivare a casa, da Orla. Affrettai il passo, con il sacchetto di scones nascosto sotto la giacca e il cappuccio tirato su fino a coprirmi la fronte.

«Ti ammazzo».

La voce proveniva da Falls Road, poi seguirono delle urla. Mi nascosi dietro l'angolo per guardare la scena. Due soldati inglesi stavano perquisendo una ragazzina. L'avevo visto accadere milioni di volte: entrambe le mani contro il muro, gambe aperte, occhi chiusi e prega Dio che facciano in fretta, che non abbiano voglia di toccarti il culo o di litigare. Ma quella volta le preghiere della ragazzina dovevano essere rimaste inascoltate. L'avevano fatta cadere a terra, accanto a lei le pagine strappate di un libro. Si copriva la faccia con le braccia, i gomiti uniti a proteggere la bocca e il naso. Le avevano insegnato bene. Non ha mai smesso di intristirmi il pensiero che i ragazzini di quell'età non conoscessero le fiabe di Stephens, ma sapessero benissimo come proteggersi il corpo durante un pestaggio. I soldati la stavano prendendo a calci e quella poverina gridava come una disperata, ma le poche persone che passavano tiravano dritto guardando a terra. Uno dei soldati si allontanò, mentre l'altro infieriva ancora sul corpo della ragazzina. Le sputò addosso e cercò di tirarle via le mani dal volto.

Non volevo sparare. Era proibito farlo, in situazioni così. Ma la ragazzina era sola e somigliava a Eileen. Chiusi gli occhi per un istante. Sapevo perfettamente che mi sarei beccata un richiamo dalla mia unità se lo avessi fatto, ma non me ne importava molto. Uno di noi, per uno di loro. E di amici del Bogside che dovevano ancora vedere il loro sangue riscattato ne avevo un bel po'. Infilai la mano in borsa e tirai fuori la pistola. Mi sporsi appena. L'altro soldato ormai era lontano.

Aspettai ancora qualche istante. Dovevo essere prudente. Il soldato aveva il fucile imbracciato e io la pistola più stupida del mondo. Finalmente si girò e iniziò ad allontanarsi. Ogni secondo che passava lo faceva diventare un bersaglio più difficile. Pregai che le settimane passate sulle montagne a sparare a bottiglie di vetro, nascosta dietro le rocce, fossero servite a qualcosa.

Il proiettile colpì in pieno la nuca del soldato e quello si accasciò a terra.

Mi concessi appena il tempo di incrociare lo sguardo della ragazzina. Se avessero potuto, gli occhi le sarebbero caduti a terra. Erano sgranati, enormi, forse azzurri, proprio come quelli di Eileen. Mi aveva visto. Le sorrisi, e sperai che non avesse paura di me. Si alzò e scappò via, e io feci lo stesso, prima che l'altro soldato avesse il tempo di iniziare a cercarmi. Mi infilai nel dedalo intricato delle villette a schiera di Beechmount Drive ed entrai in casa dalla porta sul retro.

'Ho appena ammazzato un soldato'. Lanciai il sacchetto di scones sul tavolo della cucina. 'Chissà cosa cazzo direbbe Aidan, adesso'.

E chissà dov'era Cillian. Avrei avuto così tanto bisogno di parlargli.

Le mani mi tremavano, le gambe si fecero di burro, caddi a terra sulle ginocchia e vomitai.

Orla corse a tenermi una mano sulla fronte. Mi accarezzò la schiena.

«Va tutto bene, Saoirse» mi disse. «Va tutto bene».

Capitolo 1

Derry, 1964

Era quasi Natale. Ma' mi teneva per mano mentre passeggiavamo lungo Waterloo Street. L'aria profumava di cioccolata calda e cannella. Mi fermai davanti a Winston's, con le mani appoggiate sulla vetrina.

«Non sei già grande per le bambole?» mi domandò.

Era vero. Le poche bambole che avevo prendevano la polvere nell'armadio, ma Katie Kopycat non era una bambola come le altre. Era bionda, con le braccia sproporzionate, troppo lunghe rispetto al corpo. Sedeva a una scrivania, con la mano destra collegata a un pennino. Il signore del negozio si accorse della mia faccia spalmata sulla vetrina e della nuvoletta di vapore che il mio respiro lasciava sul vetro. Uscì fuori stretto nel suo cappotto, con il sigaro tra le labbra.

«Se ti metti dall'altra parte della scrivania, Katie copia quello che scrivi tu» mi disse. «Vuoi provarla?»

Staccai le mani dal vetro e mi voltai verso Ma'. Lei sospirò e mi fece cenno con la testa di seguire il signore all'interno del negozio. Lui tirò fuori con cura la bambola dalla sua scatola e la sistemò sul tavolo. Mi avvicinai con timore, ma poi iniziai a scrivere con il pennino sulla lavagnetta bianca. Katie, dall'altra parte, copiava quello che facevo io, muovendo la sua testolina bionda mentre scriveva. In quegli anni non c'erano giocattoli così, e quella bambola sembrava magica.

«Quanto viene?» chiese Ma'.

L'uomo le rispose. Non avevo ben chiaro il valore dei soldi a quell'età – non avevo nemmeno nove anni –, ma dall'espressione sul suo volto capii subito che Katie Kopycat costava tantissimo e non c'era speranza che me la comprasse.

«Puoi sempre comprare una bambola normale e mettertela vicino mentre scrivi» disse Ma'.

Sentii la gola stringersi e i miei occhi riempirsi di pianto. Deglutii con forza, serrai i pugni e annuii guardandola.

«Forse sì. Farò così».

Non facevo mai i capricci e, che io ricordi, non avevo mai chiesto a Ma' di comprarmi niente, se non quello che era essenziale per la scuola: solo quaderni e penne nere, rosse o blu. Non la supplicavo mai di comprarmi caramelle, biscotti o gelati. Quando ero bambina cercavo di risparmiare i soldi che mi regalavano i parenti a Natale, a Pasqua o al mio compleanno e arrotondavo con qualche mancia che mi davano le vecchie del Bogside quando le aiutavo a portare i sacchi di patate e farina fin dentro le loro cucine. Sebbene non fossi del tutto consapevole di quali fossero le spese che i grandi affrontavano per vivere, mi rendevo conto, guardandomi intorno, che tutti gli altri avevano una mamma e un papà, mentre io avevo solo Ma'. Lo sapevo che ogni cosa che ci capitava per lei pesava doppio, non avendo nessuno con cui dividerla. Guardai Katie Kopycat per l'ultima volta, mentre il signore del negozio la rimetteva nella sua scatola.

Quando arrivò Natale, scartai un pacco con il fiocco dorato che Ma' mi aveva fatto trovare sotto l'albero. Quando intravidi i capelli biondi di Katie Kopycat urlai di gioia. Aprii la scatola, famelica, quasi con violenza. Presi la bambola tra le mani e la strinsi al petto.

«Grazie, Ma'» le dissi. «Questo è il più bel Natale della mia vita».

Corsi subito nella mia stanza. Sistemai Katie a terra, sul tappeto, con grande cura. Distesi con i polpastrelli il vestitino scuro a fiori e le incastrai il pennino nella mano destra. In quei giorni, trascorsi ore a far finta di essere una scrittrice di successo, mentre raccontavo a Katie le mie storie. I miei amici avevano cominciato a preoccuparsi perché non scendevo più a giocare per strada. Dicevo a Ma' che faceva troppo freddo, ma in realtà volevo solo passare del tempo con Katie. Ne ero gelosissima. Se di solito condividevo sempre i miei giocattoli con gli altri, Katie non la facevo toccare a nessuno. Non che a Cillian e a Aidan interessasse giocare con le bambole – quando vennero a trovarmi a casa non la degnarono neanche di uno sguardo –, ma a Orla piaceva, e nonostante mi supplicasse di farcela giocare, glielo negavo sempre.

«Finirai per romperla!» le dicevo.

Invece, il primo giorno del nuovo anno, la ruppi io. Mi ero dimenticata di averla lasciata a terra la sera prima e, quando mi svegliai per andare a messa, la pestai con il piede scendendo dal letto. Il braccio destro si staccò dalla spalla. Provai a spogliarla e a riattaccare il braccio. Le mani mi tremavano e non riuscivo a incastrarlo per bene, il braccio continuava a sfuggirmi e a cadere di nuovo a terra. Sentii le lacrime scorrermi sul viso. Me le asciugai con la manica del pigiama e chiusi gli occhi. Ma' non doveva sapere. Dovevo fare qualcosa e dovevo farlo velocemente. Guardai fuori dalla finestra e mi feci coraggio.

«Scusami, Katie. Scusami tanto» le sussurrai. «Ti farò tornare come nuova».

Mi tolsi il pigiama in fretta e furia, afferrai i primi vestiti che trovai nell'armadio e mi infilai sopra la giacca pesante. Con un piede, spinsi la piccola scrivania sotto il letto. Poi presi Katie. Provai a nasconderla dentro la tasca del cappotto, ma era troppo grande e i suoi capelli biondi rimanevano ben in vista. Allora mi sollevai il maglione e la nascosi lì sotto. Infilai il braccio rotto dentro la tasca della giacca e corsi al piano di sotto, scendendo le scale con le mani appoggiate sulla pancia, per evitare che Katie cadesse.

Ma' stava preparando la colazione.

«Perché sei già vestita?» mi chiese. «Devi pettinarti, Saoirse. Vuoi venire a messa così?»

«Devo andare un attimo da Cillian».

«Non vuoi mangiare prima?»

Scossi la testa. Ma' abbassò lo sguardo sulle mie mani e aggrottò la fronte.

«Hai mal di stomaco?»

«No».

«E allora perché ti stai tenendo la pancia?»

Si pulì le mani con lo strofinaccio azzurro e appoggiò la spatola sul ripiano della cucina, mentre l'odore di uova fritte e fagioli riempiva la stanza.

«Puoi dirmelo se hai mal di pancia» mi disse Ma', più dolce. «Ti faccio andare lo stesso da Cillian. Basta che torni in tempo per andare a messa e a pranzo non fai storie e mangi il minestrone».

Non appena mosse qualche passo verso di me, ne feci altrettanti in direzione della porta. Alla fine fui costretta a confessare un mal di pancia inesistente.

«Va bene, ho mal di pancia» le dissi. «Mangerò il minestrone. A dopo, Ma'».

La sentii sbuffare mentre aprivo la porta. Il freddo del mattino mi colpì in pieno volto. Proprio mentre stavo attraversando la strada, Cillian aprì la porta di casa sua.

«Dove stai andando?» gli chiesi.

«Stavo venendo da te».

«Fantastico! Anche io. Mi devi aiutare».

Solo quando finii di parlare mi accorsi che Cillian era più pallido del solito e i suoi occhi erano persi nel vuoto.

«Ho bisogno di parlare con tua madre, prima».

Sgranai gli occhi e un senso di pesantezza mi si piantò nel cuore. Gli feci cenno di andare verso la porta. Lui iniziò a correre e io lo seguii. Bussò con forza.

«Che è successo, Cillian?» gli chiesi, a bassa voce. Mi guardò per un attimo, con il terrore negli occhi.

«Che cosa ti sei dimenticata, Saoirse?» Sentii Ma' da dietro la porta. La aprì, e quando vide Cillian si chinò su di lui.

«Che c'è, tesoro?»

«Pa' non è tornato a casa» disse. «Ma' non si sveglia».

«In che senso non si sveglia?» chiese Ma', mentre già stava

tirando giù cappotto e cappello dall'appendiabiti dell'ingresso. «Dov'è Martha?»

«Sta giocando fuori. Io mi sono svegliato» spiegò Cillian. «Sono andato in camera loro. Non c'era nessuno nel letto. Pa' non c'è proprio a casa. Ma' è sul divano, ma non si sveglia».

«Voi rimanete qui» ci disse Ma'. «Saoirse, andate in camera tua».

Cillian fece tintinnare le chiavi e gliele porse.

«Stai tranquillo, Cillian» gli disse. «Andrà tutto bene».

Lui annuì, con poca convinzione.

Salimmo in camera mia, come Ma' ci aveva detto. Con discrezione, feci scivolare Katie tra le mani e la nascosi nell'armadio.

«Dove pensi che sia il tuo Pa'?» chiesi a Cillian, mentre richiudevo le ante.

Si strinse nelle spalle.

«Non è Pa' che mi preoccupa» mi disse. «Quando beve tanto la sera, non torna prima di mezzogiorno. Il problema è Ma' che non si sveglia».

«Magari è solo molto stanca».

Presi la mano di Cillian.

«Vuoi giocare a qualcosa?» gli chiesi.

Mi fece cenno di sì con la testa.

«Possiamo giocare con i sassi».

Presi dal cassetto della mia scrivania una scatola piena di pietre. Quasi ogni bambino del Bogside ne aveva una. Dipingevamo le pietre per farle assomigliare ad animali e persone, e poi le usavamo per inventarci storie. L'acciottolare delle pietre che lasciai cadere sul letto ancora disfatto riempì il silenzio tra di noi. Cillian scelse un leone affamato e io un uccello che aveva paura di volare per la prima volta. Con la ragione che può esistere solo nelle storie dei bambini, il leone aiutò l'uccello a volare, invece di mangiarselo. Quando le nostre pance iniziarono a borbottare troppo forte, andammo giù in cucina a mangiare le uova fritte con i fagioli che Ma' aveva lasciato sui fornelli.

Quando tornò, Ma' ci trovò distesi sul divano, testa contro testa, addormentati. Mi scosse con delicatezza e io mi stropicciai gli occhi, ancora assonnata. Poi Ma' baciò Cillian sulla fronte e gli accarezzò i capelli rossi.

«La tua mamma l'hanno portata ad Altnagelvin e tra poco sicuramente starà bene».

Ci eravamo addormentati così profondamente che non ci eravamo neanche accorti delle sirene dell'ambulanza. Mi tirai su a sedere e Cillian fece lo stesso.

«Pa' è tornato?»

«No, ma Billy ha detto che era al pub con lui ieri sera e che probabilmente si è addormentato lì» spiegò Ma'. «È andato a vedere, così lo porta all'ospedale per fare compagnia alla tua mamma».

«Che ha avuto la mamma?»

Ma' si sedette sul divano accanto a lui e incrociò le mani in grembo.

«A volte, Cillian, quando i grandi hanno troppi pensieri, finiscono per credere che l'alcol li aiuti a dimenticarli» gli spiegò. «La tua mamma ha bevuto un po' troppo, ma ora all'ospedale la faranno stare bene di nuovo».

Sorrise a Cillian e io serrai le labbra. Lui annuì con la tristezza negli occhi e nel cuore.

«State qui tutto il tempo che volete» disse Ma'.

Salimmo di nuovo in camera mia.

«Stai meglio?» domandai a Cillian.

«Sì. Cos'è che volevi chiedermi prima?»

Io scossi la testa. Nel trambusto di quella mattina, avevo completamente dimenticato Katie Kopycat e il suo braccio rotto.

«Non era importante».

«Sembrava esserlo questa mattina». Cillian insistette ancora un po'.

«Sul serio. Era una cosa stupida. Mi vergogno anche un po'. La tua Ma' è all'ospedale e hai altro a cui pensare ora».

Guardai le pietre ancora sparse sulle coperte. Presi la più grande e la sollevai all'altezza del mio viso.

«È come se ora tu avessi una roccia sulle spalle e io un sassolino».

Cillian rimase in silenzio per qualche istante, con gli occhi persi a guardare le pareti bianche della mia stanza.

«Magari possiamo farci una promessa» disse. «Che a prescindere da quanto sia piccolo il sassolino o quanto sia grande la roccia che portiamo, conserveremo sempre un po' di forze per darci una mano a vicenda. Che dici?»

Mi offrì il mignolo della mano destra e lo strinsi con il mio.

«Va bene».

«Dai, dimmi».

Sorrisi. Andai verso l'armadio e aprii le ante. Gli mostrai Katie e il suo braccio rotto.

«Come hai fatto a romperla?»

«Ci sono salita sopra questa mattina scendendo dal letto» gli dissi, con la testa abbassata. «Pensi si possa riparare?» Lo guardai, cercando nei suoi occhi un po' di speranza che potesse accendere anche i miei.

Prese il braccio della bambola e se lo rigirò tra le dita, poi osservò con attenzione la spalla di Katie e il punto dove andava agganciato.

«Penso di sì» disse. «Ora cerchiamo di ripararla».

Mi sistemai sul letto, seduta accanto a lui. Appoggiai la testa sulla sua spalla e chiusi gli occhi, mentre Cillian cercava di riparare Katie. Sorrisi. Quando stavamo insieme, eravamo al sicuro.

Capitolo 2

«Perché ti sei messo i colori in faccia?» domandai a Cillian. Entrai in casa dopo essermi pulita la suola delle scarpe sporche di fango sullo zerbino. Orla fece lo stesso. Cillian aveva il volto macchiato di chiazze blu e un puntino rosso al centro del naso. Abbassò lo sguardo a terra.

«L'ho fatto stamattina» mi disse. «Ma' e Pa' non se ne sono neanche accorti».

Aggrottai la fronte.

«Buon pomeriggio, Mr Doherty» salutammo io e Orla.

Il padre di Cillian grugnì, ma senza risponderci. Era disteso sul divano di pelle scura, con il braccio destro abbandonato che toccava il pavimento e le dita ancora strette intorno a una bottiglia di whiskey. La sua pancia gonfia si muoveva su e giù con un ritmo regolare.

«Dai, andiamo» disse Orla.

Portammo Cillian in bagno e lo facemmo sedere sul bordo freddo della vasca. Lui dondolava le gambe sfiorando terra con le punte dei piedi. Aveva i calzini bucati e i pantaloni rammendati sulle ginocchia con due toppe colorate. Orla aprì il terzo cassetto sotto il lavandino e mi porse un batuffolo di cotone. Lasciai scorrere l'acqua del rubinetto per qualche secondo, passai l'indice sotto al getto per assicurarmi che non fosse né troppo calda né troppo fredda. Quando divenne tiepida, bagnai il batuffolo di cotone e poi iniziai a strofinarlo sul volto di Cillian.

«Questa è una delle cose più stupide che tu abbia mai fatto».

Le macchie iniziarono a sciogliersi a contatto con l'acqua e rivoli azzurri e rossi gli rigarono le guance e il collo.

«Volevo solo che, per una volta, qualcuno mi rimproverasse».

«Nessuno vuole una cosa del genere» gli disse Orla. Io ero d'accordo.

All'epoca invidiavo la vita di Cillian. Tra noi bambini del Bogside, era quello che godeva di più libertà. Ogni tanto scappava dalla finestra e usciva da solo di notte. Quando faceva troppo freddo, o la pioggia rischiava di affogare i vicoli, cercava di infilarsi al Silver Dog, ma i gestori del pub finivano sempre per cacciarlo fuori a calci. Non tanto perché fosse un bambino; a Derry, dei bambini, non importa nulla a nessuno. Più che altro nessuno voleva avere problemi con suo padre. Mr Doherty era un alcolizzato, così come lo era la metà dei padri del Bogside. Nei pub dove c'era lui, finivano sempre per esserci sedie rovesciate, bicchieri rotti e piscio per terra.

Le cose non erano mai state diverse per Cillian. Più di una volta, durante le sue passeggiate notturne, qualcuno lo aveva portato da noi perché a casa sua non veniva nessuno ad aprire. Il mio Pa' non era stato un alcolizzato come tutti i padri del Bogside, ma solo perché aveva avuto la fortuna di morire ancora giovane, innamorato, e prima che la vita lo inaridisse. Ma' non parlava volentieri di Pa' e io non avevo grandi ricordi di lui. Alla fine non mi dispiaceva. Mi accontentavo volentieri di osservare i padri degli altri, e se dovevano essere come Mr Doherty, tanto valeva non averne uno.

Il padre di Orla, invece, mi piaceva. Aveva lavorato con il mio, impagliavano sedie nella stessa fabbrica. Beveva solo la domenica, non picchiava mai Orla e aveva sempre una parola gentile per tutti. Quando ero a casa di Orla, Brian – così si chiamava – evitava di prenderla in braccio o essere troppo affettuoso con lei. Quando accadeva, mi guardava spaventato, come se solo in quel momento si fosse accorto della mia presenza, e poi finiva per rifilarmi un'espressione dispiaciuta. Metteva Orla a terra e i suoi occhi mi chiedevano scusa, come se il fatto che mio padre fosse morto fosse in qualche modo colpa sua.

La verità è che non me ne importava molto di mio padre. Mi veniva difficile provare nostalgia di qualcosa che ricordavo appena.

La madre di Cillian bussò con le nocche sulla porta del bagno.

«Andate a giocare fuori?» ci chiese.

«Sì, Mrs Doherty» rispose Orla.

Non ci domandò altro. Cillian si strinse nelle spalle, io buttai nel cestino il batuffolo di cotone sporco e raggrinzito, e poi uscimmo a giocare.

«Perché non vuoi sfidarmi?» Orla teneva le braccia incrociate al petto mentre apostrofava Aidan. Lui era immobile, con la schiena appoggiata contro il muro, accanto alla scritta 'Brits Out' disegnata con un gessetto bianco sui mattoni rossi. Di scritte come quelle ne spuntava una al giorno per le vie del Bogside. Era lui il re delle biglie, gli altri bambini lo chiamavano così, ma Orla sapeva di essere la più brava di tutti.

«Perché no» le disse.

«'Perché no' non è una risposta» obiettò.

«Allora perché non mi va» disse ancora.

La distanza che sentivo da Aidan era enorme, nonostante avesse solamente quattro anni più di noi. Ne aveva dodici, ma io lo consideravo già un adulto. Quando scoppiavano i riot, Aidan non andava a scuola e si metteva a gridare insulti insieme a quelli più grandi contro i carri armati degli inglesi. Come le nuvole, quei carri erano parte integrante del paesaggio urbano di tutto il Nord. Aidan aveva sempre con sé un pacchetto di sigarette che s'intravedeva appena dal taschino della giacca verde scuro. Era sempre lo stesso pacchetto di Park Drive rubato da una delle stecche che suo padre nascondeva nell'armadio. Nessuno lo aveva mai visto fumare, ma il pacchetto lo teneva lì come una medaglia al valore. Nonostante si desse arie da ribelle repubblicano, usciva ancora con noi bambini del Bogside perché aveva deciso che preferiva essere il pesce grosso nella vasca piccola, piuttosto che il pesce piccolo nella vasca grossa. Aidan voleva comandare a tutti i costi e con noi ci riusciva quasi sempre. Gli volevamo un gran bene, e lui ne voleva a noi, ma lo temevamo anche un po'.

Si avvicinò a Orla, senza dire una parola.

«La verità è che hai solo paura di perdere» gli disse Orla, senza staccare gli occhi dai suoi neanche per un istante. Poi fece rimbalzare il suo sacchetto di biglie sul palmo della mano aperta.

Aidan non le rispose, ma quando si accorse che gli altri bambini avevano iniziato a ridere con la bocca nascosta dalle mani, si sfilò la giacca e la lanciò sul marciapiede.

«Va bene» disse. «Giochiamo».

Orla strinse le sue lunghe trecce bionde e se le sistemò dietro la schiena con un movimento veloce, poi incrociò le braccia al petto, soddisfatta.

«Solo una partita» disse lui. «E chi vince, tiene le biglie dell'altro».

Aidan le porse la mano e Orla la strinse con un gesto deciso. Le sue guance si colorarono come pesche mature, ed era difficile dire se il rossore fosse di rabbia o di tenerezza.

Era la mia migliore amica da sempre. La ammiravo perché aveva il coraggio di sfidare i maschi, anche quando la facevano arrossire. A me della loro gara di biglie non interessava affatto e me ne restai seduta a terra, con la schiena appoggiata sulla giacca di Aidan contro il bordo del marciapiede, abbastanza vicina da poterli vedere, abbastanza lontana da poter continuare a disegnare fiori sull'asfalto con un gessetto blu. Gli altri si erano tutti riuniti a mezzaluna intorno all'area di gioco, saltavano e facevano il tifo. Quando mi accorsi che tutti gridavano per Aidan, anche le bambine, fui costretta ad alzarmi e a gridare il nome di Orla battendo le mani. Due bambine mi guardarono confuse, ma poi si avvicinarono a me e si unirono al mio coro. Orla mi lanciò uno sguardo riconoscente. A Cillian non piaceva giocare a biglie, quindi se ne andò a giocare a pallone con altri bambini alla fine della strada.

«Io farò l'arbitro» disse Damien. Era un nostro amico, un bambino con gli occhi vivaci e il cuore al posto giusto.

«Iniziamo». Si chinò a terra e trascinò il gessetto bianco sull'asfalto per disegnare il cerchio dell'area di gioco e, a una buona distanza, la linea di lancio. Aidan e Orla tenevano ben stretto tra le mani il loro sacchetto di biglie. Quelle di Orla erano trasparenti, con sfumature azzurre dello stesso colore dei suoi occhi, mentre quelle di Aidan erano dello stesso legno scuro e striato dei mobili vecchi. Posizionarono all'interno del cerchio cinque biglie a testa e poi andarono a mettersi dietro la linea di lancio. Damien tirò fuori un penny dalla tasca dei pantaloni.

«Orla, testa» disse. Poi girò la monetina. «Aidan, croce».

Dando un colpo con l'unghia del pollice fece mulinare il penny sopra la testa. Poi lo riafferrò sul dorso della mano.

«Testa» proclamò. «Comincia Orla».

Nel Bogside giocavamo a biglie con regole precise. L'obiettivo era quello di riuscire a posizionare più biglie possibili all'interno del cerchio disegnato a terra. Era possibile anche colpire quelle dell'avversario per cercare di farle uscire dall'area. Si partiva con dieci biglie ciascuno e, quando i giocatori finivano le proprie, chi riusciva a posizionarne di più all'interno del cerchio vinceva la partita.

Oggi, quando mi capita di camminare per le stesse strade dove giocavamo in quei giorni e vedere i bambini che giocano a biglie, il cuore mi si bagna di una malinconia appiccicosa, ma all'epoca lo trovavo stupido e noioso.

Incrociai lo sguardo di Orla. Ero costretta a fare il tifo per lei perché Aidan meritava una lezione e lei era l'unica in grado di dargliela. Fu così. Quando Aidan rimase senza biglie, Damien si mise a contare quelle nel cerchio. Sei biglie azzurre di Orla contro due biglie di legno di Aidan. Le altre erano rotolate contro il bordo del marciapiede. Era una vittoria schiacciante. Esultai, con un entusiasmo che finì per sorprendere anche me. Orla gridò di gioia e corse a raccogliere le sue biglie. La aiutai e quando finimmo richiudemmo il sacchetto con un piccolo fiocco. Aprii le braccia e lasciai che mi abbracciasse. Le bambine – e anche qualche bambino che aveva deciso di salire sul carro dei vincitori, ma soprattutto aveva capito che i più forti possono sempre essere sconfitti nelle giuste circostanze – avevano iniziato a saltarci intorno. Damien, imparziale, non si schierò né da una parte né dall'altra. Fece le congratulazioni a Orla e batté il palmo della mano aperta contro la schiena di Aidan. Lui si spostò con un gesto brusco e io risi. Senza staccare gli occhi da Aidan, strinsi il polso di Orla, le tirai su il braccio sinistro verso il cielo, e continuai a gridare il suo nome.

«Orla! Orla! Orla!» Gli altri facevano il coro.

Aidan si chinò a terra a raccogliere le sue biglie e le fece scivolare dentro il sacchetto.

«Adesso facciamo mosca cieca!» gridò qualcuno. Seguirono corse entusiaste, e presto gli altri bambini si sparpagliarono per le vie del Bogside.

Io, Orla, Aidan e Damien rimanemmo lì. Il sole cominciava a calare sui tetti di mattoni ed era quasi arrivata l'ora di rientrare a casa.

Orla appoggiò le mani sui fianchi senza dire nulla. Quando Damien si accorse che neanche Aidan ne voleva sapere di parlare, gli si avvicinò.

«Forza, Aidan, devi darle le tue biglie» disse Damien.

Credo che i bambini non abbiano un senso della morale e si comportino nel modo più conveniente, rimanendo vagamente consapevoli delle regole imposte da una qualche autorità o dal semplice buon senso. Ma Damien si comportava sempre in modo giusto. Se solo ne avesse avuto il tempo, sono convinta che sarebbe diventato il giudice migliore di tutta l'Irlanda.

Aidan grugnì.

«Ha solo avuto fortuna» disse.

«Può darsi che abbia avuto fortuna, ma i patti erano questi, e ora devi darle le tue biglie» ripeté Damien, indicandogli Orla con un cenno del capo.

Orla incrociò le braccia al petto e storse il naso. Non sembrava apprezzare che Damien avesse sottolineato la possibilità che la sua vittoria fosse dovuta a un colpo di fortuna, ma non si lamentò. Tutto sommato, Damien stava giocando la parte al posto suo e lei non aveva voglia di mettersi a litigare, tantomeno con Aidan. Voleva quello che le spettava, però, e i suoi occhi erano febbrili, elettrici mentre squadrava il suo avversario dalla testa ai piedi. Aidan piantò lo sguardo a terra, strinse le sue biglie in mano, poi sfilò il cordoncino del sacchetto e fece segno a Orla di dargli il suo. Orla glielo porse e Aidan fece scivolare le sue biglie dentro il sacchetto.

Damien annuì, soddisfatto.

Orla allungò la mano per riprendersi le biglie e Aidan alzò il braccio, portandolo sopra la sua testa.

«Smettila subito!» disse Orla.

Prima che anche io avessi il tempo di parlare, Aidan lasciò cadere il sacchetto e le biglie finirono nelle fessure del tombino ai suoi piedi.

«No!» gridammo.

Orla gli si scagliò contro, aggrappandosi al suo maglione, ma Aidan riuscì a divincolarsi con facilità. Ci voltò le spalle, si chinò a terra per raccogliere la sua giacca e se la mise sottobraccio. Poi, con il dito medio alzato, sparì tra l'odore di zuppa e patate dei vicoli.

Capitolo 3

Orla ci era rimasta male per la storia delle biglie. Il giorno dopo andai a casa di Aidan e lo riempii di insulti finché non mi promise che sarebbe andato da lei a chiederle scusa. Le disse anche che, non appena avesse trovato i soldi, le avrebbe ricomprato le biglie. Il disastro era stato arginato e quel pomeriggio decidemmo di andare tutti insieme in collina.

Cillian portò con sé una scatola di Milk Tray.

«Ti saranno costati una fortuna!» disse Orla.

Presi un cioccolatino tra l'indice e il pollice e lo addentai.

«È menta!» dissi. Sulla faccia mi si dipinse un'espressione schifata e porsi l'altra metà del cioccolatino a Cillian, che se la mise in bocca senza pensarci due volte.

«Ho trovato i soldi» disse con la bocca piena.

«E dove?» chiese Aidan, seduto sull'erba, con le gambe piegate, un po' distante da noi. Io sollevai in aria la scatola e gliela avvicinai, ma lui scosse la testa.

Afferrai un altro cioccolatino e lo morsi con diffidenza. Questa volta ero stata fortunata. Il sapore del caramello mi addolcì la lingua e lasciai che il cioccolatino si sciogliesse in bocca da solo, senza masticarlo, così da farlo durare di più.

«Davvero, rispondi!» disse Orla. «Dove hai preso i soldi?»

«Sta facendo il misterioso» commentai, mentre mi pulivo la bocca con il dorso della mano.

La domanda era legittima, perché sapevamo tutti che Cillian e sua sorella Martha non vedevano un penny dai loro genitori. L'alcol e le pillole per dormire costavano molto, e si capiva benissimo che quelle cose erano la loro priorità. Molto spesso gli compravamo qualcosa noi, senza che nessuno glielo avesse mai fatto pesare. D'altra parte, i soldi non erano mica i nostri: paghette o spiccioli delle offerte sottratti dal cestino di paglia quando il prete e le suore erano distratti a dare la comunione.

«Qualcuno me li ha dati...» disse Cillian, senza aggiungere altro.

Aidan fece leva sulle braccia e si tirò su.

«Chi?»

«Che ti importa?» gli rispose lui. «Fatti miei».

«Mi importa eccome».

Io e Orla ci guardammo e sospirammo. Ci riempimmo in fretta la bocca di cioccolatini perché cominciavamo già a sospettare che le cose potessero mettersi male.

«Lascialo in pace, dai». Orla, da seduta, tirò Aidan per la giacca, ma lui continuò a incalzare Cillian.

«Dimmi chi ti ha dato i soldi».

«Un soldato».

Aidan si mise le mani nei capelli e tirò un calcio alla scatola di cioccolatini, che rotolò giù per la collina.

«Va' al diavolo, Aidan!» dissi io. «Ma davvero?»

Io e Orla ci alzammo di scatto e corremmo a recuperare la scatola giù per la collina. Era rimasto solo un cioccolatino nel suo nido di plastica, mentre gli altri si erano persi nell'erba, tra il piscio di cane e il fango. Ne raccolsi uno e lo scagliai contro Aidan. Lo colpii al petto, ma non si voltò neanche a guardarmi. Si chinò invece su Cillian, che era ancora seduto sul prato, e lo prese per la camicia. Iniziò a scuoterlo come una tovaglia piena di briciole e prese a urlargli in faccia.

«Non devi prendere soldi dagli inglesi. Hai capito, coglione?»

«Io non ho un padre che mi dà la paghetta tutte le settimane».

«E allora di' a tuo padre di smettere con la bottiglia!»

«Vi calmate, per favore?» gridò Orla. Le sue parole finirono per cadere nel vuoto, perché quelle erano questioni tra maschi e il nostro parere non era preso neanche in considerazione. Io volevo solo guardare il tramonto sul Bogside. Quando il cielo era pulito, dalla collina sotto le mura si vedeva il cimitero, con le croci disposte ordinatamente in file orizzontali. Si vedeva anche un pezzetto di fiume all'orizzonte. Io e Orla dividemmo a metà il cioccolatino rimasto, ripieno di crema al latte, mentre Aidan e Cillian continuavano a urlarsi addosso. Poi si azzuffarono, e Cillian prese un sacco di botte. Gli cominciò a sanguinare la bocca e doveva stare piegato in due per tutte le gomitate che aveva preso sulle costole.

Aidan era violento, ma aveva ragione, e Orla la pensava come me. C'erano i B-Special e c'erano i soldati; questi ultimi li chiamavamo Tommy. Non davanti a loro, ovviamente. Erano sempre inglesi, ma qualcuno, per qualche ragione, sembrava odiarli di meno. Un po' perché all'epoca ci avevano raccontato che erano quelli che ci avrebbero protetto dai B-Special, un po' perché erano effettivamente meno stronzi dei B-Special. Qualcuno di loro magari era pure una brava persona e non voleva fare del male a nessuno, ma quello che sapevamo era che bisognava stare alla larga dagli inglesi a prescindere, buoni, belli, cattivi, brutti, alti, gentili o meno che fossero. Quindi, quando capitava che un soldato si avvicinava per fare due chiacchiere, gonfiarti un palloncino o per metterti qualche penny in tasca, ci avevano insegnato a rispondere 'grazie, ma non posso accettare' e a tirare dritto. C'era anche chi ai soldati rispondeva direttamente che era ora che se ne tornassero a casa loro, dall'altra parte del mare, ma quelli erano i figli della gente che stava nell'IRA. Aidan era uno di quelli che ai soldati rispondeva con il medio alzato di andare a fanculo, e io ero abbastanza sicura che prima o poi lo avrebbero riempito di botte, se non peggio. A suo fratello Martin era già capitato. Lo avevano preso una sera mentre tornava a casa, gli avevano calato un cappuccio sulla testa e poi lo avevano preso a bastonate fino a rompergli le ossa. Questo non aveva fermato né Martin né Aidan dal comportarsi come si erano sempre comportati, perché era giusto così, e non si smette di fare quello che si ritiene sia giusto solamente perché si ha paura. Quando finirono di azzuffarsi, Cillian andò a sedersi di nuovo a terra, la testa affondata tra le ginocchia.

«Cillian...» dissi io. «Aidan ha ragione».

«Non devi comprarci i cioccolatini» disse Orla.

«Se hai bisogno di soldi, li troviamo da qualche altra parte» aggiunsi.

«Esatto. Mrs McGowan lascia sempre la porta aperta e il portamonete sul mobiletto all'ingresso».

«Orla!» la ripresi io. Lei sorrise e passò una mano sulla testa di Cillian per scompigliargli i capelli. Con il tramonto aranciato che sfumava l'orizzonte, i suoi capelli di rame sembravano tingersi del colore del fuoco e le lentiggini sul suo viso diventavano scintille brillanti. Aidan continuava a camminare avanti e indietro sul prato con le braccia rigide abbandonate lungo i fianchi. Sembrava una bambola di legno.

«Stai alla larga dagli inglesi, Cillian» gli disse. Poi gli porse la mano e lo aiutò ad alzarsi.

Sentii un nodo stringersi nella pancia. Quella frase l'avevo sentita da Pa' per la prima volta e Ma' me la ripeteva quasi ogni giorno prima di uscire di casa per andare a scuola. 'Stai alla larga dagli inglesi' era qualcosa che ogni bambino del Bogside si era sentito dire dai suoi genitori e, in una terra disordinata come la nostra, quella frase assumeva i contorni di una dichiarazione di tenerezza. A Cillian però di stare alla larga dagli inglesi non gliel'aveva mai detto nessuno. Ma c'eravamo noi.

Capitolo 4

Derry, 1967

«Scendi da quella finestra che ti sparano».

A volte mi domandavo se ai bambini di Londra dicessero lo stesso, ma sapevo che non era così. Eravamo noi del Bogside a essere maledetti. Una volta, Ma' mi aveva portato a Brandywell a giocare al parco, giusto per cambiare aria. Avevo conosciuto un ragazzino, Tony Doherty, e avevamo giocato insieme tutto il pomeriggio sullo scivolo e sulle altalene di corda. Tony aveva lo stesso cognome di Cillian, perciò ero assolutamente sicura che in qualche modo dovessero essere parenti, ma lui mi aveva ripetuto fino alla nausea che non aveva cugini. Quando era arrivata l'ora di salutarci, gli avevo detto che, se voleva, qualche volta poteva venire a trovarmi per giocare insieme. Mi chiese dove abitassi, ma quando gli dissi che stavo nel Bogside, mi rispose che i suoi genitori non gli permettevano di andarci.

A prescindere da chi fossero i tuoi genitori, se portavi la croce di essere nato nel Bogside c'erano due cose che ti era vietato fare. La prima era sedersi sui davanzali delle finestre. Non perché fosse pericoloso cadere – le case del Bogside avevano massimo due piani –, ma perché era possibile che ti sparassero un colpo per sbaglio. O più o meno *per sbaglio*. A essere del tutto onesti, quando iniziarono a imporci questa regola, dopo che quello scenario tragico si era cristallizzato nell'inconscio collettivo di tutte le madri del Bogside, che qualcuno venisse colpito da un proiettile mentre era seduto sul davanzale della finestra non era ancora mai accaduto. Ma le possibilità c'erano, e il vetro della finestra rotto in casa dei Doherty, riparato con cartone e scotch, lo dimostrava. La dinamica non era mai stata chiara. Pare che a un soldato fosse esploso un colpo per errore e che il proiettile fosse rimbalzato sul muro opposto fino a colpire la finestra dei Doherty sull'altro lato della strada. A cinque anni conoscevo già la parola *ricochet*, ossia il rimbalzo di un proiettile su una superficie dura che ne altera la traiettoria. Era una parola piuttosto comune, nel Bogside. Qualcuno sosteneva che il soldato avesse sparato di proposito. Ogni madre del Bogside, compresa ovviamente Mrs Doherty, aveva una teoria diversa, e ognuna era convinta che fosse quella giusta, ma il divieto rimaneva per tutti lo stesso. In ogni caso, qualche anno dopo, ci morì un bel po' di gente per un proiettile nella schiena, mentre se ne stava seduta sul davanzale, a dimostrazione del fatto che le madri hanno un intuito particolare per i presagi funesti.

L'altro divieto riguardava il nascondino. Non il nascondino in assoluto. Ci era soltanto proibito nasconderci dietro le camionette dei soldati inglesi o vicino ai *sangar*, fortificazioni protette dalle barricate di sabbia che si trovavano quasi sempre agli angoli delle strade dei quartieri irlandesi repubblicani come il Bogside.

Il primo divieto lo rispettavamo quasi tutti. Il secondo no.

Era una giornata di pioggia e stavamo giocando a nascondino tra le vie di Lisfannon Park. A Aidan toccava scovarci. Eravamo tanti e tutti bravi a nasconderci. Aidan appoggiò la fronte contro il muro di pietra di un palazzo dai mattoni rossi. Con gli occhi chiusi, iniziò a contare fino a centoventi, mentre noi avevamo iniziato a sparpagliarci in fretta. Orla mi prese la mano e mi indicò, senza parlare, i sacchi di sabbia alla fine della strada.

«Lo sai che non dovremmo farlo» le dissi. Cercai Martha, la sorellina di Cillian, con lo sguardo, ma era già schizzata via.

«Ma non c'è nessuno!»

Non era vero. C'erano due soldati, ma stavano pensando agli affari loro nel Sixer. Era una camionetta militare enorme, con sei ruote giganti e una torretta. Corremmo veloci sul cemento bagnato. Scavalcammo i sacchi di iuta pieni di sabbia in un punto dove non erano tenuti insieme dal filo spinato. Ci rannicchiammo a terra, con i visi vicini. Orla rise e io le schiaffai la mano sulla bocca.

«Sta' zitta» le dissi. «Vuoi farti scoprire?»

«Aidan sta ancora contando» disse Orla, spostandomi la mano con un gesto brusco.

«Non da Aidan». Le indicai i soldati nel Sixer, poco distante.

Orla alzò gli occhi al cielo, ma rimase in silenzio. Aidan iniziò a contare gli ultimi dieci secondi ad alta voce e io e Orla ci rannicchiammo ancora più strette dietro i sacchi di sabbia. Poi la caccia cominciò. Ogni tanto sporgevo la testa oltre la barricata per seguire i movimenti di Aidan con lo sguardo. Noi eravamo al sicuro, mentre lui andava a scovare i bambini più piccoli nascosti dietro – e talvolta dentro – i cassonetti verdi e dietro gli angoli.

Lo vedemmo avvicinarsi a Mr Lynn, un vecchio burbero con il fiato puzzolente seduto su una sedia di paglia di fronte alla porta di casa sua. Aidan gli bisbigliò qualcosa, ma eravamo troppo distanti per poter distinguere le parole. Il vecchio si tolse la sigaretta dalla bocca, alzò il braccio e con l'indice indicò a Aidan la casa di Cillian.

«Vecchia spia» bisbigliò Orla a bassa voce.

Aidan si diresse a passo sicuro verso la casa dei Doherty e iniziò a bussare violentemente contro la porta.

«Martha! Esci!» Martha era la più piccola tra i bambini del Bogside che erano già abbastanza grandi per uscire da soli a giocare in strada. Anche noi avevamo le nostre regole. Una regola fondamentale del nostro codice d'onore era che, quando giocavamo a nascondino, non potevamo andarci a nascondere dentro le case.

«Lo sai che non puoi farlo!»

Martha aprì la porta lentamente e si affacciò sull'uscio con gli occhi bassi.

«Non sapevo dove nascondermi» disse. «Tutti i posti buoni erano già presi».

Aidan, per tutta risposta, le tirò i capelli e Martha si buttò a terra gridando. Poi iniziò a piangere strofinandosi gli occhi con le mani, senza alzarsi dall'asfalto. Aidan si strinse nella giacca e tirò su la cerniera fino ad affondare la faccia nel colletto verde scuro.

Feci per alzarmi, ma Orla mi tirò giù.

«Vuoi farti scoprire?» bisbigliò. «Se la deve cavare da sola». A Derry lo capivi subito che a questo mondo siamo tutti soli. Ognuno doveva imparare presto a pensare a se stesso, ad affrontare la vita a muso duro. Aidan si allontanò da Martha e si diresse verso il nostro nascondiglio, quando Cillian gli piombò alle spalle e lo spinse con forza. Aidan inciampò, rischiò di cadere di faccia sull'asfalto, ma riprese l'equilibrio e si voltò verso di lui. Erano poco distanti dalla nostra barricata.

«Non puoi trattare mia sorella così».

Aidan alzò le spalle.

Io e Orla sbirciavamo la scena da una fessura tra i sacchi di sabbia. Trattenni il respiro. La pioggia picchiettava sulla strada bagnata. Aidan e Cillian se ne stavano uno davanti all'altro, in silenzio. Cillian con i pugni chiusi e i denti stretti, Aidan con le mani nelle tasche della giacca e un sorriso arrogante dipinto sul volto.

Poi, all'improvviso come il rombo di un tuono, Cillian portò indietro il braccio e gli sferrò un pugno violento sul naso. Aidan imprecò e si coprì la faccia mentre il sangue iniziava a colargli tra le dita. Martha si alzò da terra e corse verso Cillian ad abbracciargli la schiena. Cillian la scansò con dolcezza, stringendole la coda di capelli lisci e rossi nel palmo della mano.

«Vai a casa, Martha» le disse. Martha esitò per un istante, ma poi, docile come un cervo, corse via.

Mr Lynn, avvolto nella sua nuvoletta di fumo, guardava la scena dalla fine della strada, ancora seduto sulla sedia di paglia e con le braccia incrociate all'altezza dello stomaco.

Tutto era silenzioso. Si sentiva solo l'eco lontana delle radio accese nei salotti delle case e il sibilo stridulo dell'acqua per il tè nei bollitori. Come le lucciole quando cala la sera, gli altri bambini iniziarono a punteggiare la strada, usciti allo scoperto dai loro nascondigli. Si avvicinarono tutti a Cillian e Aidan. Era la fine del gioco. Per loro, non per Orla, perché quando cercai di alzarmi anche io, mi disse di rimanere ferma.

«Voglio vincere» aggiunse.

«Sei seria?»

Si portò l'indice alla bocca e continuò a sbirciare attraverso la barricata Aidan e Cillian che, al centro della strada bagnata, si tenevano gli occhi piantati addosso.

«Vuoi metterti a fare a botte con loro?» mi chiese. Non ne avevo nessuna voglia e il sangue mi faceva anche girare la testa. Rimasi in silenzio a osservare. Aidan non aveva più il sorriso arrogante in faccia e guardava Cillian con rabbia.

«Un giorno ti ucciderò» gli disse.

Cillian non rispose.

Damien si sistemò il gilet e il colletto della camicia, poi si schiarì la voce.

«Non c'è bisogno di fare così. Martha non ha rispettato le regole, è giusto eliminarla. Ma tu, Aidan...» disse, voltandosi verso di lui. «Non puoi sempre reagire così».

Aidan non lo ascoltò, non si degnò neanche di riconoscere la sua presenza accanto a lui. Era immobile al centro della strada, con gli occhi chiari piantati addosso a Cillian, e il pugno chiuso macchiato del sangue che gli colava ancora dal naso.

«Martha è eliminata. Aidan deve promettere che terrà le mani in tasca la prossima volta. Adesso ricominciamo».

«Non ricominciamo niente» disse Aidan. Gli altri bambini iniziarono a spazientirsi. C'era chi era lì solo per giocare e non per farsi la guerra. Qualcuno sbuffò e gli altri iniziarono a sparpagliarsi per le vie del Bogside, a cercare un altro posto più tranquillo in cui giocare. In pochi minuti, la strada si svuotò e rimasero solo Aidan, Cillian, Damien e Mr Lynn più lontano. Era ora di cena e dalle case veniva un buon odore di cibo caldo, carne, patate, pane appena tolto dal forno.

«Sei un vigliacco, Aidan» gli disse Cillian.

Lui e Aidan cominciarono a spingersi e a urlarsi addosso.

Si allontanavano e poi tornavano a tirarsi per il colletto della camicia. Si presero a pugni, si sputarono addosso. Tentavano come animali di arrivare a stringere le mani sul collo dell'altro per togliergli il respiro. Cillian era più piccolo, ma era anche più veloce. In quella lotta feroce, Aidan finì per colpire Damien sul volto con il gomito. Il sangue iniziò a colargli dal naso, i rivoli ordinati scendevano giù fino alla bocca socchiusa.

«Basta» dissi, alzandomi. Ma fu proprio in quel momento che li sentimmo.

«Maledetti feniani». Era la voce di uno dei soldati nel Sixer. «Che cos'hanno da gridare?»

Non riuscii a vedergli il volto, nascosto in parte dal berretto scuro calato sulla fronte e in parte dal riflesso del vetro della camionetta.

«Dovrebbero ammazzarli tutti».

Io e Orla ci facemmo ancora più piccole dietro i sacchi di sabbia. Provai una sensazione acuta di nausea. Per la prima volta, mi vergognai di essere irlandese anche io. Mi vergognai del fatto che nella mente di qualcuno i feniani come me fossero un problema di cui liberarsi. Strisciammo verso sinistra per non farci vedere.

«Se continuano a urlare, ti giuro...» disse uno.

Aidan e Cillian continuavano a gridare e a prendersi a pugni. Damien tentò di mettersi in mezzo un'altra volta, senza successo.

«Questo non è il modo di affrontare un gioco» strillò.

«Perché non te ne vai a casa, Damien?» gli urlò Aidan. «A nessuno frega un cazzo delle tue stronzate».

«Vi state comportando da stupidi!» gridò ancora, mentre Cillian, poco più in là, si teneva le costole.

Aidan corse di nuovo contro Cillian e gli afferrò il bavero della giacca. Damien cercò ancora di separarli, ma Cillian, nel tentativo di liberarsi dal braccio di Aidan che gli bloccava il collo, lo colpì e lo fece cadere a terra.

Accadde tutto troppo in fretta. Aidan lasciò andare il collo di Cillian e fece per allontanarsi. Cillian tossì con violenza, si piegò in due con le mani appoggiate alle ginocchia. Respirava a fatica. Si chinò appena su Damien, provò a offrirgli una mano per aiutarlo a rialzarsi, ma la camionetta correva troppo veloce. Ci fu concesso appena il tempo di gridare.

«Spostatevi da lì!» intimai.

«Damien!» gridò Orla.

Cillian ci guardò con terrore oltre la barricata di sabbia. La camionetta correva impazzita verso di loro, con le ruote che sibilavano sul cemento bagnato della strada. Quando la videro, era già troppo tardi. Non so cosa pensò Cillian in quel momento. Non so cosa provò quando cercò di prendere il polso di Damien per cercare di trascinarlo a sé. Non so cosa pensò quando Damien, sdraiato a terra su un fianco, lo spinse via con tutta la forza che aveva. Cillian si lasciò cadere all'indietro, mentre la camionetta schiacciava il corpo di Damien senza pietà. Il sangue schizzò ovunque e vidi Cillian bagnarsi di rosso. La camionetta proseguì alla stessa velocità folle e sparì oltre le case del Bogside, lasciandosi dietro una scia di sangue innocente e vapore nero.

Caddi a terra sulle ginocchia. Orla si piegò su di me e mi avvolse tra le sue braccia. Damien non aveva neanche gridato, non ne aveva avuto il tempo. Le madri e i padri del Bogside corsero in strada. Perfino Mr Doherty lasciò la bottiglia di whiskey in casa e si precipitò fuori. Cillian gli si gettò tra le braccia. Anche Aidan tornò indietro. Io e Orla scavalcammo la barricata di sabbia e corremmo verso gli altri. Cercai Ma' tra la folla di gente che urlava. Qualcuno si era messo a dire il rosario in ginocchio accanto al corpo senza vita di Damien. Tutti erano sconvolti, gli occhi velati di rabbia e paura, i grandi si domandavano a vicenda cosa fosse successo, ma nessuno, per qualche motivo, lo venne a chiedere a noi. Noi nella guerra ci eravamo sempre stati in mezzo e, per molti versi, ci sentivamo più grandi dei grandi. Guardai Orla, distante, con la mano stretta in quella di suo padre. Tutta la verità, in quel momento, la conoscevamo solo noi due. Non la conosceva Cillian, non la conoscevano le madri e i padri del Bogside.

«Non è stato un incidente» sussurrai a Ma'. «Lo volevano ammazzare».

Ci mandarono tutti a casa e per strada rimasero soltanto gli adulti ad aspettare che i soccorsi si portassero via il corpo. La madre di Damien lavorava con la mia nella fabbrica di camicie di Waterloo Street. Suo padre faceva l'operaio a Coleraine. Nessuno dei due era ancora tornato dal lavoro.

Ma' non si arrabbiava mai. Non le interessava provare a nessuno di essere una madre severa che, in quegli anni, significava essere anche una brava madre. Ma quando scoprì che io e Orla ci eravamo nascoste dietro la barricata di sabbia, accanto al Sixer dei soldati inglesi, mi riempì di botte come non aveva mai fatto prima.

«Giuro che ti mando a Termonbacca!»

Era un collegio di carmelitane dove si pregava tutto il giorno e si mangiavano zuppe allungate con l'acqua. Ma a me delle botte e delle suore non me ne importava niente.

La guardai con aria di sfida e le dissi che ci sarei andata volentieri.

Capitolo 5

Ero nella mia stanza. Quando stavo per molto tempo da sola, la testa mi si riempiva dei rumori di quel giorno. Lo scoppio del motore della camionetta, il tonfo del paraurti contro il corpo riverso a terra di Damien, lo stridere delle ruote sulla strada bagnata e le grida di Cillian. Stavo disegnando dei fiori con le dita sul vetro appannato della finestra quando Ma' mi spinse via. Feci appena in tempo a incrociare lo sguardo di Cillian che, dall'altro lato della strada, era seduto sul suo davanzale, senza che nessuno gli dicesse nulla.

«Vieni via da lì» mi disse Ma'. Tirò la tenda: era spessa e i raggi di sole non riuscivano ad attraversarla. Era un po' di tempo che si viveva così, al buio, murati vivi dentro casa. Se proprio era necessario andare a comprare qualcosa, si faceva sempre il tragitto più breve. Non facevamo passeggiate sul lungofiume, non ci fermavamo a comprare gli scones da Mason's con i soldi rubati dal cestino delle offerte dopo la messa della domenica. Non si andò più neanche in chiesa.

Per settimane intere, nessun bambino uscì per le vie del Bogside a giocare. Le strade erano deserte, e ci batteva una pioggia spietata. Le erbacce crescevano tra le fessure dell'asfalto. Si usciva solo per andare al lavoro e a scuola. Ma' aveva ricominciato ad accompagnarmi. L'ultima volta che lo aveva fatto era il mio primo giorno in assoluto.

Odiavo quella situazione. Ci mancava poco che mia madre mi tenesse stretta alla sua gonna. Mi lasciava andare solo quando mi vedeva salire i gradini del St. Cecilia's e non distoglieva lo sguardo fino a quando non avevo varcato il portone. Intanto, nelle case del Bogside cominciavamo a fare scorta di bottiglie di latte vuote. Ma' le teneva nascoste sotto il divano. Ci stavamo preparando.

Non parlavo con Cillian da una settimana, ma Aidan riuscii a incontrarlo, almeno per caso. Dopo una lunga contrattazione che mi era costata promesse di buoni voti e studio intenso, Ma' mi diede il permesso di andare a restituire una teglia da forno che le avevano prestato i McGuinness. Mi trovai Aidan davanti alla porta, bianco come un cadavere e con la faccia piena di lividi.

«Che diamine è successo?»

Teneva la testa bassa e si guardava le scarpe. L'arroganza di sempre gli aveva lasciato solo una traccia di tristezza sul volto.

«Niente». Fece per prendermi la teglia dalle mani, ma io me la strinsi al petto. Alla fine, parlò.

«Martin mi ha picchiato». Gli cavai a forza le parole dalla bocca e mi confessò che suo fratello lo aveva riempito di botte, non tanto perché pensava che la colpa della morte di Damien fosse sua, ma perché era stato imprudente, aveva messo in pericolo tutti quanti e aveva messo le mani addosso a una bambina.

«Mi dispiace» gli dissi. Lui si strinse nelle spalle, e la sua faccia mi diceva che pensava di essersi meritato almeno un po' quelle botte.

«Per quel che vale, Aidan... Non credo che sia compito nostro metterci nelle condizioni di non farci ammazzare dagli inglesi. Sono gli inglesi che non dovrebbero volerci ammazzare. A volte ce ne dimentichiamo».

«Lo so» mi disse. Mi congedai in fretta e tornai a casa.

Almeno Orla la vedevo a scuola. Non parlavamo quasi mai di quello che era successo a Damien, ma ogni notte sognavo di trovarmi dietro le barricate di sabbia. Continuavo a vedere gli occhi pieni di terrore di Cillian. Mi svegliavo senza fiato e con la fronte sudata, ma di giorno cercavo di pensarci il meno possibile. Era difficile, perché gli altri invece sembravano aver perso la capacità di parlare d'altro. A scuola c'era chi diceva che Cillian era un assassino e che, in fin dei conti, la colpa della morte di Damien era sua. Era lui che aveva fatto cadere Damien a terra. Altri sostenevano che la colpa fosse di Aidan e che tutto era cominciato perché lui aveva tirato Martha per i capelli. Non mi piaceva il gioco delle colpe che facevano gli altri. Li capivo, però. Trovare un colpevole serviva a dare un senso alle cose del mondo. Dare la colpa ai soldati inglesi faceva davvero troppa paura. Tra i banchi di scuola c'erano bisbigli continui, ma quando chiedevano a me cosa ne pensassi di ciò che era successo non rispondevo. Appoggiavo la fronte contro il banco e mi tappavo le orecchie, oppure me ne andavo con Orla in un angolo silenzioso del cortile.

Un giorno ci nascondemmo lì, dietro una quercia malata lontana dalla nostra classe. Orla stava grattando la corteccia dell'albero con un sassolino bianco e appuntito per inciderci sopra il nome di Damien.

«Ti ricordi quando era il suo compleanno?» mi domandò, voltandosi verso di me.

Scossi la testa. Non me lo ricordavo. Mi ricordavo solo che era nato a dicembre, perché qualche anno prima avevamo festeggiato il compleanno a casa sua e ricordavo che il padre lo aveva preso in braccio per fargli mettere il puntale a forma di stella sull'albero di Natale. Oggi ricordo perfettamente la sua data di nascita, il 21 dicembre. Almeno una volta all'anno vado a posare delle margherite sulla sua tomba in collina.

Orla rimase in silenzio per un po', poi alzò le spalle.

«Disegno un cuore, allora». Le feci di sì con la testa.

Mentre Orla completava la sua incisione sulla quercia, Eileen McMillan ci si avvicinò. Era la più brava della nostra classe e la più bella, anche se il corpo in cui stava crescendo cominciava ad andarle stretto ed era goffa, con il colletto bianco della divisa di scuola macchiato di marmellata.

«Voi che avete visto l'incidente... è vero che Cillian non ha mosso un dito per aiutare Damien?»

Non volevo farlo, ma accadde. Era come se le mani non fossero le mie. Le sferrai un pugno in bocca.

«Sei impazzita?»

Orla mi prese per le spalle e cercò di tenermi ferma. Ci riuscì, e per fortuna: perché se fosse stato per me, l'avrei massacrata di botte. A scuola ci fu l'inferno. Mandarono perfino a chiamare Ma' che dovette prendersi un giorno di assenza dal lavoro. Io chiesi scusa e non mi beccai una sospensione perché le insegnanti dissero che ero traumatizzata.

A distanza di anni posso dire che traumatizzata lo ero davvero, e chissà, forse lo sono ancora, ma posso giurare che all'epoca non mi sentivo affatto così. Ero nata in una città divisa a metà dal fiume, una parte per gli irlandesi, una parte per gli inglesi. E guai a capitare dalla parte sbagliata. Avevo mosso i miei primi passi accanto ai carrarmati dei soldati inglesi in uniforme che pattugliavano con i fucili una città dove erano stranieri. A Derry c'era la guerra, e il terrore lo conoscevamo tutti benissimo. L'idea della morte non ci era estranea. Era sempre lì, dietro la porta. Camminavamo accanto alla morte tutti i giorni e cercavamo solo di pregare più forte che potevamo, Dio o le fate, perché ci aiutassero a tenerla il più distante possibile. La morte di Damien mi addolorò nel profondo, ma non posso dire che mi sconvolse. Nessuno di noi potrebbe dire che non se lo aspettava.

Morire per mano inglese, per un irlandese, è da sempre un fatto come un altro della vita.

Una notte, Cillian lanciò dei sassolini contro la finestra della mia stanza. Mi aspettava giù in strada. Senza parlare, ma solo muovendo la bocca, gli dissi che non potevo scendere. Lui mi fece un cenno impaziente con la mano.

«È urgente» gridò. Era così agitato che sembrava avesse i serpenti di San Patrizio nelle scarpe. Mi portai l'indice alla bocca per farlo stare zitto. Sospirai, alzai gli occhi al cielo e controvoglia scesi al piano di sotto, scalza, con le scarpe in mano per fare meno rumore possibile. Me le infilai di fretta quando fui fuori. Il vento soffiava lugubre. Cillian mi fece cenno di spostarci, quindi girammo l'angolo e ci nascondemmo dove non c'erano case, ma solo bidoni della spazzatura blu e verdi e un vecchio palazzo abbandonato che in passato era stato una fabbrica di grani di rosari.

«Cosa c'è di così urgente?» gli chiesi.

«Avevo bisogno di vederti».

Cillian indossava soltanto un maglione di lana pieno di buchi di sigaretta. Sfilai un braccio dalla manica della mia giacca e lo invitai a stringersi a me. Ci appoggiammo con la schiena alla parete di mattoni rossi. Sbuffai una nuvoletta d'aria gelata verso l'alto.

«Lo sai che non è stata colpa tua, no?»

Lo dissi così, giusto per dire qualcosa, ma Cillian si lasciò andare a terra, scivolando lungo la parete, e iniziò a piangere con il volto tra le mani. Sfilai anche l'altra manica e gli appoggiai la mia giacca sulle spalle. Mi misi davanti a lui e gli tirai su il mento con le dita.

«Cillian...» gli dissi. «Lo volevano uccidere».

Gli raccontai quello che avevamo sentito. Se non voleva credere a me, doveva credere almeno a Orla.

«La camionetta non stava correndo perché era stata chiamata per un'emergenza». Quella era la voce che aveva iniziato a girare quando anche altri soldati, oltre ai soccorsi, erano arrivati nel posto in cui Damien era stato ucciso.

«Se non avessi fatto a botte con Aidan...» mi disse.

«Cillian» gli ripetei. «Volevano uccidere un irlandese. È la storia più vecchia del mondo».

Lui si strinse nelle spalle. Lo vidi nei suoi occhi: poteva anche credermi, ma nonostante tutto non gli era concesso dormire senza pensieri.

«Sono sicura che Damien ci protegge da lassù» gli dissi, accarezzandogli la testa. Credere che esistesse qualcosa al di là del Bogside era l'unica salvezza dalla disperazione, l'unico motivo per cui credevamo in Dio e nelle fate.

Capitolo 6

Derry, 1969

Vennero a prenderci direttamente nelle case. Lo facevano anche prima, ma solo con i ribelli che organizzavano i riot o con quelli che sospettavano fossero vicini all'IRA e ad altri gruppi repubblicani. A Aidan e alla sua famiglia era già toccato altre volte. Ne uscivano sempre con gli occhi neri, lividi dappertutto e la casa piena di vetri rotti. Nell'estate del 1969 iniziarono a entrare nelle case di tutti, anche nella mia.

Quando accadde ero sola, Ma' era al lavoro e la scuola era finita. Bussarono con così tanta forza che credevo che la porta sarebbe venuta giù. Le tende erano chiuse e non vedevo niente, ma sapevo che erano i soldati della B-Special. Erano quelli con le armi pesanti e le divise scure, quelli a cui passavamo accanto ogni giorno quando andavamo a scuola tenendo la testa bassa. Quelli che, più di tutti gli altri, facevano paura alla gente del Bogside. Erano corpi speciali che il governo di Londra aveva mandato a Derry per tenere spenta ogni fiamma, per quanto esile, di ribellione. Ma' si era sempre raccomandata di non aprire a nessuno e per nessun motivo al mondo, ma anche se non lo avesse fatto, non sarei andata ad aprire in ogni caso, perché facevano paura anche a me.

Salii le scale con le gambe che tremavano per andare al piano di sopra, cercando di non fare rumore, mentre quelli continuavano a bussare. Speravo che, dopo un po', si sarebbero stancati di battere i pugni e il calcio dei fucili contro la porta.

In effetti si stancarono, ma non se ne andarono. Sfondarono la porta con tre colpi decisi ed entrarono. Io mi nascosi nell'armadio. Sentii il tavolo del salone rovesciarsi. Poi altro scompiglio, cose che andavano in frantumi. Quando sentii il rumore del vetro infrangersi contro il muro, seppi con certezza che avevano trovato le bottiglie di latte vuote che mia madre aveva nascosto sotto il divano. Quel suono violento mi fece scoppiare a piangere, ma cercai in ogni modo di farlo in silenzio, soffocando i singhiozzi. Mi premetti le orecchie con le mani e affondai la testa tra le ginocchia. Poi li sentii salire al piano di sopra. Li sentii entrare nella stanza di Ma', li sentii rovistare nei cassetti. Il rumore di stoffa stracciata mi stringeva il cuore. Solo dopo mi resi conto che avevano strappato il suo abito da sposa con un coltello e avevano calpestato con gli stivali sporchi di fango la giacca del completo con cui Pa' si era sposato. Ma' non lo aveva mai dato via. Diceva che aveva ancora il suo profumo addosso e, anche se io non me lo ricordavo, le credevo. Ogni tanto andava ad annusarlo per tenere caldi i pochi ricordi che aveva.

Alla fine spalancarono la porta della mia camera. Un soldato si piazzò davanti all'armadio, lo vidi attraverso la fessura delle ante, ma per qualche motivo non lo aprì. Pensai che se mai nella vita mi fossi ritrovata a dover nascondere armi o bottiglie le avrei nascoste proprio nella stanza di una ragazzina, tra gli orsacchiotti e le canottiere con i fiori ricamati. Poi udii i passi dei soldati allontanarsi e correre di nuovo giù per le scale. Se ne andarono, ma rimasi dentro l'armadio con l'odore di naftalina che mi pizzicava le narici. Singhiozzavo, e ora potevo fare tutto il rumore che volevo. Non so quanto tempo passò, ma a un certo punto sentii un nuovo rimbombo di passi sul legno scricchiolante delle scale. Però erano passi diversi, avevano il suono dolce di tutto ciò che è familiare.

«Saoirse!» Era la voce di Aidan. Entrò in camera e io aprii lentamente le ante. «Stai bene?» Si piegò sulle ginocchia e mi tese la mano per aiutarmi a uscire. Gli feci cenno di sì con la testa. Qualche istante dopo, anche Martin fece capolino nella stanza.

«Ti hanno fatto qualcosa?» I due fratelli McGuinness parlarono all'unisono.

Scossi il capo, ma Aidan mi prese il volto tra le mani e mi alzò le maniche del maglione per assicurarsi che stessi dicendo la verità. Lo lasciai fare. Mi fece sedere sul bordo del letto e mi abbracciò. Lasciai andare la testa sulla sua spalla e continuai a piangere in silenzio, mentre lui faceva scorrere le dita tra i miei capelli neri. Poi tirò fuori dalla tasca della giacca verde militare il pacchetto di Park Drive, ne prese una e la accese con un fiammifero. Martin gli rifilò uno sguardo gelido, ma non disse nulla. Non era il momento di fare una scenata perché il fratello minore aveva cominciato a fumare. Aidan tossì appena, e poi continuò a dare ampie boccate sbuffando il fumo azzurrognolo verso l'alto. Allungai le dita verso le sue.

«Posso?»

Aidan si lasciò sfilare la sigaretta. Feci il mio primo tiro con gli occhi chiusi, poi gliela riappoggiai sulle labbra. Aidan non disse nulla, ondeggiava lentamente, avanti e indietro. Mi stava cullando e per un attimo sentii dentro al petto la consapevolezza che tutto sarebbe andato per il verso giusto. Mi persi tra i disegni del fumo che salivano verso il soffitto. Aidan si alzò, spense la sigaretta strofinandola contro il davanzale e la buttò giù dalla finestra. Tornò a sedersi accanto a me, con le mani così strette intorno al mio corpo che le sue nocche erano diventate bianche. Martin era in piedi davanti alla finestra, con le braccia incrociate sul petto, immobile come una statua di cera. Teneva d'occhio la strada.

Poco più tardi arrivarono anche Orla, sua madre, Cillian e Martha. La voce si era sparsa in fretta come un incendio. Probabilmente, a quell'ora Ma' era già stata informata.

«Qualcuno ha fumato qui dentro» disse la madre di Orla.

«Sono stato io, Anne» disse Martin. Alzò la mano. La madre di Orla non aggiunse altro. Aidan cercò lo sguardo di suo fratello che, nonostante tutto, gli sfuggì di nuovo.

Anne si piegò verso di me con il volto più disteso e le labbra socchiuse.

«Hai bisogno di qualcosa, tesoro?» mi domandò.

Scossi il capo. Lei si portò le mani sui fianchi e si guardò intorno.

«Voi rimanete qui» disse. «Dov'è la scopa?»

Le indicai lo sgabuzzino appena fuori dalla stanza. Lei mi accarezzò i capelli e mi diede un bacio sulla fronte, poi andò a spazzare via i cocci di vetro sul pavimento di linoleum del piano di sotto. Orla si sedette sul letto con le gambe incrociate e Aidan mi liberò dal suo abbraccio. Cillian e Martha si sedettero a terra con la schiena poggiata contro l'armadio.

«Perché?» chiese Martha.

«È inutile cercare un perché» disse Orla.

«Il perché è semplice, invece» disse Aidan. «Perché gli inglesi pensano di poter fare quello che vogliono qui».

Orla alzò gli occhi al cielo.

«Non mi interessa la politica, Aidan» disse. «Mi interessa solo vivere in pace».

«Non ti interessa la politica?» fece Aidan. «Questo è politica. Non ti interessa cos'è successo a Saoirse? Non ti interessa essere cattolica e irlandese? Non ti interessa passare tutti i giorni accanto a gente armata con un fucile che è più alto di te? Tutto è politica».

«Per favore...» disse Martha, con un filo di voce. «Non strillate».

Orla serrò le labbra e mi accarezzò i capelli. Aidan fece un respiro profondo.

«Perché non parli?» disse Aidan, rivolgendosi a Cillian con un cenno del capo. La sua voce era distorta da una nota di rabbia. Lui distolse lo sguardo e Aidan continuò a incalzarlo.

«Smettila di fare la vittima».

«Aidan, lascialo stare» gli disse Martin.

«Non hai il diritto di sentirti in colpa, Cillian» continuò Aidan. «La vittima è Damien. Non sei tu. Non deve girare sempre tutto intorno a te».

«Aidan...» Provai a richiamarlo, ma lui non mi ascoltò.

«Pensi di essere al centro del mondo, ma tu con questa storia non c'entri nulla. Gli inglesi l'hanno spappolato con un Sixer. Fine. Tu non hai avuto nessun ruolo in tutto questo, quindi smettila di comportarti come un coniglio e reagisci».

Martha lo guardava con gli occhi spalancati e la bocca aperta. Quando Aidan fece per voltarsi, suo fratello gli tirò un pugno sul volto che gli deformò la faccia per un istante. Mi portai le mani alla bocca e gridai.

«Che cazzo, Martin!»

Aidan reagì e provò a mettere le mani addosso a suo fratello, ma Martin lo sbatté contro il muro e piantò la fronte contro la sua.

«Lascialo stare» gli sibilò, digrignando i denti. «Tutto è politica, Aidan. Ma a volte c'è anche il dolore e ognuno è libero di sopportarlo come può».

Martin lasciò la presa. Aidan si massaggiò il collo con le mani, mentre Cillian si alzò e andò via senza dire una parola, portando Martha con sé.

Capitolo 7

Noi non avevamo una televisione, ma i genitori di Orla sì. Ogni sabato, verso le sei, io, Cillian e Aidan andavamo a casa sua. Amavo stare con gli O'Sullivan, non solo perché Orla era la mia migliore amica. La loro casa era una casa per davvero, a differenza della nostra. Oltre alla tv, Anne cambiava le lenzuola una volta a settimana, in frigo c'era sempre qualcosa di buono da mangiare e il salotto profumava di pane appena sfornato e di biscotti così morbidi che non si indurivano neanche quando diventavano vecchi. A casa di Orla avevo un pigiama che mi aveva comprato sua madre, mentre da me per dormire usavo vecchie magliette bucate.

Non ho mai pensato che Ma' non mi amasse, ma di certo non mi amava nel modo in cui ne avevo bisogno. Mi diceva che dovevo studiare, che dovevo avere i voti migliori e che poi avrei dovuto fare l'università, così sarei stata la prima della famiglia ad andarci. Per nulla al mondo mi sarei dovuta sposare in fretta, perché avrei dovuto aspettare il ragazzo giusto: bello, cattolico e che non lavorasse in fabbrica. Non diceva così perché non voleva che sposassi un operaio, ma proprio perché lei ne aveva sposato uno e le era morto in un incidente sul lavoro. Immagino che volesse risparmiarmi la possibilità di provare lo stesso dolore. Ai genitori di Orla, invece, non importava nulla che lei prendesse buoni voti. L'importante, dicevano, è imparare dagli errori. Le dicevano che l'università l'avrebbe dovuta fare solo se lo desiderava davvero, e se era così, sarebbe stata lei a scegliere a quale facoltà iscriversi. Per Ma' era sottinteso che io facessi una facoltà importante, Medicina o Giurisprudenza, o che comunque non mi perdessi in velleità artistiche che non servissero a mettere il pane in tavola alla fine del mese.

«Orla, smettila di mangiare con la bocca aperta». La voce di Brian mi distolse dai miei pensieri. Orla sbuffò e io affondai la forchetta dentro le patate schiacciate e ricominciai a mangiare.

Volevo un bene profondo e sincero agli O'Sullivan, e il fatto che Brian cercasse di comportarsi in modo così burbero in mia presenza per non farmi sentire la mancanza di Pa' non faceva altro che rafforzare il mio affetto per lui. Un giorno glielo dissi. Aidan era in giro, Martha aveva la febbre e Cillian era rimasto a casa con lei perché i loro genitori erano troppo ubriachi per prepararle una zuppa calda che la rimettesse in forze.

Era notte fonda. Orla dormiva e io ero scesa in cucina a prendere un bicchiere d'acqua. Il padre di Orla stava leggendo un libro seduto sul divano. «Brian» gli dissi. Si voltò di scatto, la luce fioca della lampada da terra disegnava le nostre ombre allungate sul muro.

«Scusa, non volevo spaventarti». Rimasi un po' in silenzio e poi mi feci coraggio. «Volevo dirti una cosa».

Mi guardò con il terrore negli occhi. A ripensarci, ancora oggi mi fa sorridere che fosse così spaventato dalle parole di una bambina.

«Non devi sentirti in colpa perché Pa' è morto. Non è mica colpa tua».

«Va' a dormire, Saoirse» disse, guardando l'orologio. «È tardissimo».

«Volevo solo dire...» continuai, «che se adesso potessi scegliere un padre, ne vorrei avere uno come te».

«Va' a dormire, Saoirse» ripeté, con voce più fredda.

Mi si spezzò il cuore. Mi aspettavo che mi abbracciasse, che mi dicesse che anche lui, se avesse avuto un'altra figlia, ne avrebbe voluta una come me, o che ero già come una seconda figlia, che ero praticamente la sorella di Orla. Invece non disse nulla di tutto questo. Tornai in camera di Orla e mi infilai di nuovo sotto le coperte. Piansi in silenzio, ma lei mi sentì comunque.

«Perché stai piangendo, Saoirse?»

«Nulla» dissi. «Ho fatto un brutto sogno».

Si voltò verso di me e provò ad abbracciarmi, ma la spinsi via.

Quella notte, per la prima volta, provai una tristezza così forte da consumarmi il cuore.

Il sabato sera la madre di Orla ci preparava la frittata e il tè. Brian accendeva la tv, ogni sabato c'erano i report della BBC su quello che accadeva in Irlanda del Nord.

«Davvero, Anne, non dovrebbero guardare questa roba» diceva sempre.

«Lasciali stare, Brian» rispondeva lei. «Se vogliono guardare la BBC, che guardino la BBC».

A noi piaceva davvero anche se, in generale, non c'erano molti programmi per ragazzini a quell'ora. Era una cosa stupida, ma ci piaceva vedere in televisione le immagini della città. In qualche modo, ci faceva sentire importanti. C'era il commentatore che parlava in giacca e cravatta e dietro di lui scorrevano le immagini di Derry, del Bogside, di Creggan, perfino del lungofiume e del Waterside. Giocavamo a riconoscere i luoghi. Una volta inquadrarono Rossville Street, dove viveva Orla, e iniziammo a ridere come pazzi.

Ce ne stavamo rannicchiati sul divano seduti sempre nello stesso ordine: Orla, io e Cillian. Aidan si sedeva a terra, accucciato vicino alla poltrona di Brian. Gli piaceva guardare la tv con noi, e si divertiva quando Orla imitava i paramilitari dell'IRA, coprendosi il volto con una sciarpa. Ma Aidan doveva ricordarci sempre che lui non era come noi, lui era quello grande, a cui era concesso sedersi per terra e portare i jeans strappati, occasionalmente bere perfino una birra che Brian gli dava di nascosto dalla moglie. A volte capitava che ci addormentassimo sul divano, e Aidan si preoccupava di avvolgerci in una coperta colorata a quadri che aveva cucito a maglia Mrs O'Sullivan. Più crescevamo, più la coperta non bastava più a coprirci tutti e quel divano cominciò a diventare stretto.

Dalla morte di Damien, però, Cillian non veniva più così

spesso a guardare la BBC a casa di Orla. E quando lei imitava i soldati inglesi, usando la scopa come un fucile, non rideva più come prima. Un giorno disse che non gli andava di vedere in tv le immagini che già vedeva per strada tutti i giorni. Ci rimanemmo male, ma era una sua scelta. Quando uscivamo insieme cercavamo di parlare d'altro, anche se era difficile ignorare tutto quello che ci esplodeva e ci prendeva fuoco accanto.

«Neanche oggi c'è Cillian?» domandò Mrs O'Sullivan un sabato, quando io e Aidan ci presentammo davanti alla porta.

Scossi la testa. Lei ci fece entrare. Orla era già pronta sul divano. Mrs O'Sullivan stava per dire qualcosa, ma poi si interruppe.

«Volevi dirci qualcosa?» le chiese Aidan.

«Io...» disse. Ci pensò un po', poi scosse il capo. «Nulla, toglietevi le scarpe prima di sedervi sul divano». Era evidente che non era quello che voleva dirci, dato che seguivamo diligentemente questa regola da che ne avevamo memoria.

Brian venne ad accenderci la tv e poi si infilò la giacca per andare al pub. Il giornalista della BBC iniziò il suo commento sulla situazione nel Nord, mentre Mrs O'Sullivan sbatteva le uova con una forchetta dentro una ciotola di vetro.

«Credo che dovresti parlare con Cillian...» disse Orla, rivolta a Aidan.

Lui non si voltò.

«Aidan!» lo richiamò.

«Cosa?»

«Non fare finta di non avermi sentito! Ho detto...» ripeté «che dovresti parlare con Cillian».

«Io?» Rise. «Perché?»

Rimasi in silenzio. La luce dello schermo illuminava il volto di Aidan di una luce artificiale e metallica.

«Perché non si è ancora ripreso dalla morte di Damien» disse. «Non lo so, potresti dirgli qualcosa dato che...»

Aidan la invitò a continuare con un cenno del mento.

«Insomma, mi sembra che tu sia riuscito a perdonarti» disse lei.

Le diedi un colpetto sulla gamba. Aidan le piantò gli occhi addosso.

«Io non ho mai avuto nulla da perdonarmi» disse. «Non è stato un incidente. Lo sapete meglio di me che lo volevano ammazzare».

«Non volevano ammazzare necessariamente lui, però» disse Orla. «E se tu non avessi fatto il bastardo con Martha, allora non vi sareste messi a litigare e Cillian non avreb...»

Aidan la interruppe. «Stai dicendo che è colpa mia?»

«No. Sto solo dicendo che se tu non avessi iniziato, Damien non si sarebbe trovato in quella situazione».

«Stai dicendo che è colpa mia». Questa volta non suonava più come una domanda. Aidan si alzò.

«Sto dicendo che sicuramente la colpa non è mai stata di Cillian».

«Ho fatto cadere io Damien a terra?» chiese Aidan, infilandosi la giacca.

In sottofondo la voce gracchiante del reporter della BBC continuava a chiamare l'Irlanda del Nord 'una terra senza pace'. Feci rimbalzare lo sguardo tra Orla e Aidan. Non c'era più pace neanche tra di noi. Chiusi gli occhi e mi lasciai scivolare sul divano. Distesi le gambe in avanti, con i piedi appoggiati sul tappeto. Orla, al contrario, si portò le ginocchia al petto e sospirò con gli occhi socchiusi.

«Hai capito perfettamente quello che voglio dirti» disse. «Stai facendo finta di non capire perché vuoi litigare».

«Sai che c'è, Orla?» disse lui. «Fanculo».

Non dissi nulla, non lo pregai affinché rimanesse né lo incoraggiai ad andarsene. Rimasi a guardare. Non salutò neanche Anne. Si avviò alla porta e la sbatté alle sue spalle.

Strinsi forte la mano di Orla sotto la coperta.

«Sono preoccupata per Cillian» mormorò.

«Ha solo bisogno di tempo».

Quella sera mangiammo una doppia porzione di frittata. La ricetta era la stessa di sempre, due uova a testa, un po' di latte, cheddar e un pizzico di sale, ma senza Aidan e Cillian non aveva lo stesso sapore.

Capitolo 8

«Saoirse, prendi queste, per favore» disse Ma'.

Mi mise in mano cinque bottiglie di vetro. Da quando i soldati della B-Special erano entrati in casa nostra consumavamo quasi una bottiglia di latte al giorno. Ma' preparava dolci, uova strapazzate e latte caldo e cannella quasi tutti i giorni. L'odore del latte, che prima mi coccolava nelle serate più fredde, aveva cominciato a farmi venire la nausea. Ma' sistemò il resto delle bottiglie in un cestino di vimini e poi le avvolse in una tovaglia a quadretti bianchi e rossi.

«È arrivata l'ora di riprendersi questo quartiere, Saoirse» mi disse. «Tu stai vicino a me».

Non l'avevo mai vista così arrabbiata. Mi strinse la mano con troppa forza e uscimmo. Ci dirigemmo verso Durrow Park, dove le case avevano i mattoni rossi e il muschio cresceva incurante nelle intercapedini libere dalla calce. Quel giorno, un po' più in là, i lealisti inglesi avrebbero sfilato in marcia per le strade. Le voci dicevano che si sarebbero spinti fino a cercare di entrare nei quartieri cattolici, nel Bogside e a Creggan.

C'erano tutti. Sembrava una domenica come un'altra, quando si usciva dalla messa e ci si incontrava per passeggiare, ma quella mattina in chiesa non c'era andato nessuno. Tutti si muovevano veloci come nella catena di montaggio di una fabbrica. Gli uomini facevano avanti e indietro con pesanti taniche di benzina in entrambe le mani. Le lasciavano a terra, disposte ordinatamente. Accanto, le donne riempivano le bottiglie con la benzina. L'odore era forte e mi faceva girare la testa. Ma' e io lasciammo a terra le bottiglie di latte vuote che avevamo portato.

«Sono tutte quelle che ho» disse. Aveva il tono di qualcuno che stava chiedendo scusa per non aver fatto abbastanza.

«Non preoccuparti, tesoro» le disse Fianna. La madre di Aidan portava i jeans e una camicia rossa, in testa un fazzoletto a fiori legato sotto la nuca. Aidan era accanto a lei. Non mi capitava spesso di vederli insieme e quel giorno mi accorsi per la prima volta di quanto si somigliassero. Avevano gli stessi lineamenti duri di chi pare stia sempre per fare a botte con qualcuno.

Improvvisamente, mi ritrovai in mano una bottiglia riempita di benzina.

«Mettici il tappo» mi disse Aidan. Guardai Ma' per un riflesso involontario. Le chiesi il permesso con lo sguardo, e lei annuì. Chiusi la bottiglia avvitandola con forza. Lei accarezzò il braccio di Aidan e gli sorrise. Poi lui mi passò un fazzoletto bianco.

«Adesso legalo intorno alla bottiglia» mi disse. «Così».

Appoggiò le sue mani sopra le mie e tirammo insieme i lembi del fazzoletto per farne un nodo stretto.

«Abbiamo bisogno di più stoffa» disse Aidan. «Qualcuno può portare altra stoffa?»

Il cesto di pezze e stracci era quasi vuoto e la fila di bottiglie ordinate a terra come birilli era ancora lunga.

«Io...» disse Ma'. «Posso portarne altra io».

«Sei appena arrivata» disse Aidan.

Ma' fece un gesto di noncuranza con la mano.

«Non importa. Torno subito».

Aidan annuì.

«Saoirse» mi disse Ma'. «Sta' vicina a Aidan».

Feci un gesto deciso del capo e Ma' si allontanò camminando svelta tra la gente.

«Pensi che sarà pericoloso?» domandai a Aidan, dopo un po'. Si passò una mano tra i capelli scuri.

«Non più di quello che accade di solito» disse. «Ma dobbiamo iniziare a difenderci».

Aiutai Fianna a riempire le bottiglie con la benzina. Aidan mi spiegò il punto esatto in cui dovevo fermarmi. Ne bastava poca, e non dovevamo sprecarla. Ogni bottiglia era una munizione in più. Meno di venti minuti dopo, Ma' tornò con il suo vestito da sposa sottobraccio e gli occhi rossi e gonfi come lamponi.

«Ma'...» le dissi.

«Sta' zitta e continua a fare quello che stai facendo, Saoirse».

La chiamarono la 'Battaglia del Bogside'. Era l'estate del 1969 e io avevo da poco compiuto tredici anni. I lealisti, protetti dai soldati, vennero a marciare nel nostro quartiere. Ero tornata a casa con l'odore della benzina che mi faceva ancora rivoltare lo stomaco. Spiai oltre le tende della mia camera e vidi sfilare un fiume di lealisti, con le uniformi e le bandiere. Nell'aria volavano fischi e insulti. Poi qualcuno si decise a scagliare la prima pietra e da quel momento in poi fu tutto fuoco e polvere.

Dalla finestra, riuscii a vedere Aidan che camminava a passo svelto con il volto nascosto in un fazzoletto.

«Ma'» gridai, dal piano di sopra. «Voglio andare».

Non ricevetti alcuna risposta. Con il lembo della tenda tenuto tra le dita, continuai a guardare la folla di gente che si riversava per le strade. Bambini correvano veloci con le pietre nelle mani e nelle tasche dei pantaloni. Molte facce le conoscevo bene, altre non le avevo mai viste prima. C'era gente che era venuta da Creggan per darci una mano. Non mi importava molto del Bogside, era forse il quartiere peggiore del mondo. Se fosse stato raso al suolo e cancellato dalle mappe e dalle cartine geografiche non me ne sarebbe fregato niente, ma ormai era una questione di principio. Ci avevo fatto l'abitudine alle pietre e alla polvere, ai fucili e alle bombe, anche se ogni volta che ne vedevo esplodere una o vedevo un soldato prendere la mira le gambe mi diventavano molli come se fossero fatte di burro. Accostai la tenda e gridai ancora.

«Ma'?»

Scesi le scale per andare al piano di sotto e non trovai nessuno. Appoggiai le mani sul tavolo e mi guardai intorno.

Non riuscivo a credere che fosse uscita senza dirmi nulla. La preoccupazione affondò in una spirale di incertezze e si trasformò ben presto in terrore. Presi per la prima volta coscienza di un pensiero che se ne stava sotto tutti gli altri, nascosto sul fondale delle cose più tristi. Se Ma' fosse morta, se le fosse accaduto qualcosa, sarei rimasta sola per davvero. Il cuore mi salì in gola e afferrai la giacca. Era agosto, ma faceva freddo. L'aria era rigida, riscaldata solo dal fumo che saliva verso il cielo. Corsi in strada e la prima cosa che feci fu andare a bussare alla porta di Cillian.

Mi aprì lui. Veniva sempre ad aprire lui, da quando era abbastanza alto da arrivare alla maniglia. Mi guardò preoccupato.

«Andiamo?» gli chiesi.

«Non lo so, Saoirse...» disse. «È pericoloso».

Guardai alle sue spalle, suo padre dormiva sul divano circondato da bottiglie vuote.

«Prendi quelle» gli dissi, senza ascoltarlo.

«Saoirse, ti ho detto che non so se è il caso...»

Gli tirai un braccio e lo scansai. Entrai con passo pesante nel salotto, afferrai le bottiglie di whiskey vuote e me le strinsi al petto.

«Arrivederci, Mr Doherty» gli dissi. Lui grugnì nel sonno.

Misi una bottiglia nelle mani di Cillian. Lui la prese, impacciato. La teneva con cura e timore tra le braccia, come si fa con le cose fragili e i bambini appena nati. Cercò di dire qualcosa, ma lo interruppi.

«Per Damien».

Era una mossa sporca, e lo sapevo. Stavo facendo leva sul suo senso di colpa perché non volevo andare ai riot da sola e mi serviva qualcuno che mi aiutasse a cercare Ma'. Damien non avrebbe mai partecipato a un riot del genere e, soprattutto, gli stavo facendo un bel torto fingendo di partecipare in sua memoria. Non avrebbe mai voluto una cosa simile. Guardai il cielo e mi baciai la punta delle dita. Promisi a me stessa che quella sera avrei detto le preghiere, ma me ne dimenticai un minuto dopo.

«Andiamo» dissi. Cillian mi seguì.

Fu lui a vedere Aidan per primo. Era insieme ad altri ragazzi più grandi: stavano mettendo dei sacchi sopra una barricata di fortuna, dietro la quale stavano preparando altre bottiglie incendiarie. Le nostre barricate le riconoscevi subito: non erano come quelle degli inglesi con i sacchi di sabbia, le travi di legno e metallo e filo spinato. Le barricate che costruivamo noi erano fatte con pezzi di legno ammuffito, ceste di frutta, specchi rotti, sacchi della spazzatura che esalavano nell'aria il tanfo di pesce marcio.

«Hai visto mia madre?» domandai a Aidan. Dovetti quasi urlare, perché tutti gridavano e la strada era immersa in un frastuono di metallo ed esplosioni.

Lui scosse la testa e riempì di benzina anche le nostre bottiglie.

«Merda...» bisbigliai tra i denti. Mi voltai per andarmene ma Aidan mi trattenne.

«Dove stai andando?»

«A cercarla!»

«Di là sta succedendo un casino. La polizia sta utilizzando i gas».

Mi mancò l'aria, come se il gas di cui parlava Aidan lo stessi respirando proprio in quel momento. La vista mi si appannò. Cillian mi strinse la mano così forte da farmi male, ma almeno il dolore mi aiutava a toccare la terra con i piedi. Mi faceva tornare ad avere consapevolezza che il mio corpo non stava per evaporare e dissolversi all'improvviso.

«Ora troviamo tua mamma» mi disse. La sicurezza nella sua voce, alla quale non ero abituata, mi fece bene al cuore. Annuii e provai a trattenere nei polmoni quanta più aria potessi.

«Non potete andarvene in giro da soli» disse Aidan.

«Vieni con noi?» domandai.

«Ho scelta?»

Aidan era uno che per vincere ti poteva riempire di cazzotti in faccia, e l'attimo dopo ti proteggeva da tutti i mali del mondo.

In un modo strano, a tratti disturbante, e per me ancora oggi del tutto incomprensibile, si prendeva cura di tutti i bambini del Bogside.

Si mise una sigaretta in bocca e se la accese. Poi ci incamminammo verso Rossville Street, dove abitava Orla.

Bussammo, e Brian guardò dallo spioncino con diffidenza prima di aprire la porta.

«Possiamo salire?» domandò Aidan.

Brian allargò le braccia. «Come se potessi dire di no...»

Durante i riot, la gente entrava e usciva dalle case degli altri come fossero le proprie. In particolare, le case di Rossville Street erano in una posizione strategica. La gente era salita sui tetti per lanciare pietre e bombe incendiarie contro i lealisti e i soldati che si erano radunati lì intorno. Loro rispondevano con il gas e con i bastoni.

«Hai visto mia madre?»

«No, non ho visto nessuno» disse. «Stavo solo cercando di leggere un libro».

Abbassò lo sguardo e si accorse delle bottiglie.

«State attenti. E lasciate Orla fuori da questa storia».

Salimmo al piano di sopra e Orla balzò in piedi sul letto, indicandoci la finestra con il braccio disteso.

«Avete visto che casino?»

Era difficile non vederlo. Era tutto grigio: il cielo, il fumo dei gas lacrimogeni, la polvere che si alzava da terra. Poi c'erano le grida disperate della gente che cercava di fuggire e di chi cercava solo di non essere mangiato dalla folla.

«Ma' è uscita e non so dove sia andata» le dissi.

«Andiamo su, vedremo meglio» disse Aidan. C'era una porticina di metallo dipinta di rosso che portava sul tetto. Ci avevamo passato tantissime notti a guardare le stelle cadenti. Aidan imbrogliava sempre, e Orla lo prendeva a pugni perché non riusciva mai a vederne nessuna e i suoi desideri rimanevano sospesi nell'umidità della notte.

«Io resto qui» disse Orla.

«Anche io» si affrettò a dire Cillian. Mi diede la sua bottiglia.

Non provammo neanche a convincerli. Guardai Aidan che mi sorrise complice. Io feci spallucce e lo seguii. I tetti delle case erano vicini gli uni agli altri, separati solo da un muretto basso. Intorno a noi c'erano almeno una ventina di persone. La maggior parte non era del Bogside, veniva da Creggan. Erano disposti a darci una mano contro i lealisti, ma non fino al punto di farsi ammazzare per strada. Mi infilai tra la gente per cercare di raggiungere il parapetto. Aidan mi seguì, sganciammo gomitate a destra e a sinistra fino a conquistarci un posto che ci consentisse di vedere bene la strada.

A terra, sul perimetro del parapetto, c'erano le bottiglie incendiarie allineate. Quando gli inglesi si avvicinavano abbastanza, ci si preparava a lanciarle. Si infilava dentro il fazzoletto fino a inzupparlo di benzina, si accendeva la fiamma con un accendino e poi si scagliava la bottiglia il più lontano possibile, fino a che il vento non riportava il rumore del vetro infranto contro l'asfalto. Lo avevo visto fare molte volte, ma non era affatto un'operazione semplice. Più di tutto il resto, bisognava fare attenzione a lanciare le molotov verso gli inglesi e non fare male a nessuno dei nostri.

«Riesci a vedere tua madre?» mi chiese Aidan.

«No».

«Tua madre non è una stupida» mi disse. «Non si sarà messa in pericolo».

Io mi feci piccolissima, stretta dentro il bavero della giacca che mordevo come i cani fanno con il guinzaglio, e annuii. Dall'alto dei tetti, sembravano tutti formiche. Aidan cercò di rassicurarmi, appoggiandomi un braccio attorno alle spalle, ma quello che vedevo lì sotto mi stringeva lo stomaco. Stavano vincendo loro. In poco tempo, sotto di noi, rimasero soldati e lealisti, e la nostra gente fu costretta a scappare, a correre via verso le zone franche e i punti di primo soccorso che avevano cominciato a lavorare disperatamente agli angoli delle strade. Rossville Street e Fahan Street brulicavano di bandiere lealiste. Gli inglesi iniziarono a gridare verso di noi che eravamo sui tetti e ci dissero di scendere, se ne avevamo il coraggio.

«Aspettateci giù!» gridò un tizio di Creggan, alzando il dito medio. Poi sputò.

«Non possiamo andare» disse un altro. «Sono troppi».

«E se attaccano le case?»

Quello era il problema più grande. Eravamo accerchiati. Pensai a Orla e Cillian. E a mia madre.

«Le difendiamo da qui».

Organizzammo una resistenza disperata. Il buio cominciava a scendere sopra le case. Le bombe incendiarie che lanciavamo dal tetto, una dopo l'altra, illuminavano il cielo come stelle cadenti.

«Vuoi lanciarne una?» mi domandò Aidan.

«Non lo so...» dissi. Poi pensai a Ma' e la paura si fece angoscia. Annuii.

Aidan raccolse una bottiglia da terra, tolse il tappo, slacciò il fazzoletto e ce lo mise dentro. Mi porse la bottiglia. L'odore di benzina mi stordì di nuovo. Avevo le dita che tremavano e il respiro affannato. Aidan fece sbocciare la fiamma dall'accendino. Io cercai i suoi occhi blu, illuminati dal fuoco di tutte le molotov.

«La devi lanciare subito. Se la fiamma entra nella bottiglia, ti esplode in mano. Chiaro?» mi chiese.

Annuii. Aidan avvicinò la fiamma al fazzoletto. Il fuoco iniziò a mangiare il tessuto con una velocità che mi sorprese. Portai il braccio destro all'indietro, poi lo distesi con tutta la forza che avevo verso la strada e lasciai andare la bottiglia, che si infranse ai piedi di un gruppetto di lealisti. A tredici anni avevo lanciato la mia prima bottiglia incendiaria.

«Bel tiro!» mi disse Aidan, scompigliandomi i capelli. Sorrisi appena e per un attimo smisi di pensare a Ma'.

La pioggia di molotov continuò ad abbattersi su Rossville Street finché il fuoco non costrinse i lealisti ad arretrare. Il buio e l'odore di bruciato avvolgevano ogni cosa. Rimanemmo un po' a parlare, mentre quelli di Creggan facevano i loro piani per tornare a casa nel modo più sicuro. Qualcuno che abitava nel Bogside mise a disposizione divani, poltrone, perfino il pavimento con qualche coperta. C'era chi aveva figli grandi che se ne erano andati e aveva letti vuoti per dormire, bastava solo stringersi un po'. Qualcuno decise di rimanere nel Bogside, qualcun altro si fece coraggio e preferì ritornare a casa perché aveva i bambini che dovevano essere messi a letto, un familiare malato di cui prendersi cura, o soltanto la nostalgia di casa propria. Augurammo a chi andava buona fortuna, e loro fecero altrettanto. Lentamente, giù in Rossville Street, la calca si disperse del tutto, ma si sentivano le grida e le esplosioni che rimbombavano nelle altre strade del Bogside. Quando tornò a piombare il silenzio, sul tetto rimanemmo solo io e Aidan. Lui fumava e io, seduta a cavalcioni sul parapetto, guardavo in silenzio le nuvole grigie correre veloce verso ovest.

«Voglio dirti una cosa, Saoirse».

Distolsi lo sguardo dal cielo e lo posai su di lui. Per un attimo, il cuore si riempì della speranza che lui volesse dirmi che provava qualcosa per me. Era un pensiero stupido, perché sapevo già che provava qualcosa per me, ed era la stessa cosa che provava per Orla, per Cillian e per tutti i ragazzi del Bogside. Non poteva essere altro, del resto, perché Aidan era bello da far invidia a tutti, aveva gli occhi blu e un'espressione, anche quando sorrideva, che lo faceva apparire triste. Io ero piccola e spigolosa come un sasso di fiume, con i capelli non abbastanza scuri da brillare come la pece né abbastanza chiari come il legno pregiato. Insomma, ero insignificante.

Gli feci cenno con il mento di continuare.

«Voglio arruolarmi nell'IRA» mi disse, tutto d'un fiato. Quando finì di parlare, si voltò dall'altra parte. Mi sembrava una cosa pericolosissima e glielo dissi, ma lui neanche mi ascoltò.

«Non dirlo a nessuno, per favore».

«Promesso». Mi baciai le dita della mano destra e poi me la portai sul cuore. Aidan prese l'ultima bottiglia rimasta, la accese e la lanciò giù.

«Fanculo gli inglesi!» gridò. Poi si voltò verso di me e sorrise.

Rimanemmo in silenzio, mentre nella mia testa cercavo di sviscerare il motivo per cui Aidan avesse scelto di dirlo proprio a me e dove fosse Ma'. Dentro di me pregai Dio e le fate che fosse a casa al sicuro. Poi il padre di Orla fece capolino sul tetto.

«Tua madre è di sotto» mi disse. «E non vorrei essere al posto tuo».

Sentii il nodo che stringeva il mio stomaco allentarsi, e respirai a pieni polmoni l'aria fredda della sera. Ma' era viva e al sicuro. Il cuore tornò leggero, almeno per un po'.

Scesi dal parapetto con un salto e corsi via. Mi chinai oltre la porticina dipinta di rosso. Orla e Cillian si erano addormentati sul letto, testa contro testa. Quell'immagine mi fece sorridere. Indugiai solo per un istante, poi scesi le scale e vidi Ma'. Sul suo volto si mischiavano rabbia e terrore.

«Dove diamine eri?» mi chiese.

«Dove diamine eri tu?» Vomitai tutta la mia angoscia in quelle parole.

«Ero in chiesa! E poi sono andata a comprare carne e patate!» gridò, alzando le buste pesanti che teneva in entrambe le mani. Sicuramente qualcuno mi aveva vista uscire e aveva fatto la spia. «Cosa pensavi? Che mi fossi messa a sparare contro gli inglesi? Come ti è saltato in testa di uscire?»

«Non capisco il problema» urlai. «Le bombe incendiarie posso farle, ma non posso anche tirarle?»

«Hai tirato una bomba?» Strabuzzò gli occhi. Mi maledissi da sola per averlo detto.

«Forse è meglio che ne parliate con calma» disse Anne. «Se volete rimanere qui per la notte...»

«Non diciamo assurdità» rispose Ma' in modo sgarbato. Se ne accorse subito perché si affrettò a parlare di nuovo con voce più dolce. «Abitiamo a due passi. Ci manca solo che io non possa tornare a casa mia nella mia città».

Mi tirò per il braccio e mi portò fuori. Mi voltai verso Aidan che si era fermato a guardarci in cima alle scale. Mi sorrise ancora.

Tornammo a casa quasi correndo e senza parlare. Cercai di prendere dalle mani di Ma' una busta di patate, ma lei la trattenne con un gesto brusco. I vetri delle nostre finestre, per fortuna, erano ancora tutti interi. Andai a dormire, ma le rivolte non si spensero quella notte. Furono tre giorni di molotov, proiettili, bastoni e gas lacrimogeni. Più di trecento feriti, dicevano i giornali. Io passai i giorni seguenti piantonata a vista in camera, come una detenuta. Non mi era consentito neanche uscire per andare a scuola.

Capitolo 9

Derry, 1970

Dopo i riot di quell'agosto perdemmo ogni speranza che le cose potessero andare diversamente. Non per forza in modo migliore, ma anche solo in maniera differente da come erano andate fino ad allora. Anche i divieti dei grandi si fecero sempre meno convinti e meno severi. Se prima ci era assolutamente proibito uscire durante i riot, con il passare dei mesi quel divieto si trasformò nella raccomandazione rassegnata di stare attenti a non farci male. Perfino Cillian e Orla tirarono qualche pietra contro le camionette, Cillian perché cercava ancora di venire a patti con la morte di Damien, Orla perché non c'era davvero nient'altro di meglio da fare nel Bogside.

Un giorno mia madre mi tirò uno schiaffo in piena faccia perché mi ero permessa di dire che quelli dell'IRA erano dei terroristi. L'avevo sentito a scuola, da un'insegnante che veniva dallo Yorkshire. Aveva detto che il Nord era degli inglesi, fino a prova contraria, e l'esercito regolare era uno solo e portava il simbolo della Corona. L'esercito dell'IRA non era un esercito, era un gruppo di terroristi armati. Io, come tutta la gente che viveva nel Bogside, stavo sempre dalla parte di chi tirava pietre e molotov contro gli inglesi, e avevo storto il naso quando avevo sentito dire quelle cose, perché era chiaro che quell'insegnante non capiva qual era il problema di una terra divisa a metà. Ma dovevo ammettere che quelli dell'IRA, con i loro fucili d'assalto, le divise mimetiche e i passamontagna calati sul volto mi facevano paura tanto quanto gli inglesi.

«È il nostro esercito, Saoirse» mi disse mia madre. «IRA significa 'Esercito Repubblicano Irlandese'. Non sono terroristi».

«Ma non è una cosa riconosciuta». Mi massaggiai la guancia colpita e mi strinsi nelle spalle. «Cioè, è vero che l'esercito è quello inglese. Non c'è un esercito irlandese. Non è legale che ci sia».

«Non sei così stupida da pensare che tutto ciò che è legale sia giusto» mi disse Ma'. «Pensi sia legale tirare le bottiglie incendiarie?»

«No» risposi, consapevole di essere finita nella sua trappola logica.

«Eppure pensavi fosse giusto quando hai deciso di farlo».

Non potevo negare che quelli dell'IRA, che quando non avevano la divisa li riconoscevi lo stesso perché indossavano giacche verdi e jeans, erano soldati che non volevano spararci addosso, ma che correvano a difenderci quando gli inglesi venivano a fare qualche casino. Non so come accadde, ma in quegli anni erano diventati potenti per davvero, fino al punto che su un palazzo all'entrata del Bogside qualcuno aveva scritto: 'State entrando ora nella Derry libera' e gli inglesi, anche i soldati, dovevano chiedere il permesso per accedere. Ogni tanto qualcuno voleva provare a passare, ma quelli dell'IRA erano lì giorno e notte, si mettevano a controllare i documenti e decidevano se farti passare o farti capire se era meglio che te ne stavi alla larga. I lealisti cominciarono ad avere più paura. Quando volevano massacrare qualcuno di botte, riuscivano a farlo lo stesso, ma almeno erano costretti a pensarci due volte adesso che quelli dell'IRA si erano organizzati per davvero.

Terroristi o meno, dovevo un po' di riconoscenza agli uomini con le giacche verdi. La nostra vita era più o meno la stessa, ci sbucciavamo le ginocchia sempre allo stesso modo e andavamo a mangiare il gelato in collina, ma ci sentivamo almeno un po' più sicuri di prima.

Una cosa, però, era cambiata. Da quando avevo lanciato quella molotov dai tetti di Rossville Street, Aidan si comportava in modo diverso con me. Veniva spesso a casa mia e mi chiedeva di andare a passeggiare insieme. Avevamo cominciato a uscire dal Bogside e spesso trascorrevamo i pomeriggi dall'altra parte del Foyle. Era dal lato degli inglesi, ma noi stavamo ben attenti a non metterci nei casini. Superavamo il ponte e proseguivamo sul lungofiume dalla parte del Waterside fino ad arrivare ai sentieri che conducevano al bosco. Ci portavamo un telo e qualcosa da mangiare, e poi rimanevamo lì a parlare per ore. Non chiedevamo mai a Orla e Cillian di venire con noi. Quelle ore trascorse insieme erano avvolte da uno strano senso di segretezza. Da una parte non c'era nessun inganno, e se mi avessero chiesto se fossi uscita con Aidan non lo avrei negato; ma allo stesso tempo evitavo di parlarne, e se in un giorno in cui io e Aidan avevamo programmato una passeggiata Orla o Cillian mi chiedevano di fare qualcosa, mi inventavo che avevo combinato qualche casino per cui Ma' mi aveva proibito di uscire. Non so perché ci comportassimo in quel modo, ma Aidan non lo aveva mai proposto anche agli altri e io tutto sommato non avevo voglia di farlo. In verità, mi andava proprio bene così. Con Aidan stavo bene. Cillian ormai non parlava quasi più, aveva gli occhi sempre tristi, e stare con lui significava passare le ore in silenzio o, nel migliore dei casi, a ricevere risposte monosillabiche. Orla non aveva perso l'abitudine di dover essere sempre la più brava in tutto quello che faceva, e dato che era la stessa croce che si portava addosso Aidan, le nostre giornate insieme finivano per essere un duello all'ultimo sangue tra loro due e mi annoiavo terribilmente.

Non mi dispiaceva che Aidan avesse scelto me e non lei, anche se non me ne spiegavo la ragione. A quell'età la bellezza è la virtù suprema, e noi ce ne nutrivamo dai magazine patinati con le ragazze mezze nude sopra. Orla era senza dubbio più bella di me e ha continuato a esserlo sempre, ma all'epoca la differenza tra noi due era ancora più marcata. Io indossavo gli stessi vestiti che avevo tre anni prima e portavo i capelli sempre disordinati sopra le spalle, Orla aveva lunghi capelli biondi e mossi, ed era diventata una donna.

Quel pomeriggio io e Aidan andammo nel bosco, lo sciabordio dell'acqua del fiume contro la riva addolciva le note del vento che soffiava forte tra le fronde dei sorbi. Avevo portato un libro di poesie di Emily Dickinson. Dalla borsa di tela appoggiata sull'erba si intravedeva appena il titolo. Aidan lo sfilò, lo prese tra le mani e mi chiese di leggergli la mia preferita. In realtà non ne avevo la minima idea: avevo trovato quel libro a casa, non lo avevo mai aperto, lo avevo portato solo per fare bella figura. Aprii una pagina a caso e iniziai a sfogliarlo. Cercai di sforzarmi di apparire sicura, mentre muovevo lo sguardo sull'indice, e poi tra le poesie ordinate per data di composizione, così da dare l'impressione di sapere quel che stavo facendo. Finii per sceglierne una verso la fine. Era abbastanza corta, e questo mi dava sicurezza, perché se fosse stata troppo lunga e Aidan mi avesse chiesto perché fosse la mia preferita, sarebbe stato più difficile inventare su due piedi una risposta sensata. Inoltre, nell'ultimo verso avevo intravisto la parola 'trifoglio'. Puntai le dita sulla pagina. 'Perfetta' pensai tra me e me. Emily Dickinson repubblicana irlandese. Gliela lessi.

«*F17 - J26 (1858)*
It's all I have to bring today –
This, and my heart beside –
This, and my heart, and all the fields –
And all the meadows wide –
Be sure you count – sh'd I forget
Some one the sum could tell –
This, and my heart, and all the Bees
Which in the Clover dwell».

Quando finii di leggere mi voltai verso Aidan. Lui non disse nulla. Rimanemmo in silenzio a lungo, mentre gli scoiattoli ci passavano accanto e il vento faceva rotolare sull'erba le foglie secche.

«In cosa credi tu, Saoirse?» mi domandò all'improvviso.

Lo guardai perplessa e poi risi. «Non lo so...» dissi. «Perché mi fai questa domanda?»

Si strinse nelle spalle. Rimase ancora in silenzio, in attesa di una mia risposta. Abbassai lo sguardo sul libro che tenevo in mano.

«Nella poesia» dissi, con poca convinzione.

«Mi sembra bello».

«Tu in cosa credi, invece?» Avevo l'impressione che, sebbene mi avesse fatto quella domanda in modo autentico, fosse lui quello che voleva farmi conoscere la sua risposta a tutti i costi.

«Nel fatto che l'Irlanda dovrebbe essere unita» disse. «Nord e Sud». Fece dondolare l'indice in aria dall'alto in basso.

«Questo lo so. E non credo tu sia il solo a pensarlo».

«Lo so, ma non basta pensarlo» mi disse. «La domanda che mi faccio sempre è quanto una persona sia disposta a crederci».

Lo guardai assorta e inclinai la testa da un lato.

«Voglio dire» continuò. «Tu saresti disposta a morire per qualcosa in cui credi? Saresti disposta a sacrificare tutta la tua vita per qualcosa?»

«Non credo. Forse per qualcuno. Ma per qualcosa no. Le idee non valgono niente».

«Le idee sono la cosa più importante di tutte, invece» mi disse. «Sono molto più importanti anche delle persone che amiamo».

«Saresti disposto a sacrificare una persona che ami per non rinunciare a un'idea, quindi?»

«Non funziona proprio così». Mi sorpresi del fatto che iniziò a ridere. Si mise a giocare con dei fili d'erba, li strappava e poi li arrotolava intorno all'indice, poi li lasciava cadere accanto a sé.

«Non lo so» concluse. «A volte vedo gli altri, gli altri irlandesi, e mi chiedo se abbia senso rischiare di morire per liberare gente che non se lo merita».

Questa volta fui io a ridere.

«Immaginare di morire per uno come il padre di Cillian non è il massimo, in effetti».

Sbuffò una risata anche lui e poi aggiunse: «Ne parlo con te perché so che tu mi capisci. Dentro, sei una rivoluzionaria, come lo sono io».

Non lo ero, lui si stava costruendo nella sua testa un'immagine di me a cui non assomigliavo, ma che non volevo deludere. Avevo lanciato quella molotov contro gli inglesi perché avevo paura che a Ma' fosse successo qualcosa. Lo avevo fatto perché me lo aveva chiesto lui e non avevo avuto il tempo di pensare. Tornando indietro, forse non lo avrei fatto. Ogni tanto mi chiedevo come potevamo dire di volere la pace se eravamo noi stessi a fare la guerra. Ma tutto questo non sapevo se dirglielo, perché mi piaceva l'immagine che mi aveva cucito addosso. Giocavo a indossare degli abiti che non erano miei, perché i miei non li avevo ancora trovati, e l'unica cosa di cui ero certa era che amavo le attenzioni che mi dava Aidan. Soprattutto, anche se facevo fatica ad ammetterlo, mi piaceva lui.

Le nuvole si addensarono improvvisamente nel cielo e gocce pesanti di pioggia iniziarono a picchiettare sulle nostre teste e sulla copertina del mio libro. Mi affrettai a nasconderlo di nuovo dentro la borsa.

«Che ne dici, torniamo a casa?» mi chiese.

Annuii. Mi alzai in piedi e battei le mani sui pantaloni per liberarmi della terra e dei fili d'erba. Anche Aidan si alzò, ma invece di incamminarsi verso il sentiero, posò entrambe le mani sulle mie spalle.

«Posso baciarti?» mi chiese.

«Sì» risposi, senza pensarci neanche un istante. Il suo volto, di cui avrei potuto tracciare ogni linea a occhi chiusi, mi restituì una singolare sensazione di estraneità, come se fosse la prima volta che lo guardavo davvero.

Capitolo 10

Quando ricominciammo ad andare a scuola, io e Orla non ci parlavamo più. Per la prima volta da anni non ci eravamo scambiate i regali di Natale e avevamo aspettato la mezzanotte del nuovo anno ognuna a casa propria. Io ero stata con Aidan, i suoi amici ed Eileen McMillan. Mi aveva perdonato, anche se le avevo spaccato il labbro e le era rimasto il segno per un bel po' di tempo. Cillian e Martha erano andati a casa di Orla e avevano mangiato cioccolata e frutta candita per tutta la sera. Quando Cillian me lo aveva raccontato avevo sentito la rabbia bruciarmi dentro. Non lo aveva detto per farmi del male, io e lui continuavamo a volerci bene e nei suoi occhi vedevo un dispiacere sincero per il fatto che io non fossi stata con loro.

Orla e io non stavamo più sedute allo stesso banco. Per tornare a casa percorrevamo strade diverse, anche se era una cosa che faceva perdere tantissimo tempo a entrambe. A giocare per le vie del Bogside ormai non ci andavamo più da un po' e quando capitava, se lei si metteva a giocare alla corda, io andavo a giocare a pallone contro il muro, e viceversa. Ci evitavamo. Una volta capitò che ci incontrammo da Mitchell's. Entrambe avevamo accompagnato le nostre madri a fare la spesa. Mentre loro chiacchieravano, io mi guardavo i piedi e Orla guardava i sacchetti di patatine disposti in ordine sugli scaffali. Alla fine, mi inventai un mal di pancia improvviso e costrinsi Ma' a congedarsi velocemente da Mrs O'Sullivan e andare a pagare.

«Cos'è successo fra te e Orla?» mi chiese Ma' quando uscimmo.

«Nulla, Ma'» le dissi.

Lei serrò le labbra, si fermò un attimo e appoggiò a terra le buste della spesa.

«Vi volete bene, Saoirse» mi disse. «Alla vostra età non esiste nulla che non possa essere perdonato».

Quella frase mi è rimasta dentro per molto tempo. Ancora oggi che Ma' passa le giornate a letto e non mi riconosce più quando la vado a trovare, ogni tanto mi trovo a ripensare alle sue parole. Ma a quattordici anni non potevo capire. A quell'età ogni cosa è amplificata, dalla rabbia all'amore. E fu proprio per amore che io e Orla non ci parlammo più.

Dopo quel pomeriggio nel bosco, corsi da Orla perché mi sembrò la cosa più naturale da fare.

Le diedi appena il tempo di aprire la porta. «Ho baciato Aidan» le dissi.

«Non ci credo...» sussurrò.

Annuii, una mano sul cuore e il palmo dell'altra aperto all'altezza del viso, per giurarle che stavo dicendo la verità.

«State insieme, adesso?» Se il suo volto si fece pallido, non me ne accorsi, ma distolse lo sguardo e iniziò a tamburellare con l'indice contro lo stipite della porta.

«Non ne abbiamo parlato, in realtà» dissi. «Penso di sì».

Cercai di entrare, ma lei mi bloccò sullo zerbino consumato dalla pioggia e dal fango, e mi spinse con le mani sul petto per allontanarmi.

«Buona fortuna, Saoirse».

Non riuscii a trovare nulla da dire, neanche una parola. Lasciai che Orla richiudesse la porta e rimasi fuori. Restai immobile per qualche istante, dritta come una candela, sotto la pioggia, a guardare la vernice rossa scrostata e il grosso battente d'ottone. Alzai la mano per bussare di nuovo, ma poi rinunciai. Il cuore mi scoppiava, le mie guance erano bollenti non più d'amore ma di rabbia. Avevo sempre creduto, fino a quel momento, che l'amicizia tra me e Orla fosse un legame intimo e supremo che non poteva essere scalfito, negoziato né tradito. A quanto pare, non era così. Orla non mi aveva mai rivelato, neanche una volta, di avere una cotta per Aidan. Aidan le era simile come si assomigliano i fratelli, non gli innamorati. Ci avevo scherzato su parecchie volte, ma lei non faceva altro che negare, sminuire Aidan ed esprimere nei suoi confronti, in sua presenza o meno, sentimenti che erano molto più vicini all'odio e all'insofferenza che all'amore.

Le relazioni tra noi quattro le avevo sempre immaginate come i movimenti di stelle erranti che, con il passare del tempo, finivano per organizzarsi in costellazioni sempre diverse.

Per tutta l'infanzia io, Orla e Cillian eravamo stati così vicini da sfiorarci. Un po' più distante da noi c'era Aidan, quello più grande, quello più bello, quello che giocava alla rivoluzione quando noi giocavamo ancora a inventare storie di gnomi e fate. Poi lui si era avvicinato a Orla. Orla che giocava a pallone, Orla che era l'unica che gli teneva testa, Orla che vinceva al gioco delle biglie. Poi si era avvicinato a me, in modo quasi brusco, durante i riot del '69, e io avevo lasciato che prendesse tutto lo spazio che desiderava, così che le nostre luci brillassero insieme. Mentre accadeva, lo spazio di cielo che mi separava dalla mia migliore amica di sempre si era fatto più grande, e Cillian aveva scelto lei, così ora lui e Orla erano diventati due astri vicinissimi, sempre testa contro testa, e io e Aidan altri due astri lontani, ma vicini tra noi, in questa nuova costellazione.

Qualche giorno dopo incontrai Cillian. Ma' mi aveva chiesto di portare una teglia di Shepherd's Pie ai Doherty. Solo anni dopo capii che Ma' mi mandava spesso da loro con del cibo da consegnare non perché non sapeva calcolare le dosi esatte delle ricette. Non era affatto vero che le avanzava quasi sempre una teglia, una pentola, una fetta o una porzione in più. Lo faceva di proposito, perché la madre di Cillian era diventata incapace di prendersi cura dei figli, e suo padre non ci aveva mai neanche provato. Non che ci si aspettasse che i padri ci provassero, soprattutto quelli del Bogside. Mettevano al mondo i figli, ma il loro lavoro finiva lì. Ma' invece amava Cillian come se fosse stato sempre mio fratello.

Prima di andare via per sempre, anni dopo, lui passò a darle un bacio sulla fronte. Mia madre fu l'ultima persona che Cillian volle vedere prima di lasciare il Bogside. La ringraziò di tutto il bene che gli aveva fatto senza che lui se ne fosse mai accorto: era quello il bene più prezioso, le aveva detto, quello che si fa quando gli altri non vedono. Me lo ha raccontato Ma' qualche giorno fa, in uno di quei pochi momenti in cui la luce del mattino le permette ancora di farsi strada tra i ricordi.

«Ma' ne ha fatta troppa» dissi a Mrs Doherty, con la teglia ancora calda in mano. La madre di Cillian sollevò appena il foglio di alluminio tra pollice e indice, con diffidenza. «È Shepherd's Pie» precisai. L'odore forte di carne d'agnello mi si era attaccato ai vestiti e alla pelle. Mrs Doherty annuì e mi prese la teglia dalle mani.

«Ringrazia tua madre».

«Certamente!»

Mentre stavo per andarmene e richiudere la porta – Mrs Doherty l'aveva lasciata aperta –, Cillian si affacciò a salutarmi.

«Ehi, vuoi entrare?»

«Dovrei tornare a casa per cena, in realtà». Era una bugia, non so perché pronunciai quella frase, ma ero a disagio per quello che era accaduto con Orla. Ma' aveva appena iniziato a guardare il notiziario e ne avrebbe avuto almeno per un'altra mezz'ora.

«Solo cinque minuti, dai».

Alzai gli occhi al cielo, ma dentro di me ero contenta che avesse insistito. Avevo davvero bisogno di un amico in quei giorni, quello che stava succedendo con Aidan mi disorientava. Non ci eravamo baciati più. Le occasioni c'erano state, ma lui non aveva fatto nulla e non capivo perché. Un giorno mi aveva preso la mano mentre avevamo cercato di rincorrere un coniglio marrone per St Columb's, e poi avevamo finito per arrampicarci su un albero dietro il ruscello. Aveva fumato cento sigarette mentre io tenevo tra le mani una bottiglietta di succo alla mela che avevo comprato in offerta da Tesco. Avevamo parlato come sempre d'Irlanda e di rivoluzione. Avevo iniziato a leggere dei pamphlet che i repubblicani distribuivano, più o meno senza dare nell'occhio, per il quartiere. Ormai li collezionavo, e mi guadagnavo le occhiate fiere dei militanti quando chiedevo se quello che avevano in mano era un volantino nuovo, rispetto a quello del giorno prima. Li tenevo tutti ordinati sulla scrivania. La sera li leggevo con attenzione, imparavo a memoria alcune frasi. Poi le ripetevo davanti allo specchio, come fossero le battute di un'attrice, cercando di giocare con le mie espressioni. C'era l'espressione seria, come se fossi un pezzo grosso del Sinn Féin che parlava al Parlamento, c'era quella piena di rabbia o di speranza. Quel repertorio funzionava benissimo su Aidan che annuiva, si fermava a pensare, aggiungeva qualcosa e poi finiva sempre per prendermi la mano e stringerla forte, convinto che il mio cuore battesse allo stesso ritmo del suo. Quel giorno sull'albero, gli avevo detto che credevo fosse assurdo che quella del 1845 fosse passata alla storia come una carestia, quando era evidente che era stato il governo inglese a lasciarci morire di fame. Per molti aspetti il mio repubblicanesimo era come un rossetto particolarmente brillante e appiccicoso che indossavo non perché piacesse a me, ma per farmi apprezzare da Aidan. Ma per quanto riguardava la Grande Carestia del 1845, già allora ero assolutamente convinta che gli inglesi avessero torto marcio. Ho letto così tanti articoli, libri, interviste che, ovunque io mi trovi, ancora oggi, soprattutto oggi, non ho mai timore nel correggere senza vergogna qualcuno che usa il termine 'carestia' riferito agli eventi di quegli anni, che sia il lattaio o un professore della Queen's University. E per quanto sembri assurdo, qui la gente parla ancora parecchio del 1845, perché ognuno si porta dentro i fantasmi del suo popolo, non importa quanto antichi siano. Quando odi gli inglesi una volta, li odi per sempre.

Speravo davvero che Aidan mi baciasse, quel giorno, mentre eravamo arrampicati sui rami robusti, ma non lo fece; e che io ci provassi era fuori discussione. Era già abbastanza complicato uscire di nascosto con un ragazzo più grande di me, con la cipria rubata a Ma' che poi toglievo prima di rientrare a casa, lavandomi il viso con l'acqua gelida della fontana vicino alla

Guildhall. La pressione sociale di essere una ragazza per bene la sentivo addosso come un macigno, ma ero anche troppo vigliacca per ribellarmi. Ero troppo vigliacca per fare qualsiasi cosa, anche per dire a Aidan che dell'Irlanda unita me ne importava, ovviamente, come a tutti quelli del Bogside, ma nella mia scala di priorità essere baciata da lui era al primo posto.

«Solo cinque minuti, però» dissi a Cillian, pulendomi le scarpe sullo zerbino.

Nella sua stanza, ci sedemmo per terra, con la schiena appoggiata contro il letto. Ero a disagio, senza una ragione specifica. Giocai con le maniche del mio maglione fino ad allungarle perché coprissero le mie mani.

«Ho saputo che hai baciato Aidan» mi disse, senza troppi giri di parole. «Me l'ha detto Orla» si affrettò ad aggiungere.

«Aidan ha baciato me, in un certo senso».

«Non lo volevi?» Cillian si irrigidì per un istante. Io scoppiai a ridere.

«No, certo che lo volevo...» dissi. Lo volevo così tanto che era assurdo anche solo pensarlo. «Volevo dire che non sono stata io a fare il primo passo».

Guardai Cillian aggrottare le sopracciglia e stringersi nelle spalle. Credo che quella frase gli fosse suonata come molto stupida, ma non mi importava.

«Be', sono contento per te».

«Davvero?» gli chiesi.

«Certo» disse. «Se tu sei contenta, io sono contento».

Rimanemmo un po' in un silenzio profondo che mi pareva intollerabile. Poi tornai a parlare.

«E comunque, l'ho fatto perché Aidan mi piace sul serio. Non l'ho fatto per ferire Orla. Se vuoi saperla tutta, non capisco a che titolo Orla possa sentirsi ferita dato che non mi ha mai detto, neanche una volta, che Aidan le piaceva».

«Se te lo avesse detto, non lo avresti baciato?» mi domandò Cillian, schietto.

«No» dissi. «Non lo so, forse».

Cillian si strinse nelle spalle.

«Comunque, non credo che sia arrabbiata con te. Credo semplicemente che la notizia l'abbia colta un po' di sorpresa».

Non era vero. Era arrabbiata con me e lo sapevo, ma quella era la conversazione più lunga che avevo avuto con Cillian da tempo e ne fui felice. Lo abbracciai e gli passai una mano tra i capelli. Lui mi prese il polso, prima che io mi allontanassi.

«Solo una cosa, per favore: sta' attenta con Aidan».

«In che senso?»

Cillian alzò le spalle. «La rivoluzione, l'Irlanda... Aidan è un teppista».

Capitolo 11

Eileen McMillan era la mia nuova compagna di banco. Disegnava benissimo, e lo faceva di continuo, anche durante le lezioni di matematica. Gli insegnanti, quando se ne accorgevano, la facevano smettere. Lei chiedeva scusa senza pensarlo davvero, chiudeva il quaderno nero con la copertina di pelle e lo riponeva sotto al banco. Il suo sguardo vagava sempre per la classe, oltre la lavagna incorniciata dal legno scuro, fuori dalla finestra. Nonostante apparisse distratta perfino dal rumore del vento, Eileen aveva i voti più alti di tutti, sapeva fare i calcoli in fretta e riusciva a imparare le poesie di Yeats a memoria dopo averle lette una sola volta.

Mi trovavo bene con lei, anche se non avevamo molto in comune. Eileen non parlava quasi mai di sé e a quattordici anni non sembrava avere nel cuore nessuno dei turbamenti che straziavano il mio. Aveva una bellezza pulita che la faceva brillare, qualunque cosa facesse. Portava sempre i capelli scuri sciolti, le arrivavano appena sopra le spalle. La divisa triste del St. Cecilia's – camicia bianca e gonna e cravatta verdi – le stava addosso come un vestito cucito solo per lei.

Dopo la scuola andavo spesso a casa sua. Sua madre e suo padre erano le persone più interessanti che avessi mai conosciuto. Amavo la loro compagnia perché cominciavo a provare un forte senso di insofferenza per i miei coetanei. L'attrazione nei confronti di Aidan continuava ad aumentare ogni giorno anche per questo motivo. Persino Cillian, con cui avevo sempre condiviso giochi, casa e cuore aveva cominciato a infastidirmi, specialmente quando proponeva di andare ancora a giocare per strada con i bambini del Bogside. Ora i bambini del Bogside erano altri, non noi. Noi eravamo i ragazzi del Bogside e avevamo il dovere di distinguerci, fare altre cose, raccogliere i mozziconi buttati a terra e fumarli, mettere il gin nelle bottigliette di plastica e fingere che fosse acqua per poi andare in chiesa ubriachi, saltare la scuola, baciarci di nascosto e infilarci le mani sotto i vestiti dietro i palazzi.

Spesso avevo l'impressione che Eileen, invece, fosse già un'adulta. Aveva completamente saltato la fase delle tempeste del cuore e della ribellione verso l'autorità, in particolare quella della sua famiglia. Provava un piacere sincero nel trascorrere del tempo con i suoi genitori e i suoi fratelli, mentre io non potevo rinunciare all'adrenalina di tutto quello che era proibito. Eileen sembrava saperne fare a meno. Rincorrevo prati verdi e sconfinati di libertà, mentre lei avrebbe preferito comunque rimanere a casa a fare le torte con sua madre.

Da quando avevo baciato Aidan si erano aperte le porte di tutte le meraviglie del possibile e l'insofferenza che provavo nei confronti di Ma', e verso la nostra casa piccolissima e polverosa, si faceva ogni giorno più evidente. Per Eileen era diverso. La sua famiglia erano due genitori innamorati, quattro fratelli e due sorelle, due cani e una casa che sembrava uscita dalle riviste di arredamento che si trovano nelle sale d'attesa dei dentisti. L'ingresso era ampio e c'era un mobiletto con un vaso pieno di Bar Six, le migliori barrette di cioccolato di quegli anni, che io mangiavo solo a Natale, quando il fatto di spendere più di quanto ci si potesse permettere diventava accettabile per mia madre.

L'idea che ci fosse anche gente che se la passava discretamente bene nel Bogside mi stupì. Fino a quel giorno, per me il Bogside non era altro che file parallele di case fatiscenti, puzza di fogna, padri ubriachi, mogli picchiate, stufe rotte, pezzi di barricate, fuoco, filo spinato, palazzi di mattoni rossi contro cui tirare un pallone e marciapiedi bagnati su cui giocare al salto della corda. Per l'esattezza, Eileen viveva quasi al confine del

Bogside. Su Abercorn Road, infatti, c'era una controversia mai risolta – tra quelli a cui dell'argomento interessava qualcosa e che, in modo per me incomprensibile, erano parecchi –, ossia se fosse ancora parte del Bogside o meno. Io avevo deciso. La casa di Eileen era fuori dal Bogside. Mi piaceva l'idea di avere un'amica che viveva in città, nel cuore vivo del centro e non nell'arteria pulsante di liquidi maleodoranti che la pioggia tirava su come esalazioni tossiche a ogni ora del giorno e della notte.

La madre di Eileen aveva studiato Letteratura. A cena, si parlava spesso di poesia. Era una cosa del tutto impensabile per me. La letteratura e la poesia erano materie da studiare o compiti da finire controvoglia. Per la famiglia di Eileen, invece, erano un argomento come un altro, qualcosa di cui si poteva discutere a tavola con piacere. A me leggere piaceva, ma leggevo solo quello che avevo in casa, e non era molto. Vecchi classici e romanzi popolari, per la maggior parte.

La prima volta che entrai a casa di Eileen rimasi incantata dalla sua libreria. Era enorme. Oltre a occupare quasi tutta la parete del salotto, era piena di libri ordinati come in una biblioteca. Storia, con una sezione specifica di storia dell'Irlanda e politica – le simpatie repubblicane dei McMillan erano evidenti –, poesia e narrativa. La nostra libreria, piccola e impolverata, accoglieva una ventina di volumi e gli spazi vuoti sugli scaffali erano riempiti da ninnoli e soprammobili impolverati, vasi di ceramica orrendi ed eredità inutili di un pezzo di famiglia allargata di Ma' che viveva nel Donegal. Presi tra le mani un libro con la copertina verde e oro, una raccolta di poesie di Pádraig Pearse.

«Lo vuoi?» mi chiese Eileen.

«Oh, no» mi affrettai a dire. Richiusi il libro e lo rimisi al suo posto sullo scaffale. «Non preoccuparti, lo stavo solo guardando».

Lei mi sorrise e con due dita lo fece scivolare nella sua mano. Me lo offrì di nuovo.

«Prendilo» mi disse. «È tuo».

Rimasi in silenzio. Mi sembrava di maneggiare una cosa

preziosa. Tenevo il dorso sul palmo e stavo ben attenta a non sporcare la copertina con le dita.

«Questa è la mia copia» continuò lei. «Ne abbiamo altre. E poi papà dice sempre che tutti dovrebbero avere almeno una copia di qualcosa di Pearse. Giusto, Pa'?» gridò.

«Prendilo, Saoirse. Pearse è il miglior poeta della rivoluzione!» rispose lui sorridendo.

Ci pensai un attimo, strinsi il libro tra le dita, ma poi con un gesto brusco glielo restituii.

«No, è che ce l'ho già» mentii. «Anch'io ho una libreria. Forse anche più grande di questa. Lo sai che ho un pamphlet originale di James Connolly?» Ovviamente non lo avevo, ma Aidan mi aveva raccontato di un suo amico che ne possedeva uno, perché un suo parente aveva combattuto nelle rivolte di Pasqua del 1916 ed era stato giustiziato nello stesso carcere dove erano stati giustiziati Connolly, Pearse e tutti gli altri.

«Davvero?» Eileen non mi diede il tempo di rispondere, ma non le avrei mai detto di no, che non era vero e che glielo avevo detto solamente perché mi sentivo inadeguata e stupida, che era come avevo iniziato a sentirmi per la maggior parte del tempo, la maggior parte dei giorni, per la maggior parte della mia vita. Mi sembrava che tutti avessero le chiavi del mondo in mano, e io dovessi ancora trovare la serratura.

«Un giorno mi inviti da te?»

«Certo» dissi. Quella bugia prese la forma di un nodo strettissimo nel punto più nascosto della mia pancia e quella sera non mangiai quasi nulla, generando una preoccupazione tenera nella madre di Eileen. Dichiarai un mal di pancia improvviso e me ne andai. La mia casa era fredda, l'umidità si intrufolava dalle fessure delle finestre e sotto la porta d'ingresso. Ma' era distesa sul divano. Piazzai l'indice sotto il suo naso per sentire se respirava. Era una cosa stupida, ma da quando la madre di Cillian si era intossicata di farmaci e non si alzava più, la paura che a Ma' succedesse lo stesso si era fatta strada in qualche parte del mio cervello. Ma' non si intossicava di farmaci, ma aveva una boccetta di gocce per l'ansia nascosta dietro lo specchio del bagno. Per le emergenze, mi aveva detto, per i giorni più difficili. La lasciai dormire tranquilla e le sistemai una coperta fin sopra le spalle. Poi la osservai e sorrisi, perché potevo permettermi la tenerezza solamente quando non mi guardava. Salii in camera, presi il rosario dal cassetto del comodino, mi infilai sotto le coperte e mi misi a pregare. Pregai che Eileen si dimenticasse presto della mia libreria e poi pregai per tutto il resto: per la pace, per i poveri. Per Aidan. Mentre rimettevo a posto il rosario, sentii i passi di Ma' sulle scale di legno. Bussò due volte sulla porta con delicatezza, e poi la aprì.

«Perché bussi se tanto non aspetti per entrare?»

«Non ti ho sentito tornare».

«E invece, eccomi qui». Grugnii appena, avvolta nelle coperte fino al collo.

Ma' accese il piccolo abat-jour sul comodino e si sedette sul letto accanto a me. Il suo corpo aveva un odore che mi disturbava, disinfettante mischiato a burro e aglio.

«Come mai sei tornata così presto?»

«Avevo mal di pancia».

«E come stai ora?»

«Sto bene, Ma'».

«Non hai idea dello stufato d'agnello che ho cucinato. Domani, se ti è passato il mal di pancia, te lo faccio mangiare. Ho parlato con Bronagh al mercato questa mattina e mi ha detto che lei ci mette sempre un pizzico di cannella, così ho deciso di provare. Saoirse, non ci crederai, ma...»

«Ma'?» la interruppi. Lei aveva un sorriso ingenuo e gli occhi che brillavano liquidi e allegri. Rimase in silenzio e io, senza pietà, affondai la spada.

«Perché parli sempre di cose stupide?» Mi tirai su e appoggiai la schiena sul cuscino. «Eileen e sua madre parlano di Yeats, tu mi parli della cannella nel maiale».

«Era agnello».

«Non me ne frega un cazzo» le urlai, tirandomi su di scatto. «Perché sei così stupida?»

Ma' si alzò, le sue labbra erano serrate. Non disse nulla, si chinò solo sull'abat-jour, tirò il cordoncino e nella stanza calò di nuovo il buio.

«Mi dispiace, Saoirse».

Rimase in silenzio per un po' e poi continuò.

«Mi dispiace che questa terra ti abbia reso così».

«Così come?»

«Violenta» disse. «Con il cuore freddo».

Non le risposi. Il buio ci avvolgeva, ma sapevo che mi stava guardando.

«Mi dispiace di non essere la madre che desideravi, Saoirse».

Richiuse la porta dietro di sé. Bagnai di lacrime il cuscino. Non volevo fare del male a nessuno. Volevo solo una vita diversa.

Capitolo 12

In quei giorni, nel Bogside c'era una barricata dietro ogni angolo. La situazione nel resto della città non era diversa tra soldati, camionette verdi e paramilitari. Gli allarmi bomba erano comuni quanto la pioggia. C'era la guerra, e le bombe esplodevano feroci bruciando macchine, negozi, muri e vecchi palazzi, lasciando nell'aria fumo nero che aveva il sapore di un'angoscia sottile. Nonostante questo, ormai ci rifiutavamo di vivere come avevamo sempre vissuto. A me dei soldati inglesi importava poco, tiravo dritto quando li incontravo e se volevano attaccare briga alzavo il dito medio in aria e continuavo a camminare come se niente fosse. Tutto sommato, era la mia normalità e le guerre che mi interessava combattere erano altre: trovare vestiti che mi stessero bene, guardarmi allo specchio senza odiarmi e navigare le acque del mio rapporto con Aidan.

Come se guerra e amore non bastassero, io e Orla avevamo un terreno di trincea tutto nostro: il caffè di Strand Road. Prima che baciassi Aidan, io e lei avevamo preso l'abitudine di andarci insieme a studiare, a leggere o a chiacchierare. Avevamo un tavolino abituale, ci sistemavamo entrambe sullo stesso lato, con le spalle appoggiate alla vetrina, sul divanetto di pelle rossa. Orla diceva che i francesi e gli innamorati si sedevano così, mentre noi irlandesi avevamo l'abitudine di sederci l'uno di fronte all'altro.

Continuavamo a incontrarci lì, ma sedevamo a tavoli diversi e nessuna delle due aveva potuto rivendicare il nostro posto condiviso perché Mrs Francis aveva risistemato il locale e dove c'era il nostro tavolino aveva messo un mobiletto pieno di alcolici. Quando ci trovavamo entrambe lì, nei pomeriggi dopo la scuola, ci mandavamo occhiate d'odio, ma la solitudine che mi avvolgeva era insopportabile quando me ne stavo seduta con una tazza di caffè in mano. Mi veniva voglia di rompere quel muro di rabbia e sedermi accanto a lei, ma poi tornavo a farmi gli affari miei, guardando la gente correre sotto la pioggia, fuori dalla finestra.

Mrs Francis versava l'acqua calda per il tè nelle tazze sospirando e scuotendo la testa.

«Non potreste fare pace e smettere di occuparmi due tavoli?» si lamentava. Avrei voluto risponderle che il suo locale era sempre mezzo vuoto, e sono sicura che Orla avrebbe voluto dirle lo stesso.

Dopo la litigata con Ma' della sera prima, mi svegliai con il primo sole del mattino e passai al caffè di Strand Road prima di entrare a scuola. Aidan mi piombò addosso mentre stavo finendo di bere il mio tè. Mi appoggiò le mani sulle spalle e mi voltai di scatto.

«Come facevi a sapere che ero qui?»

«Sono passato a casa tua e tua madre ha detto che eri uscita per andare a scuola. Volevo raggiungerti, e ti ho vista qui dalla vetrina».

«Be', tanto ho quasi finito. Puoi accompagnarmi a scuola, se vuoi».

Aidan guardò l'orologio.

«Fammi prendere un caffè».

Annuii, e mi sciolsi i capelli, col cuore in tumulto. Poi, fingendo una tranquillità che non avevo, chiusi il libro che stavo leggendo e infilai lo scontrino tra le pagine per tenere il segno.

Lui si tolse la giacca e la appese allo schienale della sedia. Posò il pacchetto di sigarette sul tavolino e ordinò un caffè nero a Mrs Francis dietro il bancone. Guardai la strada e sperai in cuor mio che non arrivasse anche Orla. Nonostante la guerra che stavamo combattendo, non avevo mai avuto intenzione di farle del male, né quando io e Aidan ci eravamo baciati né mai. Volevo soltanto stare con Aidan, baciarlo a ogni semaforo, tenergli la mano e correre sotto la pioggia sul lungofiume. Non volevo sbatterle la mia felicità in faccia, volevo solo condividerla con lei.

Rimasi in silenzio a guardare Aidan bere il caffè.

«Secondo te, Orla è mai stata innamorata di te?» gli domandai all'improvviso.

Lui aggrottò la fronte e si chiuse nelle spalle.

«Orla mi sopporta a malapena». Sbuffò una risata e accennai un sorriso.

«Posso chiederti un'altra cosa?»

Fece tintinnare la tazza di caffè sul piattino e allargò le braccia. Sfilò una sigaretta dal pacchetto e se la sistemò dietro l'orecchio.

«Secondo te sono una persona fredda?»

«No» mi disse. «Ma sei difficile da leggere».

«In che senso?»

«Nel senso che non capisco cosa provi».

«Cosa provo per te?»

Lui annuì. «Per me, e quando sei con me. Non capisco se sei felice, se sei triste, se vuoi tornare a casa».

«È questa la ragione per cui non ci siamo più baciati?»

Aidan esitò. «Non voglio forzare le cose. Non voglio fare qualcosa che non sono sicuro che voglia anche tu».

«Aidan, ma cosa dici?» Risi. Era una risata liberatoria perché, per quanto folli mi suonassero le sue parole, ricoprivano di un alone di assurdità tutti quei pensieri orribili che mi frullavano in testa da giorni.

«Mi hai detto sì quella volta soltanto» disse. «Se mi dici sì una volta, non vuol dire mica che posso baciarti ogni volta che voglio. Magari è stata una cosa di quel momento».

Sentii la faccia farsi rossa di tenerezza. I ragazzini del Bogside al cinema infilavano senza permesso le loro mani sotto le gonne delle ragazze, Aidan invece era diverso.

«Non lo è stata, Aidan» dissi. «Non è stata una cosa di quel momento».

Aprii la cartella e tenni la fibbia stretta tra i denti mentre rovistavo sul fondo per cercare la matita. La presi e sfilai lo scontrino dal libro senza curarmi di perdere il segno. Con una mano scrivevo e con l'altra facevo da scudo perché Aidan non vedesse. Poi lasciai scivolare il pezzo di carta verso di lui. Ci avevo scritto: 'Permettiamoci la tenerezza ogni volta che vogliamo'.

Lui sorrise, piegò lo scontrino con cura e lo mise nella tasca dei jeans. Gli presi la mano. Intrecciò le sue dita con le mie. Mi venne da sorridere. Pensai a quanto fosse ingenuo. Credeva davvero che me ne importasse qualcosa della rivoluzione, ma riusciva a dubitare del fatto che il mio cuore gli appartenesse.

«Aidan, mi importa di te. Ti bacerei anche qui, davanti a Mrs Francis». Le rifilai un'occhiata e poi tornai a voltarmi verso di lui. «Non me ne importerebbe nulla se tutto il Bogside sapesse di noi».

«Fallo, allora». Mi sorrise e si lasciò andare all'indietro sulla sedia.

Mi sporsi verso di lui, appoggiai i palmi sul tavolo e posai le mie labbra sulle sue. Quando mi spostai, lui mi prese il viso tra le mani e mi baciò ancora.

«Ehi! Voi due...» gridò Mrs Francis. La guardai con la coda dell'occhio mentre asciugava un bicchiere con uno strofinaccio. «Non avete una fottuta casa?»

Scoppiammo a ridere e Aidan alzò la mano a mo' di scuse. Tornammo a guardarci, gli sorrisi appena e lui mi restituì la luce più dolce che gli avessi mai visto negli occhi. Avevo desiderato tanto quel bacio. Mi aspettavo che, come nelle fiabe, baciarlo di nuovo avrebbe sciolto l'incantesimo. Ma non c'era nessun 'e vissero per sempre felici e contenti'. Fuori il mondo era sempre lo stesso. Io ero sempre la stessa.

Aidan mi guardò e poi sospirò.

«Sembra sempre che tu abbia cento pensieri in testa».

«Perché ho letteralmente cento pensieri in testa, ogni secondo della mia vita» risposi.

«Dimmene uno». Infilò le dita nella tasca dei jeans per raggiungere una monetina, che poi fece tintinnare sul tavolo. «Un penny per un tuo pensiero».

«Ho paura che tu finisca in situazioni pericolose» dissi. «Vuoi ancora arruolarti nell'IRA?»

«Non lo so... In parte sì, ma non sono così stupido come pensano tutti».

«Chi pensa che tu sia stupido?»

«Cillian».

«Te l'ha detto lui?»

«Mi ha detto che mi infilerò in qualche casino».

«Nei casini ci si può anche finire per sbaglio. Non bisogna per forza essere stupidi». Le mie parole non sembrarono convincerlo molto. Si strinse nelle spalle e continuò.

«La verità è che non so se la cosa giusta da fare ora sia arruolarsi nell'IRA, ma ci penso ogni giorno» concluse. «Un altro».

«Un altro cosa?» Lo guardai perplessa.

«Un altro pensiero». Sorrise, tirando fuori dalle tasche un altro penny.

«Ho paura che Orla sia innamorata di te».

«Non credo che Orla sia innamorata di me, te l'ho già detto». Era sicuro di ciò che diceva, e mi guardava come se gli avessi detto che il giorno dopo tutti i soldati inglesi se ne sarebbero tornati al di là del mare.

Abbassai lo sguardo.

«E ho paura...» continuai. «Che se Orla fosse innamorata di te, tu sceglieresti lei al posto mio».

«Peccato però che non sono innamorato di Orla» rispose Aidan. «Un altro ancora».

Aidan aveva aperto un canale di fiducia e la diga che fino a quel momento imbrigliava le mie parole esplose, lasciando che quello che avevo dentro scorresse veloce come la corrente del Foyle.

«Non sono bella».

Toccai il mio punto di rottura e iniziai a piangere con il viso tra le mani. Aidan mi baciò la fronte. «Lo sei, Saoirse. Sei la più bella di tutto il Bogside».

Mi strofinai gli occhi con le maniche della divisa del St. Cecilia's.

«Scusa, Aidan» dissi. «Non volevo piangere. Non sono una ragazzina».

«Non sei un dinosauro, quindi sei di certo una ragazzina». Sorrise. «E le ragazzine piangono per i ragazzi e pensano di non essere abbastanza belle». Mi prese la mano.

«E i ragazzini?»

«I ragazzini uguale, ma non sono coraggiosi come le ragazzine che sanno ammetterlo».

Poi mi accompagnò al St. Cecilia's e proseguì fino alla sua scuola.

Capitolo 13

«Cosa c'è qui dentro?»

Agitai la scatola di cartone rigido e qualunque cosa ci fosse all'interno riempì la stanza di un tintinnio argentino. Eileen mi strappò la scatola dalle mani e se la strinse al petto.

«Fatti miei».

«Stai scherzando?» Risi. Non avevo mai sentito Eileen dare una risposta brusca a nessuno, neanche ai soldati inglesi quando ci impedivano di passare nella strada che ci portava a scuola per motivi di sicurezza. «Dai, Eileen» dissi, allungando le braccia verso la scatola. «Non mi scandalizzo di nulla! Pillole? Droga? Oh, no, aspetta. Lo so. Preservativi».

«Fatti miei» ripeté Eileen. Questa volta scandì bene le sillabe. Alzai i palmi in segno di resa.

«Come vuoi». Le piantai addosso uno sguardo di sfida. «Ma sappi che dovrai nasconderla per bene la prossima volta, perché Dio solo sa che voglia mi hai messo di aprirla».

Eileen sbuffò e con un calcio spedì la scatola sotto il letto. Pensai che quantomeno non dovesse esserci dentro nulla di fragile.

«Tu non hai dei segreti?» mi domandò Eileen.

«A volte mi immagino di essere morta» le dissi. «Chiudo gli occhi e mi immagino il mio funerale. Mi chiedo chi verrebbe».

«Se lo racconti, allora non è un segreto».

Le sue parole mi colpirono. Eileen continuò a parlare. «Tutti hanno una cosa segreta. Una cosa di cui non parlano con nessuno».

«Credo di sì...» balbettai.

Mi sorrise.

Eravamo a casa sua, come sempre. Avevamo passato il pomeriggio a rovistare tra pile di vestiti usati del Salvation Army e con pochi pound avevamo fatto incetta di gonnelline, maglioni di lana con ricami geometrici in feltro, sciarpe di pelliccia, pantaloni e cappelli. Adoravo i vestiti. Mi piaceva mischiare tessuti diversi, giocare con le forme e i disegni. Era un altro modo di sperimentare quel nuovo senso di libertà che desideravo con tutta me stessa, dato che di solito la maggior parte della giornata la passavo con la divisa del St. Cecilia's cucita addosso come una seconda pelle.

«Ti sta benissimo!» mi disse Eileen, mentre sfilavo per la stanza con una gonna di velluto nero e un maglione di lana con tre grandi trecce verticali. Ci provammo una i vestiti dell'altra, e ridemmo fino a che le lacrime non ci bagnarono il volto, piegate in due, quando rimasi incastrata in un paio di pantaloni a zampa con le frange che Eileen aveva comprato per sé.

«Li romperai se continui così!»

Risi, accartocciata a terra, con i capelli in faccia, mentre Eileen tentava di sfilarmi i pantaloni tirandoli dalle caviglie. Sul tappeto, con le lacrime agli occhi, raggiunsi con la mano una rivista. La presi e cominciai a colpire Eileen. Lei si portò le mani al volto per proteggersi.

«Sta' ferma!» Rise.

Mi sfilò i pantaloni e li buttò dall'altro lato della stanza. Poi ci sistemammo con la schiena appoggiata contro il letto. Io presi di nuovo la rivista e la appoggiai sulle gambe. In copertina, una ragazza magrissima mangiava una fetta di ananas. Il titolo in corsivo, che le copriva parzialmente il viso ma lasciava in bella vista le clavicole sporgenti, rimandava a un articolo a pagina tre sulla dieta miracolosa che prometteva perdita di peso in breve tempo saltando quattro pasti a settimana.

«Guarda che cazzata!» dissi a Eileen.

«E pensa che c'è gente che ci crede» rispose lei.

Ridemmo ancora e poi andammo in cucina a mangiare gli scones con il burro e la marmellata di ciliegie spalmati sopra. Nonostante Orla e le bombe, ero felice come non lo ero mai stata.

Capitolo 14

Eileen non si era affatto dimenticata della mia libreria e ogni giorno dovevo inventarmi una scusa nuova per la quale non poteva venire a casa mia. Una perdita d'acqua in bagno, i parenti del Donegal che erano venuti a stare da noi, Ma' che non voleva. Eileen non si offendeva mai, credeva a tutte le scuse che accampavo, e questo mi faceva sentire ancora più in colpa. Per farmi perdonare, decisi di organizzarle il miglior pic-nic della sua vita. Non pioveva da quattro giorni, e dovevo approfittarne. A differenza di Eileen, io odiavo i pic-nic, trovavo stupida l'idea di mangiare su un prato quando è molto più comodo farlo su un tavolo, ma le dovevo delle scuse, anche se lei non sapeva perché.

Aidan mi accompagnò al supermercato a comprare ciò che mi serviva. Camminavamo sotto le luci al neon tenendoci a debita distanza, e poi correvamo a stringerci la mano nelle corsie vuote, rubandoci baci quando gli occhi degli altri erano impegnati altrove. Mi resi conto che non avevo abbastanza soldi per comprare pane, formaggi e frutta secca, quindi riempii il carrello di caramelle, patatine e succhi di frutta in offerta. Erano le cose che costavano di meno.

«Ehi! Puoi prendere quella bottiglia?» chiesi a Aidan. Cercavo in tutti i modi di dissimulare tranquillità, ma intanto stringevo il pugno dentro la tasca della giacca. Gli indicai una bottiglia di brandy alla ciliegia che mi aveva colpito per l'etichetta elegante e il prezzo accessibile. Se l'avesse portata lui alla cassa, non mi avrebbero fatto storie.

«Per il pic-nic?» Mi guardò perplesso.

«No, Ma' ha detto che le serviva ieri per cucinare, ma non ha fatto in tempo a comprarlo. Dato che siamo qui...»

Aidan ci credette, o almeno fece finta, e appoggiò la bottiglia nel carrello. Nascosi a stento un sorriso compiaciuto.

«Serve altro?»

«No, penso sia tutto».

Andammo a pagare. Quando la ragazza alla cassa fece passare il brandy sul rullo scuro guardò prima me, poi Aidan, aggrottando la fronte, ma il *beep* che seguì mi fece capire che ce l'avevo fatta. La cassiera continuò disinteressata a masticare il suo chewing-gum.

«Quattro pound» disse. «Hai bisogno di una busta, tesoro?»

Guardai Aidan che sistemava tutto nella busta di carta. Ogni tanto avevo bisogno di toccarlo, per ricordarmi che la felicità che provavo non era un sogno. Ci baciammo a lungo prima di salutarci, e mi staccai da lui a fatica.

Camminando da sola lungo il marciapiede, con la spesa in mano, mi sentii improvvisamente grande. Le mie gambe, le mie mani, non sembravano le mie. Una scarica di euforia mi riscaldò tutto il corpo e non mi accorgevo del vento gelido che soffiava senza tregua. Tutto mi appariva più piccolo, dalle case a schiera ai lampioni. Era un mondo che potevo divorare, se solo mi ci fossi messa d'impegno. Ma sapevo bene che quel mondo poteva divorare anche me. Essere grandi significava proprio questo: divorare o essere divorati. Specialmente nel posto da cui venivamo noi.

Dovevo nascondere la bottiglia fino al giorno dopo per evitare che Ma' la trovasse. Non sarebbe stato difficile. Non sapevo neanche se Eileen avrebbe accettato di bere, quella era un'idea tutta mia. Ma io volevo provare. Sapevo che Aidan aveva cominciato a bere birra di nascosto. Era abbastanza fortunato da trovare qualche pub in cui lo facevano entrare. La sua altezza, la faccia da adulto e le tendenze politiche della sua famiglia gli aprivano le porte di un buon numero di locali repubblicani dove la sera qualche ubriaco cantava le canzoni che commemoravano il 1916. A me invece non facevano entrare neanche per sbaglio. Per quanto rubassi il rossetto a Ma', mi arricciassi i capelli con il ferro e provassi a indossare vestiti decenti, mi scoprivano subito. Il pic-nic che avevo organizzato per Eileen mi sembrava l'occasione perfetta per ubriacarmi per la prima volta. Saremmo andate a Castlerock, perché a Derry era impossibile trovare un posto abbastanza nascosto. Qui tutti conoscono tutti. E se non conoscono te direttamente, conoscono la tua famiglia. Castlerock invece era un piccolo rifugio anonimo a quaranta minuti di treno. Ma' mi ci portava sempre la domenica quando ero più piccola. Forse non era un caso che avessi scelto Castlerock per sbronzarmi, per tagliare il cordone ombelicale proprio lì dove avevo toccato l'acqua del mare per la prima volta, mentre Ma' mi teneva stretta contro la sua pelle umida.

Quando arrivai a casa nascosi la bottiglia dentro un vecchio maglione e andai a dormire. Ma' non si accorse di nulla.

La mattina successiva infilai tutto dentro il cestino da picnic e uscii. Era lo stesso che aveva usato mia madre nell'agosto del '69 per trasportare le bottiglie di latte vuote a Durrow Park prima dei riot.

Mi presentai a casa di Eileen con il cestino nascosto dietro la schiena.

«Andiamo, sbrigati!» le dissi appena aprì il portone.

«Ma dove?» Eileen mi guardò confusa. Io le mostrai il cestino. I suoi genitori erano al corrente della sorpresa e mi avevano anche aiutato a organizzarla, facendo in modo che Eileen non prendesse impegni.

«Pic-nic» le dissi. «Io e te, a Castlerock».

«Dici davvero?»

Annuii, e lei mi strinse le braccia al collo. Squittiva di gioia e, sebbene mesi prima l'avrei trovato insopportabile, il candore con cui si muoveva nel mondo mi faceva venire voglia di essere una persona migliore. Le sorrisi e lei corse a vestirsi, lasciandomi sulla soglia. Io feci un passo in avanti, timida. Senza farmi vedere, rubai due Bar Six dal vaso dell'ingresso e me le infilai in tasca. Mi sentii colpevole, ma ne avevano tantissime.

«Entra, Saoirse» mi disse la madre di Eileen. «Cosa fai? Resti sulla porta?»

Si alzò dal divano e mi venne incontro. Sfilò dal portafoglio dieci sterline e me le porse.

«Oh, no» le dissi. «Non posso accettare».

Sua madre insistette per un po', ma poi rimise i soldi nel portafoglio. Se avesse insistito anche solo un'altra volta li avrei presi.

«Sei davvero un'amica preziosa per Eileen, Saoirse».

'Un'amica preziosa e bugiarda' pensai. Ma le sorrisi di rimando.

Quando Eileen fu pronta, camminammo fino alla stazione. Eileen aveva insistito perché fosse lei a portare il cestino. Io accettai, dopo aver finto un po' di resistenza. Se per me era un'incombenza piuttosto fastidiosa, per lei era parte della magia del pic-nic. Indossava un ridicolo cappello di paglia con la tesa larga e un vestito leggero. Sopra, solo una giacca di jeans con i bottoni color ottone.

«Avrai freddo» le dissi.

«Questo è il modo corretto di vestirsi per un pic-nic, Saoirse».

Si sistemò il grande fiocco azzurro sul colletto del vestito e io alzai gli occhi al cielo.

Comprai due biglietti per Castlerock e quando arrivò il treno ci sistemammo comode sui sedili. Lasciai a Eileen il posto accanto al finestrino. Mi accorsi di conoscere ancora il paesaggio a memoria. Il treno percorreva il fiume per qualche miglio; il Bogside era sull'altra sponda e si intravedevano appena i suoi tetti. Dopo, una fila di alberi oscurava la vista per un po' fino a quando i rami non si diradavano e lasciavano al viaggiatore lo spettacolo dolcissimo del ventre del Foyle che si allargava fino ad aprirsi nella sua foce dentro l'oceano. Da lì in poi era tutto azzurro e argento, gabbiani, colline verdi e docili e un tappeto di sabbia lunghissimo che aveva il colore del caramello. Il treno si mangiava veloce il paesaggio fino a regalare allo sguardo quella meravigliosa spiaggia. Una frenata improvvisa fece urtare il gomito di Eileen contro la bottiglia di brandy nascosta nel cestino.

«Che cos'è?» mi chiese.

Scostai appena il panno, dopo essermi guardata attorno. Eileen alzò gli occhi al cielo.

«Non facciamo cose stupide, Saoirse». Io le feci il verso, ma lei si mise a ridere. Poco mi importava. Se non voleva bere, avrei bevuto da sola. Il cielo non minacciava pioggia e le poche nuvole che coprivano il sole disegnavano ombre gentili sulla superficie mossa dell'oceano. Scendemmo dal treno, il vento tirava così forte che Eileen era costretta a tenersi il cappello con la mano.

«Sei buffa» le dissi.

Lei mi diede una gomitata e corremmo veloci verso la spiaggia. Lì c'era – e c'è ancora – un piccolo chiosco di gelati. Quando Ma' mi portava a Castlerock era una tappa obbligatoria per il gelato alla vaniglia, il migliore che abbia mai mangiato.

«Prendiamo un gelato?» chiesi a Eileen.

Lei mi tirò il braccio, indicandomi la spiaggia. «Stiamo facendo un pic-nic, non puoi prendere un gelato. Non ha senso. Altrimenti le cose che le abbiamo portate a fare?»

Sbuffai, ma gliela diedi vinta. Guardai malinconica il chiosco di gelati, mi tolsi le scarpe e affondai il primo passo nella sabbia fredda.

«Prenderemo un gelato domani, se vuoi, dopo scuola» mi disse dopo un po'.

Sorrisi: Eileen aveva il cuore troppo buono per sopportare l'idea di aver deluso qualcuno.

Stendemmo il telo bianco sulla sabbia, con il vento che ci soffiava contro. Eileen si rannicchiò con la testa tra le ginocchia.

«Stai morendo di freddo, eh?» Risi, aprendo un pacchetto di patatine.

«No» mi disse. «È solo che...»

«È solo che non vuoi dirlo» la interruppi. Le diedi una spinta, lei cadde all'indietro e i suoi capelli scuri si riempirono di sabbia. Eileen gridò e rise, prese un pugno di sabbia e me lo tirò contro. Giocammo a fare la guerra per un po', poi di colpo il suo viso si fece buio come gli occhi.

«Sei l'unica vera amica che ho, Saoirse».

Sentii il cuore accartocciarsi dentro il petto come un'arancia spremuta troppo, ma cercai di nasconderlo. Infilai un'altra patatina in bocca e sgranocchiai rumorosamente. Avevo ancora dei granelli di sabbia sotto i denti. Sputai.

«Non dire stronzate, Eileen. Tu hai un sacco di amici!»

Lei scosse la testa.

«A scuola tutti sono gentili con me perché vogliono il mio aiuto nei compiti in classe. E in chiesa tutti sono gentili con me perché sono cattolici».

Risi, ma quando il volto di Eileen rimase serio, mi accorsi che quello che aveva detto era una confidenza e non una battuta.

«Io lo so che tu adesso sei mia amica solo perché Orla non ti parla più». Parlò con sicurezza, il suo tono non chiedeva compassione, spiegava le cose così come le sentiva. «Ma volevo ringraziarti lo stesso perché un gesto simile nessuno l'ha mai fatto per me». Indicò il cestino di vimini e poi lasciò andare lo sguardo verso l'oceano.

«Ehi!» le dissi. Abbandonai le patatine sul telo lasciandole al vento, puntai le ginocchia a terra e mi avvicinai a lei per prenderle il mento tra le mani. La costrinsi a guardarmi e poi le diedi una piccola testata sulla fronte.

«È vero che io e Orla abbiamo litigato» dissi. «È vero anche che io e te non abbiamo senso insieme. Tu hai una vita perfetta, mentre io sento di galleggiare a malapena. Ma sto bene con te, sul serio. Ti invidio parecchio, ma è un'invidia buona. Quell'invidia che non mi fa sperare che tu perda tutto, ma solo che io possa imparare a essere un po' più come te e un po' meno come me».

«Non ho una vita perfetta, Saoirse» disse lei. «Ho una famiglia perfetta, ma è tutto quello che ho. Non riesco a vedere un futuro».

«Sei nata nel Bogside, Eileen. Nessuno di noi ha un futuro». Scherzai, ma lo pensavo davvero. «Non dire così. Sono io quella pessimista, non tu».

«C'è un futuro che vorrei, ma ho paura che raccontarlo porti sfortuna».

«Siamo solo io, te e l'oceano».

Eileen sorrise. «Prima volevo insegnare, perché i bambini sono il futuro del mondo e tutte queste favole qui. Poi mi sono accorta che lo dicevo solo perché la scuola è l'unico posto che mi fa sentire al sicuro. Ma non voglio avere paura di uscire nel mondo».

«E quindi? Che vorresti fare?»

«L'infermiera».

Mi raccontò che un giorno, mentre stava tornando a casa, aveva trovato un uomo steso a terra sotto il ponte di Lecky Road. Era in overdose. Lei se ne era accorta perché aveva riconosciuto i sintomi dopo aver visto un servizio al telegiornale. Era corsa a bussare alla casa di fronte, quella era una zona cattolica e non correva rischi. Aveva chiesto dei panni bagnati per dargli sollievo prima dell'arrivo dei soccorsi.

«E dopo aver visto questa roba, hai deciso che vuoi fare l'infermiera?» chiesi. «Se fosse capitato a me, stai pur certa che quello adesso era morto. Avrei tirato dritto».

«Non dire stupidaggini, Saoirse. Avresti fatto lo stesso».

Mi strinsi nelle spalle, ma forse aveva ragione lei. A oggi, ho perso il conto degli sconosciuti in overdose che mi sono ritrovata ad aiutare a Derry, nonostante io non sia mai diventata un'infermiera.

«Seriamente, ci hai fatto caso a quanta droga sta iniziando a girare nel Bogside?»

«Be', guardo il telegiornale» disse Eileen.

«Be', io no. Non ho la tv» le dissi. «Ma giro per strada. Prima non era così».

Eileen aggrottò la fronte.

«Curerai solo i cattolici o anche i protestanti?» le chiesi, ridendo.

«Il diritto alla vita è di tutti quanti».

«Anche di quelli che ci sparano contro?»

Mi resi conto che stavo ripetendo le parole che sentivo sempre in bocca a Aidan, ma erano giuste e le sentivo mie.

«Non c'è cosa più cattolica di porgere l'altra guancia, no?»

«Io penso sia da stupidi, invece» tagliai corto.

Eileen si infilò in bocca una caramella all'arancia ricoperta di granelli di zucchero e alzò le spalle.

«Tu, invece? Cosa vuoi fare da grande?»

Volevo mentire e inventarmi un progetto di vita che avesse senso come il suo, ma non mi andava più di dire bugie. Eileen non se lo meritava, e non me lo meritavo neanche io. Scrollai la testa.

«La verità è che non lo so».

«Hai tutto il tempo del mondo per decidere».

Ed era vero. Avevo tutto il tempo del mondo per decidere, ripensarci, sbagliare e riprovare ancora. Avevo ancora il tempo per innamorarmi e poi farmi spezzare il cuore, toccare il punto più basso in fondo all'oceano per risalire, perdere qualcuno per poi ritrovarlo. Non avevo nulla, se non il tempo e la rabbia che mi avrebbe guidato nell'usarlo.

«Facciamo il bagno?» chiese poi.

«Sei impazzita? Moriremo di freddo».

Mi guardò complice e poi spostò lo sguardo sulla bottiglia di brandy. La prese e, tenendola stretta sotto il braccio, svitò a fatica il tappo che rotolò sul telo. Bevve una lunga sorsata, e l'odore pungente di ciliegia e alcol mi arrivò dritto alla testa.

«Su, Saoirse» mi disse. «Per una volta, per una volta sola, fammi fare una cosa stupida».

Ogni volta che ci ripenso, per quanto assurdo, mi chiedo se Eileen si sentisse che stava per morire. Mi chiedo se esista, in noi del Nord, un potere sconosciuto, un sesto senso per tutto ciò che riguarda la morte.

Le strappai la bottiglia di mano e trangugiai anche io un sorso. Sentii immediatamente il calore avvamparmi in viso, la lingua pizzicare, la gola e il petto bruciare. Corremmo verso la riva: con una mano tenevo quella di Eileen e con l'altra la bottiglia. Bevemmo ancora, con i piedi nell'acqua gelida tirammo calci alle onde, gridando controvento che il Bogside non sarebbe riuscito a rubarci il futuro.

Poi tornammo barcollanti a sederci sulla sabbia con il vento che ci gelava i vestiti bagnati addosso, e ci coprimmo con il telo bianco del pic-nic. La testa mi girava così tanto che avevo la sensazione di stare su una barca in mezzo alla tempesta. Il retrogusto di ciliegia mi disgustava e mi tuffai in bocca una manciata di caramelle gommose che non fecero altro che peggiorare la situazione.

«Hai presente la scatola?» mi domandò Eileen. Avevo i riflessi rallentati, ogni immagine mi arrivava alla testa qualche secondo dopo che i miei occhi la catturavano, ma riuscii ad annuire. «Vuoi ancora sapere cosa c'è dentro?»

«Scherzi? Non ci dormo la notte». Sfoggiai un tono pungente, ma nonostante giocassi a fare la sostenuta ero davvero curiosa di conoscere il suo segreto. E non per morbosità: Eileen, in poco tempo, era diventata davvero un'amica, e mi interessava tutto ciò che la riguardava. Le diedi un pugnetto morbido sulla gamba e la spinsi a parlare.

«Prometti di non giudicarmi?» mi chiese.

«Prometto di non giudicarti» ripetei, portando la mano destra al petto e la sinistra aperta vicino al viso. «Ma non posso promettere di non ridere».

Sospirò. «Io la chiamo la scatola dei riot. Quando finisce tutto, mi fermo a raccogliere quello che trovo. Proiettili, cartucce, berretti, fasciature».

Non risi affatto e cercai la sua mano per prenderla nella mia. «Perché?»

Lei si strinse nelle spalle e tornò a guardare il punto dell'orizzonte dove il cielo sfumava con il mare in un gioco dolce e delicato di azzurro e grigio.

«Non lo so. Ho iniziato per caso, per gioco. Stavo tornando a casa e ho trovato un proiettile davanti alla porta. Non ne avevo mai visto uno prima».

Rimasi in silenzio e lasciai che Eileen appoggiasse la testa sulla mia spalla. La sua voce si fece più bassa e il suo respiro più forte.

«Vorrei solo che quelle cose che ho raccolto diventassero ricordi. Presto» disse. «Aprire quella scatola, un giorno, quando sarò grande, ed essermi dimenticata del suo contenuto. Noi ci siamo abituate alla guerra, Saoirse. Esiste qualcosa di più triste?» Si allontanò da me e la guardai.

«Ho capito cosa intendi» le dissi. E lo capivo davvero.

«Vorrei che tutte le cose che sono in quella scatola, tra vent'anni, trovassero un senso» continuò. «Ci sarà l'Irlanda unita, trentadue contee tutte irlandesi, nessun confine se non il mare. Gli inglesi li avremo cacciati, o in qualche modo avremo imparato a conviverci».

«La pace, quindi».

«Sì, la pace». Quella parola si infranse come un'onda violenta contro scogli appuntiti.

La tirai di nuovo a me e la abbracciai.

«*Tiocfaidh ar la*» mi disse, con le lacrime che mi bagnavano la giacca. «È quello che dicevano gli eroi del 1916. Significa 'il nostro giorno verrà'».

«Lo so, Eileen» dissi. «Non sono così ignorante. Vuoi un altro pugno in faccia?»

Le tirai i capelli e ridemmo insieme.

Capitolo 15

Derry, 1971

L'amore tra me e Aidan era come una bottiglia incendiaria. La bottiglia è un oggetto comune, e quello che c'era sempre stato tra noi era la cosa più comune al mondo, più naturale. Eravamo cresciuti insieme, lui mi conosceva già quando avevo ancora i denti da latte, mi conosceva già quando non ero ancora capace di andare in bagno da sola. Mi conosceva quando Babbo Natale era una cosa da prendere sul serio. Credo che Aidan mi avesse anche preso in braccio, qualche volta. Così come aveva preso in braccio Orla e Cillian. Così come aveva tenuto la mano a Damien se c'era una strada da attraversare con attenzione.

Non avrei mai pensato che sul fondo della bottiglia potesse esserci la benzina. Lo avevo sperato, forse, in un angolo remoto del cuore, ma era un pensiero nascosto, insieme a tutte quelle cose preziose che teniamo segrete perfino a noi stessi per difenderle dagli attacchi della ragione. Pensieri non pensabili, troppo pericolosi. È bene che se ne stiano al di sotto della linea della coscienza. Che Aidan un giorno potesse innamorarsi di me era qualcosa che non mi azzardavo neanche a sognare.

La fiamma che ci aveva uniti la prima volta era quella della ribellione. Era la rabbia mista al terrore dei riot che ci faceva stringere sui tetti delle case e dietro agli angoli delle strade, pronti a combattere per difendere quel pezzo di mondo che ci apparteneva. Non era solo l'Irlanda, era anche tutto il resto. Era chiedere a un mondo bastardo il diritto a esistere e a essere felici. La nostra bottiglia era esplosa e il fuoco purificava il dolore, il fuoco che bruciava le strade, le barricate, le camionette verdi. Tutte le ferite aperte avevano cominciato a rimarginarsi.

Da quando avevo confessato a Aidan i miei pensieri nel caffè di Strand Road, eravamo più sinceri l'uno con l'altra. E non ci importava più che ci vedessero: ci baciavamo sempre. Per strada, davanti a scuola, sotto la pioggia, con il sole. Il mio posto preferito era tra le sue braccia.

Una volta eravamo seduti su una panchina del lungofiume, ferro e legno gelidi e ancora bagnati. Gli tenevo la testa appoggiata sul petto e cercavo di imparare a memoria il ritmo del suo respiro, mentre lui mi intrecciava i capelli scuri. Quei giorni avevano tutti il suo odore, fumo di sigaretta e menta balsamica, come nelle vecchie farmacie. I gabbiani volavano veloci sulla superficie lucida del Foyle e garrivano forte, di fame o di gioia. Ora che ero felice insieme a Aidan, la guerra mi turbava i pensieri e i sogni, perché un amore come quello che provavo per lui era la ragione per cui cercavo a tutti i costi di allontanare l'idea della morte.

«Guarda, un delfino!» La sua voce mi distolse all'improvviso dai miei pensieri e guardai nella direzione del suo braccio. Intanto, i fulmini squarciavano il cielo. Il blu elettrico illuminava l'aria per qualche istante, e poi tutto tornava a essere avvolto dal grigio intenso delle nuvole.

«Non dire cazzate!»

«Giuro!» gridò. Indicò un punto preciso del fiume. «Un delfino è spuntato fuori dall'acqua».

«I famosi delfini di acqua dolce». Iniziai a ridere senza riuscire a fermarmi. Aidan si alzò dalla panchina e si avvicinò alla riva. Lo raggiunsi e lo strinsi da dietro, mentre lui teneva le mani sulla ringhiera di ferro. Aspettava che il delfino tornasse di nuovo in superficie, e io mi godevo il dolce senso di intimità che mi dava il suo corpo. Si voltò per ricambiare il mio abbraccio, guardai i suoi occhi blu e gli scostai una ciocca di capelli dal volto. Ero davvero la ragazza più fortunata del Bogside.

«Devi guardare l'acqua, non me. Sennò poi dici che racconto cazzate».

Sul volto gli rimase un sorriso ostinato e fiero. Poi la pioggia si trasformò in diluvio, e decidemmo di rientrare.

«Ma te lo giuro, era un delfino» continuava a ripetermi mentre correvamo per le strade del Bogside.

Quando arrivammo a casa sua, eravamo completamente zuppi e Aidan mi diede dei vestiti asciutti e un asciugamano. Mi strofinai i capelli a testa in giù e indossai uno dei suoi maglioni. Le maniche andavano ben oltre la fine delle mie mani. Mi sentivo ridicola, ma quel maglione aveva il suo odore. Guardai il poster appeso sopra il letto con la faccia di James Connolly e sorrisi. Ero stata a casa di Aidan tantissime volte, fin da quando ero bambina, ma ora vedevo quella casa da un'altra prospettiva e, in un certo senso, era come se fosse la prima volta.

Aidan aprì l'anta del suo armadio, infilò le mani tra vestiti e maglioni piegati male, fino a raggiungere un pezzo di tessuto che giaceva sul fondo. Lo tirò fuori.

«Guarda qua».

Era una bandiera inglese e aveva un angolo consumato dal fuoco.

«Dove l'hai trovata?»

«Waterloo Street» mi disse. «C'è stato un riot, ieri. Un bel casino».

I casini in cui si infilava erano la ragione per cui l'ansia mi aggrovigliava lo stomaco, ma erano anche la ragione per cui Aidan mi piaceva così tanto. Non aveva paura di disobbedire. Dove c'era lui, c'era la rivoluzione. Gli sorrisi; lui accartocciò la bandiera e la buttò di nuovo sul fondo dell'armadio.

«Aidan».

«Sì?»

«Posso prenderla?» chiesi.

Aidan aggrottò la fronte.

«Perché?»

«Non posso dirtelo. Ma se me la regalassi, mi faresti felice».

«Va bene». Aidan alzò le mani a mo' di resa e mi lanciò la

bandiera. Per la prima volta nei suoi occhi mi accorsi di una strana luce e seppi dentro di me che mi avrebbe detto di sì anche se gli avessi chiesto di ammazzare la regina. Mi sentii importante, per la prima volta da quando ne avevo memoria, forse come può sentirsi solo un bambino appena nato tra le braccia di una madre innamorata di lui. Chiedere qualcosa a qualcuno mi aveva sempre creato problemi. Non chiedevo mai nulla, per paura di disturbare. Ero cresciuta guardando Ma' sacrificare la sua vita per me, da quando era morto mio padre. Chiedere qualcosa a qualcuno significa mostrargli un bisogno, e mostrare un bisogno significa rendersi vulnerabile, significa chiedere di occuparsi di te, in qualche modo. Ma' aveva tante cose di cui occuparsi, e non volevo essere troppo di peso. Sebbene non mi avesse mai fatto mancare nulla, non mi sentivo a mio agio a chiederle di più. L'avevo protetta, cercando di essere invisibile. Ero cresciuta in silenzio, senza disturbare. Ma a Aidan potevo chiedere quello che volevo. Mi sentivo *vista,* e questo mi scaldava il cuore.

Strinsi la bandiera al petto.

«Grazie». Lo abbracciai e rimanemmo a baciarci fino a quando la notte non calò sui palazzi del Bogside.

Capitolo 16

Dalle mura che abbracciano Derry si vede la città dall'alto. Tutto quanto, anche la guerra e le camionette degli inglesi, sembra minuscolo e distante. Lungo le mura ci sono dei vecchi cannoni che, negli anni, le amministrazioni hanno restaurato e riportato alla loro gloria scintillante. Qualunque sia la gloria che può avere un cannone. Ci vengo ancora quando ho bisogno di respirare e rimettere le cose in prospettiva. Mi siedo ancora sul prato, vicino al punto in cui Cillian un giorno seppellì qualche moneta d'argento come offerta per le fate, e poi mi accendo una sigaretta fino a quando il sole non comincia a bruciare l'orizzonte.

Qualche mese fa, in un pub di Manchester, ho incontrato un uomo sulla quarantina che mi ha chiesto se fossi di Derry. Non mi ha chiesto se fossi nordirlandese, o irlandese del Nord, o irlandese e basta, mi ha chiesto proprio se fossi di Derry. Gli ho risposto che sì, venivo proprio da lì, e ho chiesto se anche lui venisse da Derry. Gliel'ho domandato solo perché al terzo drink non riuscivo a pensare come avrei dovuto, ma in realtà dal suo accento era evidente che non lo fosse. Infatti lui si è messo a ridere e mi ha detto che per fortuna era nato e cresciuto a Manchester.

«Come hai fatto a capire che sono di Derry?»

«L'accento nordirlandese è molto forte».

«Lo so. Ma Derry? Da cosa hai capito che fossi proprio di Derry?»

«Dagli occhi tristi. Era Derry, oppure Belfast. Avevo una possibilità su due di indovinare. Mi è andata bene».

Mi ha offerto un drink, poi un altro ancora.

«Lo sapevi che Derry è la città che ha più cannoni di cui si conosca la provenienza?»

Dell'Irlanda del Nord? Dell'Irlanda? Del Regno Unito? Dell'Europa? Del mondo? Non ho fatto in tempo a chiederglielo, sempre perché avevo bevuto troppo, e la cosa non mi interessava poi più di tanto. Gli ho detto solo che non lo sapevo, ma nella mia testa ho pensato che Derry è proprio una città di merda, eppure l'unica in cui io sia stata davvero felice.

Quel giorno andai con Eileen alle mura. Ci sedemmo a cavalcioni su uno dei vecchi cannoni a guardare le nuvole e a mangiare biscotti. Mi guardavo attorno con diffidenza. È una cosa che facciamo tutti qui: guardiamo le facce per capire che aria tira. Lo impariamo fin da piccoli a stare attenti in ogni situazione, a guardare i tatuaggi che la gente porta sulle braccia o sul collo, a osservare come è vestito chi hai davanti, perché un berretto può essere amico se fatto in un certo modo e può essere nemico se fatto in un altro, così come un paio di pantaloni, una giacca, un paio di scarpe. Qui bisogna stare attenti a tutto, perché si rischia di beccarsi un pugno in faccia anche solo perché hai chiamato la tua città in un modo preciso. Noi la chiamiamo Derry, ma quelli dall'altra parte della barricata la chiamano Londonderry, così che ti basta chiedere a qualcuno dov'è nato per capire come la pensa.

A qualche passo da noi c'era un gruppetto di ragazzi che non mi piaceva. Non li conoscevo, parlavano ad alta voce e sputavano a terra. Avevo la bandiera nascosta nella borsa e aspettai che se ne andassero prima di darla a Eileen. Era tutta ripiegata su se stessa. Gliela porsi, poi tornai ad appoggiare le mani sulla superficie liscia e scura del cannone.

«Cos'è?» chiese. Sorrisi, mentre lei dispiegava il tessuto. Una bandiera ha un potere enorme quando sventola nel cielo, ma quando è accartocciata e bruciata non è che un tessuto scadente.

«È per la tua scatola» le dissi. «Un giorno tutto questo avrà senso».

A Eileen bastò srotolare appena la bandiera per capire cosa fosse. Mi abbracciò.

Non dissi nulla, ma avrei voluto dirle che custodivo il suo segreto con onore e che non la giudicavo perché accumulava cimeli di una guerra che ci stava rovinando la vita. Volevo solo dirle che capivo il suo dolore, che era lo stesso mio, lo stesso di Orla, lo stesso di Cillian, lo stesso di Aidan e di tutti gli altri. Ma in ognuno di noi, il dolore prende forma in modo diverso. Lei con la sua scatola e Aidan con i riot avevano trovato un modo per scendere a patti con la guerra. Io non l'avevo ancora trovato e la morte mi camminava accanto come una compagna di viaggio silenziosa.

Novantanove. Erano le persone che erano morte dall'inizio di tutto. A un certo punto, qualcuno cominciò a chiamare 'Troubles' gli eventi di quegli anni. Problemi, disordini. Ancora oggi, mi metto a litigare con chiunque li chiami così. Era una cazzo di guerra, e la stavamo perdendo.

Il 6 settembre 1971 ci fecero uscire prima da scuola, come accadeva ogni volta che nel Bogside scoppiava un riot. In teoria l'evacuazione generale serviva per metterci al sicuro, in pratica non aveva nessun senso dato che nessuno di noi tornava a casa, perché quasi tutti quelli che frequentavano il St. Cecilia's abitavano proprio nel Bogside. Il riot era vicino a Lisfannon Park, l'IRA e gli inglesi si stavano sparando addosso. Mi infilai i pugni in tasca e li strinsi. Recitai a memoria una preghiera pensando a Aidan, ma nulla di nuovo sotto il cielo.

Io ed Eileen ci caricammo gli zaini sulle spalle e andammo alla ricerca di un negozio che avesse avuto il coraggio di tenere le serrande alzate. Macari's era aperto. Lì ci trovavi il miglior gelato di tutta Derry. Luigi Macari era italiano e spesso, quando non c'era nessuno da servire, veniva a sedersi sui divanetti per raccontarti pezzi della sua storia familiare e tutte le vicissitudini che lo avevano portato a Derry.

«Due gelati alla vaniglia, per favore» chiese Eileen. Insistette affinché la lasciassi pagare, perché dopo il nostro pic-nic a Castlerock non avevamo ancora avuto occasione di prendere il gelato che mi aveva promesso. Lasciò tintinnare le monete sul bancone di vetro e ci voltammo per andarcene.

«Non vi sedete?» ci chiese Luigi.

«No, facciamo una passeggiata» dissi io.

Luigi si accarezzò la barba e restituì le monete a Eileen.

«E allora oggi il gelato ve lo offro io. Serve un gelato in una giornata come questa».

Lo ringraziammo e tornammo in strada.

«Un giorno riuscirò a offrirti un gelato!» rise Eileen.

«Sai quale dovremmo provare?»

«Quello di Shipquay?» chiese lei.

«Come hai fatto a sapere che lo avrei detto?»

«Perché è nuovo e non si parla d'altro». Eileen leccò il gelato, i rivoli di vaniglia colavano sul cono e sulle sue dita.

«Dobbiamo andarci per forza».

«Quando vuoi» mi rispose. «Promesso».

Ci dirigemmo verso il Bogside.

«Siano benedetti i riot» dissi. «Avevo davvero bisogno di questo gelato».

Eileen sorrise. Nell'aria c'era odore di polvere da sparo, ma le strade erano silenziose. In giro c'era poca gente. Alcuni camminavano a passo svelto, ma noi ce la stavamo prendendo con comodo. La paura ce l'avevamo anche noi, ma era ben nascosta sottopelle. Dovevamo negarla, perché non avevamo tempo da perdere. Iniziavamo a sbocciare e la guerra voleva reciderci come erbacce in un giardino, e allora per ripicca camminavamo con calma, come in un giorno qualunque. Era, a tutti gli effetti, un giorno qualunque.

Incrociammo un signore con un cane al guinzaglio che fumava il sigaro. Il cane, come spesso accade, assomigliava al padrone. Erano entrambi vecchi e stanchi, capelli e peli bianchi. Mi venne da ridere.

«Hanno finito?» domandò Eileen. Quello fece cenno di sì con la testa e poi alzò il cappello per salutarci. Così come ci si poteva chiedere se avesse smesso di piovere, noi avevamo l'abitudine di domandare in giro se la gente avesse smesso di spararsi addosso. Il cane iniziò ad abbaiare come un pazzo, i suoi latrati squarciavano l'aria silenziosa e il cielo lattiginoso.

«Perché abbai così? Cos'hai?» Il padrone lo accarezzò, ma il cane non si calmava. Continuava ad abbaiare e guaire, ad agitarsi come se il marciapiede fosse bollente, come se, da lì a pochi minuti, tutto fosse destinato a esplodere. In realtà la situazione sembrava calma. Avevano finito di spararsi addosso, o almeno così sembrava. Il clangore delle spranghe di metallo e lo scoppio dei proiettili avevano lasciato spazio all'abituale silenzio lugubre che avvolgeva ogni cosa dopo la fine di un riot.

«Hanno finito i lavori a casa tua? Dato che siamo qui possiamo andare da te, così finalmente mi fai vedere la tua libreria» mi disse Eileen.

Scossi la testa e continuai a mangiare il gelato. Ero già arrivata al cono, mentre Eileen, che aveva chiacchierato più di me durante il tragitto, stava ancora leccando la vaniglia.

«Ci sono stati dei ritardi» dissi. «Sai, con i riot in giro e queste cose qui. Gli operai mica ci vogliono venire nel Bogside».

Eileen serrò appena le labbra e annuì. Per un attimo mi apparve triste, ma qualche istante dopo tornò a sorridere.

«Ti va di aiutarmi a raccogliere qualcosa?»

Annuii. La strada era un campo di battaglia di ferro, fuoco e legno. Eileen, piegata sulle ginocchia, con una mano teneva il gelato e con l'altra scostava foglie secche, pezzi di carta e vetri alla ricerca di oggetti da custodire nella sua scatola. Rimasi in piedi accanto a lei, e la aiutavo senza particolare trasporto o impegno.

«Saoirse». A un certo punto Eileen alzò lo sguardo su di me. Aveva degli occhi morbidi da cerbiatto e le labbra le disegnavano un'espressione dispiaciuta. «Non hai una libreria grandissima, vero? E non vuoi portarmi a casa tua perché hai paura che io scopra che mi hai detto una bugia, ma...»

Non ebbe il tempo di finire la frase e io non ebbi il tempo di ricevere il suo perdono.

Un colpo solo, preciso come il rintocco di un orologio, le fece esplodere la testa. Gridai con tutto il fiato che avevo in corpo. I corvi si alzarono in volo, anche loro gridando.

La divisa del St. Cecilia's sporca di rosso, il gelato alla vaniglia che si scioglieva lentamente sull'asfalto mischiandosi al sangue, gli occhi spalancati, vuoti, perché non avevano avuto neanche il tempo del terrore. Crollai sopra il suo corpo, urlai fino a lacerarmi la gola. La folla del Bogside, come una marea indistinta, si precipitò in strada. Sentii delle mani prendermi dalla pancia, come si afferrano i gatti per tirarli su.

«Vieni via da lì».

«Lasciatemi stare!»

Tirai calci, pugni, continuai a gridare finché la mia voce non si spezzò e le mie urla divennero rauche, quasi mute. Era il padre di Orla. Mi strappò via con la forza dal corpo di Eileen. Chiusi gli occhi, tutto diventò buio.

Mi svegliai sul divano degli O'Sullivan, avvolta nella coperta di maglia a quadri. Orla mi stava accarezzando la fronte.

«Eileen è morta» le dissi.

«Lo so».

La abbracciai come non avevo mai abbracciato nessuno prima di allora. Mi era mancato il suo odore, che mi restituiva un senso familiare di sicurezza. Ci accarezzammo il volto e ci asciugammo le lacrime. Ci promettemmo con gli occhi di non lasciarci più.

«È stata colpa mia». I singhiozzi mi straziavano il petto e parlavo a fatica. La disperazione mi squarciava la gola. «Eileen mi aveva chiesto di venire a casa, ma io le avevo mentito e...»

Orla mi strinse contro il suo petto.

«Non è mai stata colpa nostra, Saoirse» mi disse. «Se gli inglesi ci sparano addosso, non può essere colpa nostra».

Capitolo 17

Non andai al funerale di Eileen. Non ne ebbi la forza. Ancora oggi mi sento una merda, ma all'epoca, oltre a sentirmi una merda, mi sentivo anche un'assassina: la responsabile morale della sua morte. Credevo anche che lo pensassero tutti. Era colpa mia se eravamo rimaste nel Bogside durante quel riot.

Dopo che le spararono rimasi a letto per giorni, con le coperte tirate sopra la testa e le tende chiuse. La mattina del funerale non fu diversa. Ma' venne a bussarmi per offrirmi del latte e dei biscotti al burro, ma li rifiutai senza neanche tirarmi su a sedere. Sporsi appena la testa fuori dalle coperte, che cominciavano a puzzare di chiuso e sudore.

«Non ho fame» le dissi.

«Non preoccuparti, Saoirse». Mi accarezzò la testa. «Riposati».

Non le fui mai così tanto grata come in quel momento. La gratitudine si sciolse in lacrime e singhiozzi che mi scuotevano il corpo fino a provocarmi fitte intollerabili alle costole.

«Non sono un'assassina» mormoravo.

«No, non lo sei. Non è colpa tua, non lo è mai stata». Mi accarezzò ancora la testa, poi mi diede un bacio sulla fronte e mi lasciò di nuovo sola. Pregai Dio e le fate di farmi scomparire nel sonno, di non dovermi svegliare più, o di risvegliarmi in un altro mondo, in un'altra terra, in una qualunque vita diversa da questa, lontana dalle bombe e dalla guerra. Riuscii a dormire ancora, seppure in preda al tormento degli incubi.

Quando aprii di nuovo gli occhi non sapevo che ore fossero,

ma l'odore di carne che proveniva dalla cucina mi fece intuire che era quasi mezzogiorno. Mi venne da vomitare. Sentii la porta aprirsi e le voci di Orla, Cillian e Aidan che salutavano mia madre. Da che ne avevo memoria, sapevo distinguere i passi di ciascuno sulle scale. Morbidi e silenziosi quelli di Cillian, cadenzati e marziali quelli di Aidan. Orla invece saliva sempre le scale due gradini alla volta. Quella familiarità mi fece male. Eileen non avrebbe mai più potuto farne parte, e tutto per colpa mia.

«Come stai?» chiese Aidan. Fu il primo a entrare, dopo aver bussato con le nocche sulla porta lasciata aperta da mia madre.

«Mi dispiace non essere venuta» dissi solamente.

«Siamo andati noi per te» disse Cillian. Senza che potessi farci nulla, le lacrime tornarono a scendere.

Il sole era calato da ore e l'erba della collina era bagnata. Ci avevano messo una giornata intera per convincermi a uscire, e alla fine avevo ceduto. Non mi ero neanche lavata, avevo infilato solo un maglione largo e un paio di jeans. Le luci delle case in lontananza cominciavano a spegnersi. Non sentivo di meritarmi neanche l'aria che respiravo, a maggior ragione la compagnia dei miei migliori amici. Io e Cillian eravamo seduti sul prato, mentre Aidan e Orla discutevano a pochi passi da noi con gli occhi rivolti al bagliore luminoso delle stelle che cominciavano a puntellare il cielo.

«Non può essere l'Orsa Maggiore!» gridò Aidan.

«È per forza l'Orsa Maggiore, deficiente».

Percorrevano le linee immaginarie delle costellazioni con le dita, le braccia verso l'alto.

Non ho mai raccontato a nessuno di loro perché credevo che le stelle ci rappresentassero così tanto. Era un'immagine privata, solamente mia, che non volevo condividere con nessuno. Li guardai e sorrisi, poi appoggiai la testa sulla spalla di Cillian.

«Non conoscevi molto Eileen» gli dissi.

«No».

«Grazie per essere andato al funerale al posto mio» sussurrai.

«Se non è l'Orsa Maggiore, allora dimmi cos'è!» La voce di Orla, squillante e argentina, produceva un'eco contro le mura. Sorrisi, guardandola. Non volevo perdere più nessun altro. Ripensai ai giorni in cui ci eravamo allontanate. Aveva ragione Ma' quando diceva che alla nostra età non esisteva niente che non poteva essere perdonato, ma la questione non era solo essere giovani. Nella nostra terra non c'era tempo per poter portare rancore.

«Hai tu il masso sulle spalle, adesso» disse Cillian. «Ricordi?»

Feci cenno di sì con la testa, in silenzio. Le mie lacrime gli bagnavano la maglia.

«Saoirse, stai insieme alla persona più stupida di questa terra» disse Orla, voltandosi verso di noi. Aidan le fece uno sgambetto e Orla, strillando, rotolò giù per la collina morbida.

«Lo so» dissi. Ridevamo tutti, anche Orla, malgrado si fosse completamente imbrattata di fango ed erba. Cillian si alzò per aiutarla a tirarsi su. Aidan venne da me e mi si piazzò davanti.

«Tutto bene?» mi chiese.

«Tutto bene».

Sfilò una sigaretta dal pacchetto e me la porse.

«Non sono capace con le parole» mi disse. «Scusa».

Misi la sigaretta tra le labbra. Aidan si chinò, piegando le ginocchia, e mi porse un fiammifero acceso.

«Non m'interessa» risposi. «Di parole ne ho sentite abbastanza». Battei una mano sull'erba accanto a me per invitarlo a sedersi, mentre Orla e Cillian parlavano poco distanti. Aidan si lasciò cadere senza protestare. Piegò un ginocchio e ci appoggiò sopra il braccio, l'altro me lo passò intorno alle spalle. Era un abbraccio che mi faceva sentire intera. Quantomeno mi aiutava a tenere insieme i pezzi. Avevo ancora davanti agli occhi l'immagine del sangue di Eileen che bagnava l'asfalto, annegavo nel dolore.

Sono passati anni dalla sua morte, e non posso dire che quel dolore sia rimasto identico. È sempre nello stesso punto, incastrato nel cuore, ma si è fatto meno intenso, più sottile. Mi accompagna ogni giorno, cammina accanto a me ovunque io sia, mi sta accanto quando faccio l'amore, quando mangio, quando sogno. Tempo fa, qualcuno a Derry ha realizzato un murales di Eileen sulla facciata di un palazzo. Indossa ancora la divisa del St. Cecilia's e in mano tiene un gelato. Solo io so che era alla vaniglia.

Capitolo 18

«Per favore, vieni con me. Non riesco ad andarci da sola» supplicai.

Avevo incontrato i genitori di Eileen mentre stavo andando a scuola. Mi avevano chiesto di passare a casa loro appena possibile. Non mi avevano detto cosa volevano, ma i miei pensieri avevano cominciato ad aggrovigliarsi. Di sicuro volevano dirmi che ero una persona orribile, che non solo Eileen era morta per colpa mia, ma che non avevo neanche avuto la dignità di andare al suo funerale.

«Verrò con te» mi disse Orla. «Ma smettila di fare così».

«Ho paura che mi odino».

Orla mi tirò a sé, fronte contro fronte.

«L'unica persona che ti odia sei tu, Saoirse». Mi lasciò andare e poi aggiunse: «Nessuno, tranne te, crede che tu abbia una responsabilità nella morte di Eileen. Fattene una ragione».

«Non essere così dura con me, per favore».

«Lo faccio per te. Il senso di colpa è una cosa che ti logora, e io lo so bene».

«Perché?»

«Guarda Cillian».

Annuii appena. Orla mi offrì un pezzo della fetta di torta che sua madre aveva incartato con cura, ma scossi la testa.

«So che non è il momento giusto per parlarne perché stai male, ma volevo chiederti scusa per tutta la storia di Aidan». Affondò i denti nella torta.

«Non volevo farti del male» le dissi.

«Non lo hai fatto. Ho fatto tutto da sola». Si pulì le briciole dalla divisa, lasciando che cadessero a terra, e nel farlo alzò prima un piede e poi l'altro per evitare che le finissero sulle scarpe.

«Perché hai reagito così, allora? Hai sempre negato che ti piacesse».

«Secondo te può piacermi qualcuno che sa risolvere le cose solamente a cazzotti?»

Sorrisi, anche se quella cosa mi mandava in crisi. Era vero. Aidan la maggior parte delle volte risolveva le cose a cazzotti, ma era anche un po' la reputazione che gli era stata costruita addosso. La gente lo dipingeva più stupido di quanto non fosse, e dietro l'aria da duro mascherava una tenerezza insospettabile. Quello che aveva detto Orla mi fece venire voglia di ribattere, ma mi morsi la lingua.

«E allora perché?» chiesi soltanto.

«Mi stavo cagando sotto, Saoirse».

«Per cosa?»

«Avevo paura che le cose non sarebbero state più le stesse tra noi quattro» disse.

«Quindi hai deciso di sfasciarle in anticipo?»

Orla annuì. Mi venne da ridere.

«Lo so che è stupido, Saoirse. Ma se ho paura di qualcosa, preferisco che si avveri subito, invece di aspettare il momento in cui accadrà».

«Non voglio credere che non ci saremmo parlate mai più, se non fosse morta Eileen» dissi. «Non voglio credere che non ci saremmo più cercate, o perdonate».

Lei si strinse nelle spalle. «Non lo credo neanche io».

«Le cose cambiano di continuo, Orla. Ma noi quattro rimarremo sempre noi quattro. Io, te, Cillian, Aidan». Avrei voluto dirle della nostra costellazione, del modo in cui ci immaginavo nel tempo, ma era una cosa mia e me la tenni stretta vicino al cuore. In quel momento, eravamo tutti così vicini che la luce sembrava venire da una stella sola. Poi il pensiero di Eileen mi si piantò di nuovo nella testa come una lama conficcata nella tempia.

«Non voglio smettere di pensare a Eileen» confessai a Orla. «Sarebbe un po' come farla morire di nuovo».

«Non accadrà» rispose lei. «Penseremo per sempre a Eileen. Mi impegnerò a farlo anche io. È a questo che serve la memoria».

Aveva ragione. E noi con la memoria siamo bravissimi: Derry è un memoriale a cielo aperto sotto un manto di nuvole grigie. Ogni muro racconta una storia di morte. Dietro ogni angolo c'è una statua commemorativa, una targa o anche solo un mazzo di fiori lasciato legato a un lampione per chi ancora non vuole lasciare andare i ricordi.

La pioggia docile di quel giorno si trasformò in fretta in un temporale. Le strade si allagavano e dai tombini salivano le esalazioni nauseabonde degli scarichi delle fogne. Io e Orla ci tirammo le giacche fin sopra la testa e ci andammo a riparare davanti all'entrata del The O'Donnell.

«Senti, siamo qui vicino...» disse Orla. «Andiamo adesso a casa di Eileen».

«No, ho bisogno di prepararmi prima».

«Stronzate, Saoirse!»

Cominciai a vomitarle addosso tutte le mie paure, ma alla fine il desiderio che quella situazione si concludesse il prima possibile fu più forte.

Arrivammo a casa di Eileen completamente bagnate, con i capelli attaccati alla faccia e il fiato corto. Ci venne ad aprire Mrs McMillan.

«Dio mio, ragazze, siete zuppe!»

Mi rincuorò subito che, almeno dal tono, non sembrava che mi odiasse. Tirai un sospiro di sollievo.

«Ero nei paraggi con Orla ed è iniziato il temporale...» dissi, timida, pulendomi con cura le scarpe sullo zerbino. «Ho pensato che potevo passare subito, se non disturbo».

Mrs McMillan agitò il braccio, facendoci cenno di entrare senza fare complimenti. Rimasi in silenzio e aspettai che fosse lei a dire qualcosa. Cercavo il più possibile di non guardarmi intorno perché ogni angolo di quella casa mi restituiva un ricordo di Eileen con i suoi occhi luminosi e sorridenti. Mi guardavo le scarpe e percorrevo con la mente le venature del legno del pavimento.

«Mi dispiace se ti abbiamo fatto venire qui, Saoirse» disse Mr McMillan.

Fui costretta a tirare su la testa e guardarlo, almeno di sfuggita, quello che bastava per non sembrare maleducata.

«Dispiace a me non essere venuta al funerale» mormorai. «Non ci sono riuscita».

«I funerali sono una cosa che si fa per i vivi» replicò Mrs McMillan, con un vassoio in mano. Biscotti e caffè nero. «Chi è morto non se ne fa niente di un funerale». Era di certo la cosa meno cattolica che le fosse uscita dalla bocca in tutta la sua vita, ma le sue parole mi rincuorarono un poco.

«Pensavo che mi odiaste» confessai. Orla, in silenzio, cercò la mia mano nascosta dietro la schiena per stringerla nella sua.

«E perché dovremmo odiarti, Saoirse?»

«Eravamo nel mio quartiere» dissi. «Eileen voleva venire a casa mia...»

Quell'informazione non sembrò sconvolgere i McMillan come mi aspettavo.

«L'unica colpa per la morte di Eileen ce l'ha chi le ha sparato» mi interruppe suo padre. «E non ci fermeremo finché non verrà fatta giustizia».

Annuii. Era sempre la stessa storia, ma io nella giustizia non ci credevo. La morte di Damien era stata archiviata come un incidente stradale, e ancora oggi i suoi genitori non hanno ottenuto giustizia. Mi chiesi perché per Eileen le cose sarebbero dovute andare diversamente, ma non stava a me falciare la speranza di qualcuno che era così coraggioso da coltivarla ancora. La stanza si riempì di un silenzio insopportabile. Era come se i cuori di tutti traboccassero della tragica consapevolezza che lo Stato che avrebbe dovuto fare giustizia era lo stesso Stato responsabile di quella morte.

Mrs McMillan si schiarì la voce con un colpo di tosse e iniziò a versare il caffè nero nelle tazze. Ne porse una a me e una a Orla.

«Volevamo vederti per darti alcune cose» disse Mrs McMillan. «In camera di Eileen ci sono molti libri e vestiti che ci piacerebbe non andassero buttati. Se c'è qualcosa che ti piace, prendilo. Ovviamente anche tu, Orla».

L'educazione che avevo ricevuto mi diceva che ora avrei dovuto spiegare che non potevo accettare, ma sapevo che tutti quei convenevoli avrebbero solo reso la situazione spiacevole e complicata. Non volevo causare altro dolore a nessuno.

Mrs McMillan ci accompagnò nella stanza di Eileen. «Vi lascio sole» disse, chiudendosi la porta alle spalle.

Mi lasciai andare sul letto, con la faccia rivolta al soffitto. Le lenzuola avevano ancora il suo odore. Per un attimo, ebbi l'impressione che Eileen sarebbe arrivata da un momento all'altro, si sarebbe tolta le scarpe e si sarebbe infilata sotto le coperte. Quell'illusione durò poco.

«Non voglio saperne nulla» dissi a Orla. «Prendi dei libri a caso, io non voglio nemmeno vederli».

«Sei sicura che...»

Non le diedi il tempo di finire la frase.

«Per favore, scegli i libri che vuoi tu. Non voglio vederli» ripetei.

«Va bene».

Guardai Orla sfogliare i libri attentamente, a uno a uno. A un tratto mi apparvero simili, lei ed Eileen, almeno nella cura che avevano per le storie. Orla aveva preso sul serio quel compito. Ero contenta che non avesse preso i primi libri che le fossero capitati in mano come le avevo detto di fare. Ero contenta che avesse le forze di scegliere un pezzetto di Eileen per portarlo con sé. Io non ne ero in grado, e volevo andare via il prima possibile. Guardai la sedia della scrivania: appoggiati sopra, c'erano i jeans con le frange sulla caviglia che avevamo trovato al mercatino del Salvation Army. Rimasi distesa sul letto, chiusi gli occhi per qualche istante, mentre le lacrime scendevano calde e silenziose a bagnarmi le tempie.

Quando li riaprii, notai che Orla aveva scelto una decina di volumi, di cui almeno quattro erano libri di Freud.

«Vuoi fare la strizzacervelli?»

La pila era così alta da coprirle il viso. Orla neanche mi rispose.

«Puoi aiutarmi a portarli?» chiese soltanto.

«Sì, certo».

Quando scesi dal letto, il mio piede incontrò qualcosa di duro, e un tintinnio di metallo e legno disturbò il silenzio della stanza. Mi chinai, e senza pensarci due volte presi la scatola.

«Cos'è?»

«È una cosa che faceva Eileen» spiegai. Orla mi guardò confusa, ma non avevo voglia di spiegare.

Chiamai Mrs e Mr McMillan.

«Posso portarla con me?» domandai, tenendo la scatola stretta al petto.

«Cos'è?»

«Una scatola di ricordi». Sorrisi.

Capitolo 19

Derry, 1972

La mattina del 30 gennaio 1972 il cielo era uno specchio d'azzurro vergine di nuvole. Nonostante il freddo facesse battere i denti, qualcuno aveva lasciato la porta di casa aperta per far entrare l'aria pulita, in uno dei rari giorni in cui non puzzava di pioggia e di umido. I bambini, ben stretti in cappotti e sciarpe, giocavano nei cortili delle case del Bogside e le madri prendevano il sole sedute su seggiole di plastica pieghevoli davanti ai portoni.

«Ti sbrighi?» dissi a Orla. «Sono quasi le due».

Ero arrivata a casa sua e lei era ancora in pigiama.

«Rilassati, Saoirse». Sbadigliò contro il pugno della mano e si trascinò verso l'armadio. «Fa freddo?»

«Si muore».

Alzò gli occhi al cielo e afferrò un maglione pesante e un paio di jeans scuri.

«Davvero non capisco perché dobbiamo arrivare fino a Creggan se la manifestazione verrà verso il Bogside. Non possiamo direttamente aspettare che passino di qui?»

«No» dissi. «Sbrigati».

Orla si preparò e uscimmo. Il vento ci sorprese come una pioggia di spilli sul viso.

«Non mi hai detto che faceva così freddo».

«E invece sì, testona».

Camminammo in fretta, con le mani in tasca, il mento puntato contro il petto e la faccia nascosta nel bavero del cappotto. Ci eravamo date appuntamento con Aidan e Cillian davanti alla biblioteca di Creggan, più o meno nel punto in cui sarebbe partita la marcia. Non si trattava di un riot, di molotov contro fucili inglesi, non era il solito banale teppismo di quartiere. Era una manifestazione, con striscioni, canti e slogan. Era un esercizio di pace.

Il corteo era stato organizzato per protestare contro l'internamento: il governo aveva approvato da poco una legge speciale che prevedeva l'arresto e l'incarcerazione a tempo illimitato per chiunque fosse sospettato di essere un repubblicano e un sovversivo. Banalmente, un irlandese oppure un cattolico, o entrambe le cose. Senza processo. Quella legge non aveva bisogno di traduzione. Sbattevano in carcere chi volevano e le testimonianze che avevano cominciato ad arrivare, da parte di persone che avevano subìto l'internamento, dicevano tutte che in carcere ti torturavano. Ti levavano il cibo e il sonno, ti pestavano, ti facevano spogliare nudo e poi ti umiliavano, minacciavano di uccidere te e la tua famiglia, abusavano di te in tutti i modi che gli venivano in mente.

Erano stati gli attivisti della Northern Ireland Civil Right Association a indire quella manifestazione generale per chiedere al governo di cancellare immediatamente la legge. E quel giorno, per le strade, scendemmo davvero tutti. C'erano i bambini del Bogside, quella volta per mano ai loro genitori. C'erano quelli abbastanza grandi da camminare da soli, e quelli nei passeggini. C'erano i militanti dell'IRA, senza passamontagna sul viso, senza armi, perché si era deciso, per una volta, che quella era una prova generale di pace, in cui le cose sarebbero state chieste a voce alta, ma senza fuoco e senza polvere da sparo. Senza bottiglie incendiarie. C'era gente normale, gente come noi, con i jeans che andavano di moda e le dita intrecciate alle mani delle persone che amavano.

Ero sicura di aver visto, tra la folla, anche Tony Doherty, il bambino di Brandywell che un giorno al parco mi aveva detto di non avere il permesso di venire nel Bogside e che Cillian non era suo cugino. Ora non era più un bambino, ma credetti di riconoscerlo, anche se lo avevo visto una volta sola in vita mia: aveva lo stesso taglio di capelli, quasi rasati, e gli stessi occhi furbi da volpe. Ero tentata di salutarlo, per vedere se anche lui si ricordava di me, ma poi pensai che fosse un'idea stupida. Magari non era neanche lui. Erano passati più o meno dieci anni.

C'erano i preti, le suore, gli operai, gli studenti. C'era Ma' con le colleghe di lavoro e, se fosse stato ancora vivo, ci sarebbe stato anche mio padre. C'erano la madre e il padre di Cillian, una aveva lasciato a casa gli antidolorifici con cui metteva a tacere il dolore, l'altro aveva sostituito la bottiglia con una fiaschetta nella tasca interna della giacca, da cui beveva di nascosto. Da se stesso, almeno, perché gli altri lo vedevano benissimo. Anche Martha, che si teneva stretta a lui. Avevo l'impressione che fosse lei a tenere per mano lui e non il contrario. I McGuinness ovviamente c'erano tutti: Aidan, Martin e i loro genitori.

«Non portare nulla è stata una scelta stupida» ci disse Martin, riferendosi alle armi. Era teso, teneva le braccia rigide lungo il corpo, e ci aveva fatto più raccomandazioni di quante me ne avesse fatte Ma'.

«Martin, è solo un maledetto corteo» disse Aidan.

«Davvero» rincarò la dose Orla. «La processione dell'altra settimana per St. Mary's in confronto è stata una carneficina».

«Sembra un po' una processione, in effetti» confermò Cillian. Mi voltai e guardai il fiume di irlandesi sfilare lento. Avevamo cominciato a lasciarci alle spalle Creggan per dirigerci verso il Bogside.

«Fate come vi pare, ma state più indietro» ci ordinò Martin. «Se ci saranno problemi, ci saranno qui, alla testa del corteo».

«Oh, problemi?» gli fece eco Orla. «Problemi tipo qualcuno che si addormenta camminando?»

«L'internamento e la tortura di persone innocenti ti sembrano noiosi, Orla?» Martin le aveva appoggiato l'indice contro la giacca e Orla gli scansò la mano.

«No» disse. «Non volevo dire questo».

La presi per mano e con Cillian e Aidan ci fermammo per un po' su un muretto ad aspettare che la folla sfilasse per posizionarci più indietro, così da non avere tra i piedi Martin che ci stava con il fiato sul collo. A un certo punto vidi mia madre e alzai la mano per salutarla. Lei ricambiò. Chiacchierava con le sue amiche, e quando la folla urlava degli slogan, si univa anche lei.

«Pensate che servirà a qualcosa?» chiese Cillian, indicando con un cenno del mento il corteo.

«Lo spero» fece Aidan.

Orla era seduta in mezzo a loro due, con un braccio appoggiato alla spalla di Aidan e l'altro avvolto al collo di Cillian. Quell'immagine mi fece traboccare il cuore di tenerezza. Non potei fare a meno di sorridere.

«Lo speriamo tutti» dissi io.

Ci infilammo in un punto qualunque del corteo, circa a metà. Non conoscevamo nessuna faccia, quelli del Bogside erano tutti in testa. Mentre ero lì a gridare insieme agli altri la mia indignazione per quella legge così disumana, pensai al fatto che non ero lì per me. Quella legge riguardava anche me, a dire il vero, potenzialmente riguardava chiunque. Ma io ero lì per gli altri. Ero lì per Aidan, perché mi si spezzava il cuore a pensare a cosa avrebbero potuto fargli. Cercai la sua mano tra la calca dei corpi tutti vicini, e lui me la strinse. Era fredda. Ero lì per Cillian, perché nessuno gli aveva mai spiegato che dagli inglesi bisognava proteggersi. Ero lì per Orla, perché anche se era brava a tenersi fuori dai guai, al Nord sono i guai che sono troppo bravi a scovare te, ovunque tu ti nasconda. Ero lì per Eileen, per Damien e tutti gli altri, perché ciò che li aveva strappati dalla loro terra smettesse di seminare dolore. Non avevo paura per me. Qualunque cosa fosse successa a me, era sotto il mio controllo. Potevo, almeno, farci i conti. Ma non sopportavo più l'impotenza di essere una spettatrice inerme di tutte le cose che accadevano agli altri. Vedere la violenza portarsi via i miei amici, spazzare via i sogni, bagnare di sangue le strade. Su quello, io non avevo alcun potere.

Entrai in una spirale di pensieri che si intrecciavano uno con l'altro, si sovrapponevano come le onde spinte dalle maree. Diventavano sempre più martellanti. Erano mesi che sentivo parlare di internamento. Al tg, da mia madre, da Aidan, a scuola. Solo in mezzo alla folla, solo guardando le facce degli altri, gli occhi, i nasi, le mani, i piedi, solo allora mi resi conto di cosa significava. La consapevolezza mi travolse in pieno e all'improvviso. Avrei potuto perdere chi amavo, di nuovo. Sentii improvvisamente il chiacchiericcio di Orla, Aidan e Cillian farsi sempre più distante, come un'eco sul fondo di un pozzo. Non riuscivo più a distinguere le loro parole. I cori di rabbia del corteo sembravano una litania lontana, ovattata. Pochi istanti dopo i miei occhi si coprirono di un velo di nebbia e mi sentii mancare l'aria. Strinsi più forte la mano di Aidan, ma le ginocchia mi cedettero di colpo come se fossero fatte di burro.

«Saoirse». Sentivo ripetere il mio nome, ma non riuscivo a capire da chi provenisse la voce.

«C'è troppa gente, spostiamola». Ricordo solo che Cillian mi prese in braccio e pochi istanti dopo mi ritrovai sdraiata sull'erba, con Aidan che mi teneva la testa appoggiata sulle gambe. Orla, chinata sulle ginocchia, mi teneva la mano.

«Sto bene» dissi. «Sto bene».

Provai ad alzarmi, ma Aidan mi costrinse a rimanere giù. Qualcuno si fermò ad assicurarsi che stessi bene per davvero, al di là di quello che dicevo io. Un signore si fermò per regalarmi una soda zuccherata e nel giro di qualche minuto si creò un capannello di persone intorno a noi. Qui la gente non ti lascia mai sola, nel bene e nel male. Cercai di tranquillizzare tutti, e solo dopo aver ribadito che non c'era assolutamente bisogno di chiamare un'ambulanza e che, se ne avessi avuto bisogno, i miei amici sarebbero stati lì, chi si era fermato proseguì.

«Penso che possiamo andare» provai a dire. «Mi sento meglio, probabilmente è stato solo un calo di zuccheri». Finii di bere la soda a piccoli sorsi. Cillian mi prese la lattina vuota dalle mani, la accartocciò e la andò a buttare in un cestino.

«Sei sicura di stare bene?» mi domandò Orla.

Annuii. Aidan mi aiutò ad alzarmi, stringendomi la mano. Mentre mi pulivo i pantaloni dalle tracce di terra, Fianna McGuinness arrivò correndo.

«Dov'è Martin?» chiese a Aidan. Aveva il volto arrossato e gli occhi spalancati. Sembrava un animale selvatico impaurito davanti ai fari di un'automobile.

«È alla testa del corteo. Perché?»

«Pare che stia succedendo un casino su William Street».

«Un riot?» domandò Cillian.

«Forse» rispose la madre di Aidan. «Non lo so».

«Dov'è papà?» chiese lui.

«Sta arrivando».

«Vengo con te» le disse Aidan. Fianna alzò l'indice in un gesto che non ammetteva repliche.

«Non ci provare. Aidan McGuinness, tu resti qui».

Poi corse via e Aidan cercò di andarle dietro, ma Cillian gli tenne stretto il polso.

«Aspetta, Aidan» gli disse. «Probabilmente non è niente».

Aidan mi guardò, e io mi sforzai di restituirgli un'espressione fiduciosa e un sorriso disteso.

Ci infilammo di nuovo nel corteo, mentre Orla si allontanò per chiedere informazioni in giro. Tra di noi, era quella che pensava nel modo più concreto possibile. Tornò indietro con la faccia più tranquilla.

«Mi hanno detto che non è successo niente, in realtà» disse, scrollando le spalle. «Un riot, diciamo. Ma niente di che. Il solito. Qualche cretino ha tirato un paio di bastoni contro i soldati, ma non è successo nulla».

Qualche cretino che tirava dei bastoni contro i soldati per noi non era neanche un riot, era una ordinaria domenica mattina dopo la messa. Io mi sentivo meglio, e mi appoggiai sul petto di Aidan, che mi strinse e mi baciò la fronte. Orla e Cillian camminavano qualche passo davanti a noi. Circa una mezz'ora dopo il corteo arrivò nel Bogside. Del riot di William Street non si seppe più niente. A oggi, non so neanche se sia davvero mai accaduto. In ogni caso, era stato un falso allarme. Quando il corteo stava per finire, proseguimmo paralleli sul marciapiede per correre fino alla testa e riunirci a facce conosciute, ma c'era troppa gente ed era quasi impossibile passare. Intravidi la testa di capelli rossi di mia madre. Fianna, che aveva trovato Martin ed era rimasta accanto a lui e a suo marito, ci fece un cenno di saluto da lontano. Eravamo ai Rossville Flats, dove abitava Orla.

L'attimo dopo, tutto divenne nero.

I soldati inglesi iniziarono a sparare sulla folla senza pietà. Polvere e grida. Accadde tutto troppo in fretta. Cercai per istinto la mano di Aidan. Si dice che quando il corpo si trova in una situazione di pericolo può sperimentare due reazioni: l'attacco, o la fuga. Ma ce n'è una terza: il congelamento. Mi immobilizzai, divenni di pietra, mentre tutto intorno a me iniziava a muoversi frenetico in una spirale di disperazione. La folla divenne una massa indistinta, gomitate, calci, spinte. Tutti cercavano di scappare senza venire ingoiati dalla calca. Era come se il tempo per me si fosse fermato all'improvviso. Ma Aidan, come un orologiaio, fece ripartire le lancette. Mi tirò per il braccio e gridai per il dolore. Senza ancora aver capito davvero quello che stava accadendo, mi ritrovai improvvisamente a correre in senso contrario alla marcia. Orla e Cillian ci seguirono. Si tenevano per mano anche loro. Arrivammo a Lecky Road. Ci nascondemmo dietro i cassonetti dove i drogati si andavano a bucare. Le ginocchia mi cedettero, di nuovo. Caddi a terra, con i palmi sull'asfalto. Vomitai. Cillian sferrò un pugno dietro l'altro contro le colonne che reggevano il ponte sopra le nostre teste. Era la fine del mondo per come lo avevamo conosciuto fino a quel giorno.

Dopo la raffica di proiettili, sul Bogside piombò il silenzio più irreale che avessi mai conosciuto.

La voce arrivò presto. Tredici morti, tra cui la madre di Aidan. Martin aveva provato a farle da scudo con il suo corpo, ma il proiettile era arrivato da un lato e le aveva trafitto prima le costole e poi il cuore.

Ogni anno, il 30 gennaio, ovunque io sia, sento ancora l'odore acre di polvere da sparo. Il corpo accusa il colpo. Il corpo non dimentica.

Il giorno dopo, quando vidi i nomi delle tredici vittime, lessi anche il nome di Paddy Doherty. Era il padre di Tony. Non mi sbagliavo, il ragazzino che avevo visto tra la folla era proprio lui. Avevo bisogno di fare ancora una volta i conti con la morte. Presi un pezzo di carta e scrissi un biglietto di condoglianze a Tony, senza neanche firmarlo.

'Mi dispiace molto per la tua perdita. Forse avevano ragione i tuoi genitori, era meglio che tu nel Bogside non ci mettessi mai piede'.

Capitolo 20

La St. Mary's Catholic Church era avvolta dall'abbraccio della pioggia. Io, Cillian e Orla ci eravamo andati a sedere nell'ultima fila, in silenzio. Aidan ci raggiunse: era imprigionato in un completo nero, la cravatta gli strozzava il collo.

«Potete venire a sedervi con me?» chiese. «Davanti». Ci supplicò quasi, senza che ci fosse ragione di farlo.

Percorremmo insieme la navata centrale prima che la cerimonia iniziasse, e ci sedemmo sulla panca in prima fila, dove c'era la famiglia di Aidan. Martin teneva il cappello stretto tra le gambe e la mascella serrata. Suo padre gli sedeva accanto e i suoi occhi raccontavano un pianto recente. Il freddo ci penetrava nelle ossa e noi stavamo tutti zitti perché nessuno trovava parole che valesse la pena pronunciare.

Perfino il prete non sapeva bene che cosa dire, perché non era una cerimonia normale. Non era un funerale come gli altri. Sentivo il respiro agitato di Orla accanto a me, e guardavo con la coda dell'occhio le dita di Cillian tamburellare isteriche sulla panca di legno. Aidan era immobile come una statua di marmo, le occhiaie disegnate sul volto pallido facevano intuire che non dormiva da giorni. Solo dopo un po', mi prese la mano.

«Ho deciso di arruolarmi nell'IRA» sussurrò.

«Lo farò insieme a te». Mi sforzai di sorridere.

Lui mi ricambiò appena. Non disse altro e strinsi più forte la sua mano. Con l'altra mano percorrevo il disegno delle sue vene in carezze leggere.

Quando la messa finì, Mr McGuiness, Aidan e Martin si alzarono.

«Puoi aiutarci a portare la bara?» chiese Aidan a Cillian, ma senza guardarlo. Lui sgranò gli occhi per la sorpresa, era chiaro che non si aspettava una richiesta del genere, ma annuì con forza e si alzò in fretta. Si caricarono la bara sulle spalle e iniziarono a muoversi verso l'esterno, mentre l'organo suonava cupo. Io mi strinsi a Orla.

Scesero i gradini della chiesa, mentre noi sfilavamo dietro, ordinati, ma tutti con le facce di cera. Mia madre e i genitori di Orla ci raggiunsero. Il carro funebre aspettava Fianna davanti alla chiesa, ma Martin, Aidan, Mr McGuinness e Cillian voltarono l'angolo, verso un vicoletto nascosto dove la muffa e i rampicanti si infilavano sicuri tra le crepe del cemento.

«Dove andiamo?» domandai a Ma'.

Lei mi disse di fare silenzio.

Orla e i suoi genitori erano accanto a noi. Nel vicolo era stato sistemato un piccolo altare, adornato da una corona di fiori, su cui fu appoggiata la bara. Poi tutti si allontanarono di qualche passo. La pioggia iniziò a battere più violenta, produceva rintocchi veloci sul legno, distruggeva i petali dei gigli bianchi e inzuppava il tricolore irlandese appoggiato sulla bara.

Tre uomini incappucciati, con camicia bianca, pantaloni e cravatta neri, spuntarono da un furgoncino bianco parcheggiato nel vicolo. Tenevano i fucili imbracciati. Si misero davanti alla bara, puntarono le armi contro il cielo e spararono tre colpi. Gli uccelli volarono via impazziti dai tetti.

«È il funerale dell'IRA» mi disse Ma'.

«Perché fanno un funerale dell'IRA a Fianna?» domandai. Ma' mi fece ancora una volta cenno di stare in silenzio. I tre uomini tornarono a passi svelti verso il furgone. Due si infilarono nel retro, uno si levò il passamontagna e si mise alla guida. Lo scoppio del motore e le ruote sull'asfalto bagnato tornarono di nuovo a disturbare la quiete. Svanirono nello stesso nulla da cui erano arrivati.

Sorrisi a Aidan da lontano e lui ricambiò appena.

Tornai a casa con Ma' e Cillian in un silenzio irreale. Salutai Cillian con un abbraccio. Prima di sfilarsi, mi sussurrò all'orecchio: «Sono contento che Aidan mi abbia chiesto di portare la bara».

«Lo so» dissi. «Ti vuole bene, Cillian».

Ci stringemmo forte ancora per qualche secondo e ci separammo a malincuore. Ma' ci guardava, in piedi davanti alla porta. Mi asciugai di nuovo le lacrime con la manica del cappotto e mi pulii le scarpe sullo zerbino prima di entrare. Mentre appendevo il cappotto all'ingresso, Ma' si voltò verso di me.

«Fianna era nell'IRA» mi disse. Parlò con tono piatto, come se mi stesse comunicando un'informazione banale, l'orario di arrivo di un treno o il numero di uova da mettere in una torta.

«Cosa?» Il cappotto rischiò di scivolarmi dalle mani. «E Aidan lo sapeva?»

Ma' si strinse nelle spalle. «Non credo. Sono passati molti anni. Di sicuro adesso lo sa». Accese il bollitore. Prese due tazze dalla credenza e ne fece scivolare una sul tavolo verso di me.

«Le hanno fatto un funerale così perché, nonostante non fosse più nell'IRA da anni, è rimasta in buoni rapporti con loro. A differenza mia».

Mi alzai di scatto, le mani che mi tremavano.

«Stai scherzando» dissi. «Eri arruolata nell'IRA?»

Annuì. Sentii il respiro venire meno. Non sapevo se la prima domanda che volevo farle era perché si fosse arruolata, oppure perché avesse deciso di tirarsene fuori. Mi anticipò lei, esonerandomi dalla scelta.

«Sei nata tu. Era pericoloso. Papà non era d'accordo».

Aprì le ante del mobiletto del salotto e tirò fuori una scatola di cartone. Sollevò il coperchio e rovistò tra cartoline e foto ingiallite. Sapeva dove cercare. Appoggiò sul tavolo una decina di fotografie. Le presi tra le mani che tremavano ancora, i miei occhi non credevano a quello che avevano davanti. Il bollitore emise un fischio acuto e Ma' lo spense. Poi versò l'acqua calda nelle tazze. C'era una foto di lei e Fianna, molti anni prima, entrambe con la divisa dell'IRA e il braccio sinistro alzato verso il cielo con la pistola ben stretta in pugno. Guardai la foto più da vicino, come se fossi cieca. Me la girai e rigirai tra le mani, convinta che da un momento all'altro sarebbe scomparsa e io mi sarei svegliata nel mio letto, reduce solo da un sogno bizzarro. Ma le foto erano tante, e più reali della terra che calpestavo. C'erano foto di parate militari, di soldati armati dell'IRA. I volti erano tutti coperti dai passamontagna, ma Ma' la riconoscevo dalle forme familiari del suo corpo e Fianna dagli occhi, identici a quelli di Aidan. Mi sembrava di essere una spettatrice di un'altra vita. Un'altra vita che non poteva essere quella di mia madre. Rovistavo tra quelle immagini, frenetica, e lei mi guardava in silenzio.

«Si raffredderà, se non lo bevi» mi disse, indicandomi il tè.

Raccolsi tutte le fotografie che avevo sparso sul tavolo e le riposi in ordine dentro la scatola di cartone. La richiusi e gliela porsi. Presi la tazza, il calore dava sollievo alle dita congelate. Solo allora mi resi conto di quanto freddo facesse.

«Voglio arruolarmi anche io nell'IRA» dissi. Tutto, improvvisamente, mi apparve diverso. Mi apparve diversa mia madre, che mi sembrava di non aver mai conosciuto davvero. Mi sembrava diversa la mia casa, il colore delle pareti simile a quello del latte scaduto.

«Non farai mai una cosa del genere finché io sono viva, Saoirse».

Capitolo 21

Da quella domenica, il tempo si era congelato. Dei giorni successivi mi ricordo il silenzio e la luce fredda e quasi azzurra delle giornate. Nessuno sorrideva, nessuno si fermava a parlare per strada, nessuno si guardava in faccia per la paura di vedere negli occhi degli altri lo stesso terrore.

Io passavo le mie giornate a letto, come quando era morta Eileen. Il massimo dello sforzo che riuscivo a fare era andare da Cillian per mangiare insieme latte e biscotti seduti sul marciapiede. Intorno a noi, tutto era immobile e deserto, e il vento ululava tra i vicoli. Sembrava che le Banshee, le fate della morte, avessero preso Derry, con un incantesimo l'avessero resa minuscola e poi avessero infilato ogni cosa dentro una di quelle sfere di vetro con la neve: il fiume, il Bogside, le case, le mura, la collina, i pub. Era tutto fermo, piccolissimo e spento.

Ogni cosa sarebbe rimasta uguale per sempre, forse, ma a un certo punto, come per un incantesimo opposto, qualcuno agitò la sfera. All'improvviso, la vita ricominciò a scorrere. Mi sono sempre chiesta chi sia stata la prima persona a trovare il coraggio di ridere dopo la Domenica di sangue, forse un bambino. Da allora, tutto riprese lentamente ad assumere contorni familiari.

I bambini ricominciarono a rincorrere i gabbiani sul lungofiume, le signore tornarono a comprare pane e verdura con i fazzoletti in testa e a pelare le patate davanti ai portoni delle case. Nel Bogside, si ricominciò a giocare a biglie, a pallone, a mosca cieca. Si ricominciò a gridare, a litigare, a ubriacarsi, a fare l'amore, a fare figli, a sposarsi, a chiedere che ore fossero, a lamentarsi dei prezzi. Ricominciarono anche i riot, ma avevano una rabbia diversa e nuova. Quelli dell'IRA li vedevamo più spesso di prima. Dopo la Domenica di sangue si armarono ancora di più; girava voce che avessero accordi con dei gruppi paramilitari in Germania e in Spagna, e che fossero loro a fornire nuove armi. Non c'era angolo del Bogside dove non si trovassero almeno due soldati irlandesi con i jeans e la giacca verde. Iniziai a chiamarli 'soldati' perché portavo loro rispetto. Per tutta la vita ero cresciuta con l'idea che se un uomo ha un'arma in mano è pericoloso e bisogna stargli lontano, ma adesso, quando tornavo a casa tardi la sera, preferivo passare sui marciapiedi più illuminati e pattugliati dai soldati dell'IRA.

Io e Orla andammo per la prima volta a ballare al Crit nell'aprile di quell'anno. Suonava un gruppo che faceva cover di Elvis. Orla adorava Elvis, aveva un poster attaccato all'armadio in camera sua a cui era devota come a un'immagine sacra. A me non piaceva granché, ma quando mi aveva proposto di andare a ballare, le avevo detto di sì senza pensarci troppo.

Indossammo entrambe due vestiti rossi e ci dipingemmo le labbra dello stesso colore. Uscimmo di casa già ubriache. Quella sera i genitori di Orla non c'erano e noi avevamo rovistato nel mobiletto degli alcolici di Mr O'Sullivan fino a che non avevamo trovato un liquore non troppo amaro e ce lo eravamo scolato fino all'ultima goccia. Barcollammo abbracciate fino al Crit, parlando a voce troppo alta. Ci beccammo qualche sguardo di sdegno dalle signore sedute davanti alle loro case, ma non ce ne importava nulla.

La sala da ballo aveva il parquet lucido e le luci azzurre e gialle illuminavano appena l'ambiente.

«Ti dispiace che Aidan non sia venuto?» mi chiese Orla, mentre ballavamo insieme.

Scossi la testa. «Volevo stare con te!»

Orla mi fece fare una giravolta e poi mi strinse a sé. Quando la musica si fece più gentile, ballammo lentamente, testa contro testa, le mani intrecciate all'altezza del viso.

Sentii qualcuno toccarmi la spalla e sussultai.

«Cillian!» esclamammo Orla e io all'unisono.

«Sono venuto ad accompagnare Martha» ci spiegò lui. La indicò: sua sorella era minuscola, tutta addobbata in un vestito bianco di pizzo che sembrava più adatto per la prima comunione.

Cillian guardò Orla e poi disse: «Vuoi ballare con me?»

Orla fece di sì con la testa. Io nascosi un sorrisetto. Mi tirai indietro e lasciai che Cillian prendesse la mano di Orla.

«Tengo d'occhio Martha, va bene?» dissi a Cillian.

«Grazie, Saoirse» rispose.

Voltai le spalle e la raggiunsi.

«Non volevo venire» disse lei, prima ancora che io aprissi bocca. «Mio fratello aveva solo bisogno di una scusa per chiedere a Orla di ballare».

Mi venne da ridere, mi girai a guardarli. Erano belli insieme, un po' goffi ma teneri. Sperimentavano una vicinanza diversa.

«Tu vuoi ballare con me?» domandai a Martha.

«In realtà no» mi disse. «Questo vestito è orrendo e le scarpe mi fanno male».

Le scarpe facevano male anche a me, e in più mi stavo rendendo conto di quanto fossi ubriaca. Ci sedemmo su una panca attaccata alla parete, rifiutando più o meno con gentilezza ogni ragazzino che veniva a chiederci di ballare.

«Comunque, non sapevo che tuo fratello ballasse così bene».

Martha mi ignorò.

«Quindi adesso a mio fratello piace Orla?» mi chiese dopo un attimo di silenzio.

«Se non lo sai tu» dissi. Cercai di colpirle le costole con l'indice. Martha protestò appena, si tolse le scarpe e le nascose sotto la panca. Mentre lei si massaggiava i piedi, io mi divertivo a guardare Orla e Cillian ballare come pazzi su *Jailhouse Rock*. Non vedevo Cillian ridere da tantissimo tempo e non potei fare a meno di ridere a mia volta.

«Perché ridi?» Martha aveva le braccia incrociate e l'umore nero.

«Mi sembra che tuo fratello sia felice, adesso».

«Non lo è» mi disse Martha.

«È difficile per tutti essere felici in giorni come questi. Dagli tempo».

Martha si fece andare bene quella risposta, almeno per un po'. Poi tornò alla carica. Mi tirò per un braccio e mi sussurrò all'orecchio: «Ci pensi che non vedremo mai più tutte le persone che sono morte?»

«Ci penso ogni giorno, Martha».

Rimasi tutta la sera con lei ad ascoltare cover di Elvis e a prendere in giro i capelli e i vestiti degli altri. Orla e Cillian non si erano staccati un secondo dalla pista da ballo.

Incrociai con lo sguardo il proprietario del Crit che faceva cenno alla band di darsi una mossa. Era quasi l'ora di chiusura.

«Aspettami qui».

Martha, che non sembrava avere alcuna intenzione di muoversi, annuì. Corsi verso la band. Aspettai che terminassero la canzone e mi chinai verso quello che suonava il piano.

«Accettate richieste?» Poi, senza dargli neanche il tempo di rispondermi, continuai: «Potete suonare *Can't Help Falling in Love*?» Mi cucii addosso il mio sorriso migliore e feci gli occhi grandi e dolci. Quello si voltò verso di me.

«Ci hanno detto di staccare». Aveva l'alito che puzzava di birra, ma ero sicura che il mio non dovesse essere migliore.

«Solo l'ultima, per favore».

«Chiedi a lui» mi disse. Indicò il proprietario del locale e io gesticolai qualcosa di incomprensibile, ma alla fine quello si arrese e mi fece un cenno di assenso.

«*Can't Help Falling in Love*» ripetei.

«Ho capito, tesoro» mi disse. «Spero che ne valga la pena».

«Lo spero anche io».

«*Lads*, voi potete cominciare a staccare» disse, rivolto agli altri membri della band. Era vero, non serviva la chitarra o la batteria.

La gente aveva cominciato ad andarsene dalla pista da ballo dopo l'ultima canzone, ma Orla e Cillian erano rimasti a parlare sotto le luci colorate che illuminavano i loro volti. Così, quando le note dolci di *Can't Help Falling in Love* riempirono di nuovo il locale, tornarono a stringersi. Ondeggiavano leggeri e parlavano sussurrandosi all'orecchio. Poi Cillian prese il viso di Orla tra le mani e la baciò.

L'euforia mi detonò nel petto. Mi voltai a cercare Martha, ma la panca era vuota.

«Martha!» gridai.

Corsi fuori. Spalancai la porta di sicurezza del Crit e uscii. Il freddo mi colpì in volto come migliaia di spilli. Il cuore tornò al suo posto quando vidi Martha, ancora a piedi nudi, che cercava di salire in braccio a Aidan.

«Va' a recuperare le scarpe, Martha» dissi, ridendo.

Lei sbuffò, ma tornò dentro.

«Ciao». Alzai la mano verso Aidan.

«Ciao a te».

Aidan si avvicinò e mi baciò. Non staccava gli occhi dal vestito rosso e mi pentii di averlo sprecato per una serata del genere.

«Avevi detto che non saresti venuto» lo rimproverai. Mi accorsi solo allora che aveva un po' di sangue secco appiccicato ai capelli, vicino alla tempia.

«Che è successo?» chiesi.

Aidan si strinse nelle spalle. «Ho litigato con Martin» rispose.

Si vedeva che era la prima cazzata che gli era venuta in mente, ma decisi di non insistere.

Lui mi strinse a sé e mi sussurrò all'orecchio: «Ho trovato qualcuno che potrebbe aiutarmi ad arruolarmi nell'IRA».

«Arruolar-*ci*» lo corressi.

«Sei sicura che è quello che vuoi, Saoirse?»

«Sono sicura».

E lo ero davvero. Non passavo più le giornate a imparare i pamphlet a memoria per far colpo su Aidan. Pamphlet dopo pamphlet, ingiustizia dopo ingiustizia mi ero accorta che credevamo nella stessa cosa, che il Nord non era uno dei tanti gioielli della Corona, che il Nord era fratello del Sud, ed era Irlanda. Gli inglesi occupavano la nostra casa illegalmente. Ma non erano tanto gli ideali a convincermi, quanto la gente. Volevo stare dalla parte giusta e volevo che le persone che amavo non morissero più.

Prima che finissimo di parlare, Orla e Cillian uscirono dalla sala. Frasi di circostanza e colpi di tosse imbarazzati. Martha sbucò dietro di loro. Li guardò stringendo gli occhi.

«Quindi state insieme adesso?»

Aidan si voltò verso di me, gli occhi sgranati. Cillian si passò una mano tra i capelli rossi e prese la mano di Orla, che lo guardò con occhi pieni di tenerezza.

«Oh» disse Aidan con un sorrisetto. «Ho capito».

Martha prese l'altra mano di Cillian e ci avviammo verso casa.

Eravamo davvero tutti insieme. Un'altra volta ancora.

Capitolo 22

«Questo?» mi domandò Orla, mostrandomi con una giravolta il terzo vestito candidato per il suo primo appuntamento ufficiale con Cillian. Il mio armadio vomitava vestiti, altri erano sparsi a terra o appallottolati sul letto in un'esplosione di colori e tessuti.

«A te sta bene tutto, Orla».

«Che è come dire che non mi sta bene niente» disse lei. «Sei un po' inutile in queste cose, lo sai?»

Aveva ragione. Allora le indicai un vestito color carta da zucchero appoggiato sulla sedia. Aveva un collarino bianco e una cintura sottile dello stesso colore.

«Il mio preferito è quello» dissi. «Ti sta benissimo. Ti fa sembrare una bambolina».

Orla mi si avvicinò per schioccarmi un bacio sulla guancia. «Grazie, Saoirse».

«Non me lo sporcare se fate cose strane».

«Promesso» giurò lei, con la mano sul cuore. Poi rise. Orla diventava ogni giorno più bella e guardarla mi provocava una fitta dolorosa al petto, ma il fatto che volesse provarsi i miei vestiti per uscire con Cillian mi lusingava parecchio.

Non so individuare il momento esatto, ma credo che fosse accaduto dopo la morte di Eileen. Avevo iniziato a saltare i pasti. Nei giorni più bui, smettevo del tutto di mangiare. Nella tristezza disperata dopo la sua morte, non avevo toccato cibo per qualche giorno, ma ben presto digiunare era diventata un'abitudine che cominciava a mostrare i suoi effetti. Le clavicole emergevano appuntite sotto i maglioni e i gomiti e le ginocchia si erano fatti più spigolosi. Misuravo l'amore che avevo per me stessa in base al numero che la bilancia mi restituiva. Ne avevo comprata una con i soldi che avevo guadagnato portando la spesa a casa per le vecchie del Bogside che erano rimaste da sole dopo che i figli avevano deciso di andarsene lontano. Me ne sarei voluta andare anche io, ma non potevo, e per quanto tutto fosse difficile, Aidan, Cillian e Orla dividevano in parti uguali l'inferno con me.

Mentre Orla continuava ad apprezzare l'immagine che lo specchio le restituiva, sistemandosi la gonna, presi una busta di plastica da dietro la porta e la lasciai cadere ai suoi piedi. Era piena di maglioni che mi andavano larghi e di pantaloni che non si reggevano più in vita.

«Puoi portarli tu al Salvation Army?»

«Sto uscendo con Cillian e devo portare i tuoi vestiti in beneficenza?»

«Te l'ho chiesto solo perché ci abiti accanto!»

Orla sbuffò e sbirciò all'interno della busta.

«Perché dai via tutta questa roba?»

«Perché ormai mi stanno troppo grandi».

Prese dalla busta un maglione rosso con dei disegni geometrici sul petto e lo stese nello spazio tra noi.

«Ma amavi questo maglione!» protestò. «E ho un sacco di bei ricordi di te con questo addosso. Ti ricordi quando Cillian è caduto nel Foyle?»

Accennai una risata e spezzai l'aria con un gesto veloce della mano.

«Se ci tieni così tanto, per me puoi tenerlo tu».

Affondò la faccia nel maglione e ne respirò l'odore. Tra le due, era lei quella più ammalata di nostalgia. Io non avevo cose del mio passato a cui tenevo particolarmente.

«Sì, lo terrò io, se tu non lo vuoi» disse. «Così un giorno, quando ti sarai finalmente resa conto di essere una deficiente, mi ringrazierai per averlo salvato».

Appallottolò il maglione e me lo lanciò addosso.

«Lo prendo domani. Ora tienilo tu che non voglio portarmelo in giro».

«La busta la prendi, però!» protestai.

«Sì, d'accordo, anche se ancora non ho capito perché non vuoi andarci tu, al Salvation Army». Prese la busta, poi scendemmo insieme le scale. Prima di uscire si infilò il cappotto. Ci salutammo con un abbraccio.

«Mangiamo insieme?» mi chiese Ma'.

«No, Orla ha portato due *baps*. Li abbiamo mangiati di sopra» mentii. «Prendo una mela, però».

Le bugie erano la parte più complicata perché dovevo sempre mettere in mezzo gli altri. Se dicevo che mangiavo a casa di Orla, Ma' si sarebbe certamente ricordata di ringraziare gli O'Sullivan per l'ospitalità e quelli l'avrebbero guardata perplessi, e lei si sarebbe accorta che avevo mentito. Era già accaduto. Sapevo che Ma' aveva intuito che qualcosa non andava, ma nulla era precipitato ancora fino al punto in cui sarebbe diventato necessario prendere provvedimenti. Credo che all'epoca mia madre preferisse che mi lasciassi morire un po' di fame se questo mi teneva lontana dai guai con l'IRA. Ma non sapeva che io potevo fare entrambe le cose: affamarmi il corpo e arruolarmi nell'Esercito Repubblicano Irlandese. Aprii il frigorifero e afferrai la mela più piccola. La appoggiai su un piattino e la tagliai a pezzetti minuscoli. Mi doveva bastare fino al giorno dopo. Salii le scale e mangiai lentamente. Odiavo le mele.

Capitolo 23

La sera in cui io e Orla eravamo andate a ballare al Crit, Aidan era andato al cimitero a trovare sua madre. Mentre tornava a casa, si era messo a litigare con due soldati che stavano importunando una ragazza.

«Andatevene a casa vostra» aveva detto. Quelli gli erano venuti addosso a muso duro per cercare lo scontro, il tipo più grosso lo aveva spinto a terra e Aidan era caduto sul cemento del marciapiede, mentre la ragazza si copriva la bocca per lo spavento. Probabilmente lo avrebbero massacrato di calci e pugni, ma erano intervenuti quattro uomini dell'IRA, con i fucili imbracciati, la giacca militare e i volti coperti. I soldati se ne erano scappati via come cani.

Dopo aver aiutato Aidan a rialzarsi, uno dell'IRA gli aveva detto con tono severo che andare a cercare da soli lo scontro con gli inglesi era una cosa stupida. Aidan aveva ribattuto che voleva fare la sua parte per l'Irlanda, ma non sapeva da dove iniziare. Così, quello gli aveva detto di venire presto a farsi un giro al The O'Donnell, un pub squallido a metà circa di Lecky Road.

«Questo, Saoirse, è quello che io chiamo destino» mi disse Aidan. L'aria sul lungofiume era grigia e densa, una nebbia pesante avvolgeva gli alberi e Craigavon Bridge, tanto che non riuscivo a vedere l'altra parte del fiume. Non che fosse importante, dato che là ci vivevano gli inglesi. Aidan mi avvolse le mani intorno ai fianchi e mi baciò.

Gli appoggiai le mani sulle spalle e poi mi allontanai per guardarlo negli occhi.

«Sei sicuro che posso venire anche io?»

«Sei sicura che vuoi venire anche tu?»

«Ti ho già detto che ho fatto la mia scelta, Aidan» gli dissi. «Ma hanno chiesto a te di venire a quell'incontro. Non a me. È la cazzo di IRA, non il club del libro. Non posso presentarmi a caso».

«Se sei davvero sicura che questa è la tua scelta, il problema non si pone» replicò lui, fermo. «Qualunque cosa faccio, la faccio con te. E qualunque cosa farò, la farò con te. Metà della mia vita è l'Irlanda e Mrs Doyle è l'altra metà».

Strinsi le labbra e infilai i pugni nelle tasche.

«La metà più bella» concluse.

Gli presi il viso e lo baciai ancora.

«Possiamo camminare? Sto morendo di freddo» dissi.

«Sei tu che ti fermi di continuo per baciarmi» protestò. Ridemmo, poi mi prese la mano e continuammo a camminare. Per un po', un silenzio gentile ci avvolse. Non sei mai davvero in intimità con qualcuno fino a quando non riesci a stare in silenzio in sua presenza senza sentire imbarazzo. Strinsi più forte la sua mano, per sentirla più mia.

Mr McGuinness era al pub e casa di Aidan era avvolta dal buio. Si respirava un odore forte di zuppa riscaldata. Ci sdraiammo sul letto, uno accanto all'altra, le gambe intrecciate, Aidan con un braccio che mi avvolgeva le spalle e io con la testa appoggiata al suo petto. La pioggia batteva ipnotica sui vetri mentre le sue dita mi accarezzavano i capelli.

«Saoirse, devo dirti una cosa, ma non voglio metterti a disagio» mi sussurrò Aidan. La sua voce era un soffio. Mi sembrò quasi che avesse provato e riprovato a lungo quella frase nella sua testa prima di pronunciarla.

«Lo hai già fatto, quindi spara» dissi.

«Sei dimagrita un bel po'».

Il cuore mi rimbalzò in gola, lo sentivo pulsare nelle tempie, violento. Strinsi i denti e poi deglutii violentemente.

«Voglio dire, il corpo è il tuo e sei tu a decidere quanto vuoi pesare o se indossare maglioni orrendi, ma volevo solo dirti che me ne sono accorto».

Strinse tra il pollice e l'indice il tessuto del mio maglione e mi fece un sorriso.

«Cos'ha che non va il mio maglione?»

Cercai di aggrapparmi con tutte le forze a quel tentativo di sdrammatizzare. Aidan mi aveva offerto su un piatto d'argento la possibilità di cambiare argomento, ma non fui abbastanza convincente nel coglierla.

«Sono serio, Saoirse» mi disse.

Gli riversai addosso una quantità di parole confuse. Gli dissi che era un periodo di stress, che non stavo dimagrendo intenzionalmente, che, anzi, dovevamo andare a provare quel ristorante cinese che aveva aperto vicino a Tesco, al Quayside, mentre nella mia testa pregavo Dio che non mi dicesse di sì. Gli dissi che ero felicissima, anzi no, entusiasta del mio corpo e che credevo fosse stupido smettere di mangiare per sentirsi meglio con se stessi perché il peso lo perdi, ma poi ti accorgi all'improvviso che hai gli stessi problemi di sempre e solo meno forze per affrontarli e che se ti fai schifo prima, ti farai schifo anche dopo, perché ti fai schifo tu, non il tuo corpo, sei tu che ti odi davvero, perché sei stupida, perché pensi di non meritare amore, come se l'amore fosse qualcosa da meritarsi. Mi resi conto di non aver mai parlato così tanto e così in fretta in vita mia. Cercai aria come quando si emerge dall'acqua dopo essere stati in apnea a lungo. Gli avevo parlato di quelle cose senza guardarlo perché era l'unico modo in cui potevo farlo, ma lo avevo sentito stringermi un po' più forte, mentre vomitavo bugie su bugie, una stronzata dopo l'altra.

«Sono qui» disse soltanto. Mi baciò la fronte e senza preavviso le lacrime iniziarono a scivolarmi sulle guance.

«In ogni caso, il colore di questo maglione è orrendo» disse lui. «E qualcuno doveva dirtelo prima o poi».

Risi, così da mascherare i singhiozzi.

«Grazie» risposi. «Sei sempre il mio migliore amico, prima di qualunque altra cosa, e gli amici servono a questo».

«A segnalarti quando indossi maglioni di merda?»

«Esatto» risposi. «Ma anche a segnalarti quando stai diventando pazzo e vedi i delfini nel Foyle».

Aidan si sollevò di scatto.

«Saoirse, te lo giuro su Ma'. Erano delfini».

Capitolo 24

«Ci hai pensato davvero, Saoirse?» mi chiese Orla. Quello era il giorno in cui la mia vita – speravo – sarebbe cambiata per sempre.

Il fatto che avessi deciso di arruolarmi insieme a Aidan nell'IRA non le andava giù. Ma se non mi avevano scoraggiato i racconti sul trattamento che quelli dell'IRA riservavano ai traditori, di certo non sarebbe stata la reticenza di Orla a farlo.

«Ci ho pensato, Orla» le dissi. «Ci penso da quella domenica. E poi, voglio proteggere il Bogside. Voglio avere una pistola in tasca e la faccia tosta di usarla se un inglese prova anche solo ad avvicinarsi».

«Non tutti gli inglesi».

«No, non tutti» dissi. «Solo i soldati. E gli Apprentice Boys. E quelli dell'UDA. E quelli che vivono nel Waterside».

La lista era ancora lunga, ma mi fermai.

«Sta' attenta» mi pregò.

«È importante per me, Orla».

«Lo so». Si avvicinò a me, con le braccia aperte. «I miei migliori amici sono nell'IRA!» esclamò. Io risi, affondando nel suo abbraccio.

«Non ancora, Orla. Non ancora».

Mi avviai verso casa di Aidan. Lo trovai già pronto sulla porta, con una sigaretta spenta tra le labbra e il mento affondato nel colletto della giacca. Sfilò le mani dalle tasche, prese un'altra sigaretta dal pacchetto e me la offrì. La fumai con piacere, teneva a bada la fame. Camminammo fino al pub, in silenzio. La luce fredda dei lampioni illuminava la strada di una luce artificiale. Tutto mi sembrava diverso. I marciapiedi su cui avevo camminato fin da bambina mi restituivano adesso una sensazione nuova.

Aidan spinse la porta del pub con la spalla e il vociare basso e confuso sostituì in fretta il silenzio della strada deserta.

«È lui» disse Aidan, indicandomi con un cenno del capo un uomo con un cappello Newsboy grigio calato appena sugli occhi. Aveva una quarantina d'anni, le spalle larghe e il volto squadrato. Era seduto a un tavolino rotondo la cui superficie era occupata completamente da pinte, tovaglioli umidi e da un posacenere pieno di mozziconi, sul quale era appoggiato un sigaro acceso e fumato solo per metà.

«Chi è lei?» domandò rivolgendosi a Aidan. Non si mosse: rimase seduto sul divanetto di pelle verde, con le gambe incrociate.

Aidan non parlò.

«Saoirse» dissi. «Doyle».

Gli tesi la mano, ma lui non la prese e io rimasi come una cretina con la mano a mezz'aria. Mi maledissi per aver dato retta a Aidan. Ero sicura che venire lì senza un invito fosse una cosa stupida. L'uomo sbuffò una risata. Dietro di noi comparvero altri due uomini, vestiti uguali: gilet di lana scura, camicia e cravatta. Si sedettero sul divanetto, mentre noi rimanemmo in piedi, con il tavolo che ci separava da loro.

«Quindi, questo è il ragazzo, Patsy?» domandò uno dei due al tizio col cappello.

Patsy, *ovviamente*. Se avessi dovuto immaginarmi lo stereotipo di un membro dell'IRA, avrei giurato che il suo nome sarebbe stato Patsy.

«Sì. Ma ha portato un'ospite». Mi indicò, con le labbra appena storte in un sorriso. Quelli risero in modo sguaiato.

«Non volevo venire, se può essere d'aiuto» confessai.

Patsy sembrò stupito. Trangugiò quello che rimaneva della sua Guinness e appoggiò di nuovo il bicchiere sul tavolino.

«Quindi è lui che si cagava sotto e voleva rinforzi?» fece l'altro uomo, indicando Aidan con un cenno del mento.

«È qualcosa che abbiamo deciso di fare insieme» rispose lui. «Qualunque cosa riguardi me, riguarda anche lei».

Patsy sembrò rifletterci.

«È proprio questo il problema» rispose, puntandomi con l'indice. «Non mi fido di lei. Dannazione, a dir la verità non mi fido neanche di te».

«E allora perché mi hai detto di venire qui?»

«Perché volevo vedere se ci venivi davvero».

«Sono qui, infatti».

«Con lei» ribatté Patsy. «Questo significa qualcosa».

«Significa che ci sono due persone, invece di una, disposte a combattere per l'Irlanda, ma sembra che tu preferisca stare qui a perdere tempo».

«No» disse Patsy, sporgendo il busto leggermente in avanti. «Significa che una persona ha già tradito la mia fiducia. Se fosse una spia?»

«Con tutto il rispetto...» provai a parlare, ma Patsy mi zittì.

«Dicci cosa vuoi che facciamo per ottenere la tua fiducia» disse Aidan. «Più che la tua, di cui non mi frega un cazzo, quella dell'IRA».

Lo guardai. Era nervosissimo, sapevo che stava per scoppiare e, in verità, era un miracolo che avesse ancora i pugni in tasca. Ma forse anche Aidan era cresciuto, e aveva sviluppato una sana inibizione davanti a quelli più grossi di lui.

Patsy guardò gli altri due uomini, bisbigliarono qualcosa tra loro e si scambiarono un cenno di assenso. Poi Patsy tirò fuori una penna dal taschino del gilet e scrisse un indirizzo sull'angolo di un tovagliolo: 'Quarry Street n. 7. Ore 12.00'.

«Domani, a mezzogiorno» scandì mentre scriveva.

Alzò la testa e porse a me il tovagliolo. Quella volta fu Aidan a rimanere con la mano appesa a mezz'aria. Lo lessi di nuovo.

'Quarry Street n. 7. Ore 12.00'.

Tornai a posare gli occhi su Patsy. Quando ricambiò lo sguardo, presi il tovagliolo e iniziai a strapparlo in strisce piccolissime. I ritagli leggeri di carta caddero sul pavimento del pub come foglie morte d'autunno.

«Mi piace come pensi, Mrs Doyle» disse Patsy.

«A domani» risposi.

Aidan si era già voltato verso la porta, senza salutare.

«Aidan, aspetta» gli dissi. Lo avevo rincorso lungo la strada.

«Non voglio farlo, ma mi stanno obbligando!» Calciò un secchio dei rifiuti a terra e nell'aria si diffuse un odore maleodorante di pesce. Quello era l'Aidan che conoscevo.

«Che significa?» Ero confusa.

«Nulla, lascia perdere» disse. Mi prese la mano e la baciò.

«Domani è un nuovo giorno» dissi.

«Dai, puoi dirlo adesso... Lo so che non aspetti altro». Aidan si piazzò in mezzo alla strada, con le braccia spalancate e la giacca aperta, come se aspettasse un proiettile nel petto. Ma sul volto c'era la traccia di un sorriso morbido.

«Se proprio devo...» sbuffai. «Te l'avevo detto che non sarei dovuta venire anche io oggi».

Aidan si strinse le mani sul petto, come se fosse stato colpito, e poi si lasciò cadere a terra. Risi, mentre lui faceva il morto.

«Non fare il cretino!» Mi chinai su di lui per tirarlo su, l'asfalto era bagnato e sporco, e nel frattempo ridevo forte, di una risata pulita e piena. Aidan, invece di alzarsi, mi afferrò il braccio e mi fece cadere sopra di lui.

«Aidan!» strillai. Ma lui mi prese il volto e mi baciò. Ci baciammo lì, di notte, in mezzo alla strada, fino a quando qualcuno non ci gridò insulti dalla finestra.

Capitolo 25

Il giorno dopo, a mezzogiorno spaccato, arrivammo davanti al numero 7 di Quarry Street. Eravamo a Brandywell e questo era un bene, perché in quel quartiere conoscevamo meno facce e non avremmo dovuto dare spiegazioni a nessuno, se qualcuno ci avesse visto parlare con Patsy.

Lui ci aspettava in piedi nel piccolo giardino della casa di mattoni rossi, delimitato da uno steccato di legno mangiato dalla muffa. Ci fece cenno di seguirlo, entrò in casa e chiuse la porta dietro di noi.

«Cazzo» mormorai.

Al centro del salotto appena illuminato, c'era un ragazzino legato a una sedia. Piedi, mani, gambe, braccia. Tutto. La bocca chiusa con lo scotch marrone per i pacchi.

«Stava spacciando eroina ai ragazzini».

'Eroina' era una parola che avevo sentito per la prima volta a sei anni circa, quando a scuola ci avevano detto che il padre di Elizabeth Lynn era morto per una polvere bianca e malvagia che si chiamava così. Crescendo, avevo sentito quella parola almeno una volta al giorno. Al telegiornale, nei discorsi delle madri preoccupate non più per i riot, ma per quella piaga color neve che veniva spacciata per le strade, negli scantinati e sulle panchine meno illuminate del lungofiume. Erano stati gli inglesi a portarla nel Bogside e nel resto del Nord. I *thugs*, chiamavamo così i delinquenti ragazzini, scendevano di notte fino alle zone repubblicane di Derry per spacciare. Li avevo visti, qualche volta, ma non mi ero mai immischiata in quelle storie. I *thugs* andavano sempre in giro con bastoni, mazze e i volti coperti dai cappucci. Se li incontravo cambiavo marciapiede, poi tiravo dritta per la mia strada, ma se mi capitava di incrociare un soldato dell'IRA di pattuglia, lo avvertivo. Non avevo mai pensato a cosa gli facessero dopo, ma gli occhi pieni di terrore del ragazzino che avevo davanti mi diedero la risposta che cercavo.

Si divincolava e gemeva, era madido di sudore e aveva del sangue secco sulla faccia.

«Che significa?» domandai a Patsy.

«Significa che voglio vedere cosa fareste a uno così».

«Lo riempirei di botte» disse Aidan, duro.

«Siete pazzi!» gridai. Tremavo e sentivo le gambe sciogliersi. Mi andai a sedere sul divano con la faccia tra le mani. Le tende erano tirate, non si vedeva fuori. Il salotto era avvolto da un'oscurità pesante e puzzava di chiuso.

Patsy continuò: «Lo abbiamo trovato ieri, nel Bogside. Stava vendendo eroina a un ragazzino di dieci anni. Dio, quel bambino aveva l'età di Damien Harkin».

Quando Patsy pronunciò il suo nome scattai in piedi.

«So cosa stai facendo!» gli urlai. «Non ci provare. Non metterti in bocca il nome di Damien».

«Quindi non ti interessa?» mi domandò. «Non ti interessa se nel tuo quartiere adesso ci sono i ragazzini che collassano per overdose agli angoli delle strade?»

Cercai Aidan, ma non mi restituì né parole né uno sguardo. Teneva gli occhi piantati sullo spacciatore che continuava a gemere e a cercare invano di liberarsi. Non si rendeva conto che sprecava solo le sue forze. Aidan era immobile, i pugni chiusi abbandonati lungo il corpo. Sembrava quasi che la mia voce e quella di Patsy non gli arrivassero che come un'eco lontana.

«Aidan!» lo richiamai.

«Sì?» disse, senza alcuna inflessione nella voce. Era come vuoto dentro, la rabbia ce l'aveva tutta negli occhi e nei pugni.

«Aidan, è assurdo». Indicai Patsy, senza posare lo sguardo su di lui. «Non può chiederci di fare una cosa del genere».

«Non credi che se lo meriti?» mi chiese, continuando a fissare il ragazzino.

«Non siamo così, Aidan» dissi, rassegnata. «Non siamo come loro».

«Io credo che se lo meriti, invece». Sferrò un calcio, che fece ribaltare la sedia dov'era legato il ragazzino. Lui cadde a terra, e la sua testa produsse un suono sordo quando sbatté contro il pavimento rivestito di moquette grigiastra. Mi coprii il volto con le mani, di nuovo, ma non feci nulla. Avevo visto Aidan fare a botte fin da quando giocavamo a biglie nelle vie del Bogside. Lo avevo visto cedere alla rabbia tantissime volte, contro gli altri e contro se stesso. Dopo che gli inglesi avevano ucciso sua madre, lo avevo visto prendere a pugni un muro di mattoni fino a spaccarsi la mano. Ero lì per lui, ma sapevo che non bastava, perché la rabbia che si portava dentro non potevo contenerla in alcun modo.

Aidan continuava a sferrare calci e pugni al ragazzino, legato alla sedia, inerme. Il suo viso era una maschera di sangue.

«Aspetto fuori, Aidan» dissi. «Non voglio guardare».

E così feci. Richiusi la porta dietro di me e appoggiai la schiena al muro della casa. Sfilai una Embassy Red dal pacchetto. Tirai fuori una scatola di fiammiferi e con un colpo deciso ne strofinai uno contro i mattoni porosi. Lo avvicinai alla sigaretta, tirai e poi sbuffai il fumo davanti a me. Gli occhi mi si riempirono di lacrime. Mi girava la testa e mi sentivo svenire. Non sapevo neanche se fosse fame o paura. Probabilmente le due cose insieme. Ora sentivo le grida del ragazzino. Aidan doveva avergli tolto lo scotch dalla bocca. Mi guardai intorno. Passò solo una donna con un bimbo nel passeggino. Lanciò un'occhiata alla casa, ma io le restituii un sorriso freddo e lei capì che era meglio se continuava a tirare dritto senza dire nulla.

Non ricordo quanto tempo passò, ma all'improvviso la porta si aprì. Mi voltai di scatto. Era Aidan. Si mise contro il muro, accanto a me. Il suo respiro era affannoso, digrignava i denti e poi cercava boccate d'aria.

«È... vivo?» chiesi, con la voce che tremava.

«Più o meno». Mi sfilò la sigaretta dalla bocca e prese un tiro, poi fece per restituirmela. «L'ho massacrato di botte, ma non ha parlato. Maledetto coglione».

«Fanculo, Aidan». Rientrai. Patsy era seduto sul divano e sfogliava dei documenti, come se nulla fosse.

«Seriamente?» gridai, indicandogli il ragazzino. La sedia era distrutta e lui era a terra, rannicchiato in posizione fetale, ancora con mani e piedi legati.

«Aiutami!» gridò. «Ti prego».

Mi chinai su di lui. Aveva la faccia ricoperta di sangue. Andai in cucina, presi il rotolo di carta assorbente, ne bagnai un po' sotto l'acqua fredda del rubinetto e poi tornai dal ragazzino per passargliela sul viso. L'odore metallico del sangue mi dava la nausea.

«Come ti chiami?» gli chiesi. La mia voce risuonò più dura di quanto volessi.

«Jack» mi disse, terrorizzato. «Mi chiamo Jack».

Nessuno nel Bogside si chiamava Jack. Era un nome da inglesi, come George, Christopher, Charles, Simon e William.

«Non ti voglio fare del male, Jack. Voglio solo sapere una cosa».

Accartocciai la carta assorbente impregnata di sangue e la lanciai il più lontano possibile da me.

«So dove vive tua madre». Non era vero, ma lo dissi lo stesso. Una frase del genere valeva più di mille pugni. «Chi ti ha dato l'eroina?»

Jack cominciò ad agitarsi, come se una scossa elettrica gli percorresse il corpo.

«Non sono un... *tout*». I tout erano gli informatori. Gli infami. Quelli che finivano male, sia dalla parte nostra sia dalla parte loro.

«Dai, Jack. Non diremo mai che sei stato tu a dircelo».

«Lo sapranno» piagnucolò, coprendosi la faccia con le mani.

«So che ami tua madre... E non credo che tu sia nelle condizioni di contrattare».

Suonava come una minaccia, ma nelle mie intenzioni non lo era. Quando gli spostai le mani dalla faccia, per guardarlo e dargli la possibilità di guardare me, Jack cominciò di nuovo a gridare e a implorare di non ucciderlo.

«E allora dimmelo. Chi ti ha dato l'eroina?» incalzai.

«Non so da chi viene» rispose, ansimando. «Io la prendo da Big Ben. Si chiama Benjamin, ma tutti lo chiamano così. Frequenta il The Crow, nel Waterside. Sta sempre lì».

«Ha legami con l'UVF?» domandò Patsy, ancora seduto sul divano a osservare la scena da lontano. L'Ulster Volunteer Force era un gruppo armato paramilitare che faceva gli interessi della Corona e voleva mantenere con la forza il confine immaginario tra Nord e Sud.

«Sì» rispose Jack, con un filo di voce.

«Merde...» disse Patsy, a denti stretti.

«Grazie, Jack» dissi.

«Non far più vedere la tua faccia nel Bogside» gli urlò Patsy.

«Ne verranno altri cento» disse Jack, singhiozzando odio. «Siete fottuti comunque».

Faticai a reprimere l'istinto di dargli un pugno. Respirai profondamente e mi alzai. Mi guardai attorno e vidi il telefono appoggiato sul mobiletto dell'ingresso. Mi avviai lì, ma prima aprii appena la porta per dire a Aidan di tornare dentro. Spense la sigaretta contro il muro e poi la schiacciò sotto il tacco dello stivale.

Sollevai la cornetta con le mani che tremavano.

«Chiamo un'ambulanza» dissi. «Lo lasciamo più avanti, dove ci sono gli alberi?»

La voce che mi usciva dalla bocca non sembrava la mia. Mi stupii e rabbrividii della mia stessa freddezza. Tutto quello che avevo respirato da quando ero nata mi era rimasto sottopelle e ora, in quella situazione, mi tornava utile. Sapevo, per esempio, che Jack non avrebbe mai parlato, se Aidan avesse continuato a picchiarlo. Sapevo anche che non avrebbe detto nulla del pestaggio ai suoi, perché se avessero sospettato che aveva parlato, sarebbero stati proprio loro a ucciderlo. Sapevo tutto questo anche se nessuno me l'aveva mai spiegato in maniera esplicita: lo sapevo semplicemente perché ero un'irlandese che viveva nel Bogside. Tutte quelle conoscenze erano una maledizione che mi portavo dietro dalla culla e che mi sarei portata fino alla tomba, senza la possibilità di lasciarle indietro.

«Benvenuta nell'IRA, Saoirse» mi disse Patsy.

«Cosa stai dicendo?»

«Ho detto» ripeté Patsy. «Benvenuta nell'IRA». Poi aggiunse: «Solo tu, lui no».

«Perché?» domandai, ma la risposta era già chiara dentro di me. Perché non ero stata una cogliona come lo era stato Aidan.

Mi girai verso Aidan, ma lui mi diede le spalle.

«Aidan!» gridai. Si infilò la giacca e si avviò a passo svelto verso la porta senza dire una parola. Se ne andò, lasciandomi indietro, lasciandomi lì da sola, e quella fu la prima delle cose che non riuscii mai a perdonargli del tutto. Rimasi immobile al centro della stanza, con i pugni chiusi e i capelli appiccicati al volto dal sudore. Solo in quel momento mi accorsi dell'intensità di ciò che avevo fatto vivere al mio corpo. E il mio corpo, più passavano i giorni, meno tollerava le richieste che gli facevo. Avrei voluto correre dietro a Aidan, e lo avrei fatto, ma Patsy mi fermò.

«Lascialo andare».

«Crede nella lotta tanto quanto ci credo io, Patsy. Anzi, più di quanto ci creda io». Sebbene il fatto che mi avesse lasciata sola mi bruciasse, lo difesi, perché era la cosa giusta da fare e perché sapevo che Aidan aveva il cuore al posto giusto.

«Non ne dubito, ma è un teppista. E questo è un esercito, Saoirse. Non è il cortile di scuola».

«Ma ci vuole anche chi sa picchiare duro, no?»

Si avvicinò, aprì le falde della giacca e dalla tasca interna tirò fuori una pistola lucida e scura.

«Se io metto una Glock 17 in mano a un bambino, anche lui è in grado di premere il grilletto e ammazzare un uomo, se è abbastanza vicino».

«Cosa vuoi dire?»

Posai gli occhi sull'arma: avevo una voglia incredibile di sentirla tra le dita, ma mi trattenni.

«Voglio dire che a fare del male a qualcuno ci vuole poco, ma sapersi tenere le mani in tasca quando vorresti ammazzare qualcuno è una qualità molto più rara. E tu ce l'hai».

«È che non amo il sangue, tutto qui».

«A nessuno piace la vista del sangue. Bisogna avere la mente abbastanza sveglia per capire quando c'è necessità reale di versarlo e quando non è così».

«E questa differenza cosa può fare per sistemare le cose?»

Patsy sembrò rifletterci per qualche secondo, ma poi cambiò discorso.

«Pensiamo a lui, adesso».

Guardai Jack, ancora a terra, accartocciato su stesso come un insetto morente.

Capitolo 26

A sedici anni ero diventata una militante dell'IRA. Ero un soldato. Tornai a casa con quel segreto che mi pesava sul petto. Verso sera, Aidan venne a bussare alla porta. Si presentò con un mazzo di fiori enorme che gli copriva la faccia. Erano margherite.

«Mi dispiace, per prima» mi disse.

«Vieni dentro».

Lasciai il mazzo sul tavolo. Ma' guardò i fiori e poi, senza dire nulla, si alzò dal divano, tolse con cura i fogli di giornale in cui erano avvolti i fiori, tirò fuori un paio di forbici dal cassetto e accorciò i gambi. Poi li sistemò in un vaso sopra il camino.

«Quindi, voi due...» disse Ma', muovendo l'indice tra me e Aidan.

Aidan si tolse il cappello e lo prese tra le mani.

«No» dissi io.

«Sì» disse Aidan, nello stesso momento. Gli rifilai una gomitata all'altezza delle costole.

«Non ti preoccupare, Ma'» tagliai corto, e corsi su per le scale, facendo cenno a Aidan di seguirmi. Entrammo in camera e chiusi la porta. Poi appoggiai la schiena al muro.

«Sei pazzo?» bisbigliai. «Perché glielo hai detto?»

«Quindi, secondo te, tua madre è cretina. Ti ho appena portato un enorme mazzo di fiori!»

«Quei fiori sono per chiedermi scusa, mica per dirmi che mi ami».

«Però ti amo» disse lui. «Di brutto, pure».

Quelle parole mi arrivarono dritte al cuore come una coltellata.

«Mi ami?» domandai.

«Sì». Aidan annuì.

«Di brutto?» Sorrisi.

«Di brutto» confermò lui. Era in imbarazzo e teneva gli occhi piantati sulle sue scarpe. «E mi rendo conto, ora che l'ho detto, che non avrei potuto scegliere un momento meno appropriato per dirlo, ma Saoirse, io ti amo, di brutto».

Non mi diede neanche il tempo di rispondere, tantomeno di pensare, perché riprese subito a parlare: «Mi sono comportato come un coglione».

«Decisamente».

«Non ragiono. Quando mi vedo un inglese davanti, il mio primo pensiero è spaccargli la faccia».

«A volte, la cosa che vorremmo fare di più non è sempre quella migliore».

«È sempre giusto spaccare la faccia a un inglese, però».

«Forse». Mi chiusi nelle spalle. «Ma non sempre è la cosa più utile».

Aidan si lasciò cadere sul letto e si sdraiò con la faccia rivolta al soffitto e un braccio dietro la testa. Il fumo di quella bomba scomoda che aveva lanciato nella stanza si stava diradando.

«Aidan...» Mi sedetti sul bordo del materasso, accanto a lui. «Sei arrabbiato con me?»

«Perché dovrei?»

«Perché io sono nell'IRA e tu no». Gli spiegavo l'ovvio, guardandolo in faccia. «Te ne sei andato e mi hai lasciata lì come una deficiente».

«Non ero arrabbiato con te. Ero arrabbiato con me. E quando sono arrabbiato faccio cose stupide».

«Troveremo una soluzione, insieme. Va bene?»

Aidan annuì. «Sono fiero di te, Saoirse».

Il silenzio delle parole non dette rimbombò nella stanza.

«Aidan...» Ci provai ancora una volta a dire qualcosa, ma le parole mi morirono sulle labbra. Se non trovai il coraggio di dirgli che lo amavo, glielo dissi con il corpo. Sperai solo che lo potesse capire. Mi sdraiai e lo strinsi a me come non avevo mai fatto. Poi, per evitare di scoppiare a piangere, cambiai discorso.

«Perché le margherite?»

«Perché sono simbolo di nobiltà d'animo» mi disse. «E tu hai l'animo più nobile che io abbia mai conosciuto».

«Da quando conosci il significato dei fiori?» scherzai.

«Da mai. L'ho inventato adesso, infatti».

Risi e scossi la testa.

«Lo sai che non sono bravo con queste cose, ma le margherite sono il fiore per eccellenza. Se chiedi a chiunque di chiudere gli occhi e pensare a un fiore, all'idea stessa di fiore gli verrà in mente una margherita. Questo le rende il fiore perfetto per qualunque occasione. Nient'altro da aggiungere, Vostro Onore».

«Se devo pensare al primo fiore che mi viene in mente, penso al giglio bianco delle Rivolte di Pasqua».

«È solo che vuoi fare la sostenuta, ora che sei nell'IRA».

Mi diede un buffetto sulla guancia.

«Hai ragione» confessai, baciandolo piano sulle labbra. «Avrei pensato anche io alle margherite».

Capitolo 27

Prima regola: non parlarne con nessuno.

Me l'aveva detto Patsy ed erano anche le parole iniziali del *Green Book*, una specie di manuale d'istruzioni del buon militante dell'IRA che lui mi aveva fornito dopo quel giorno a casa sua. Avrei dovuto impararlo a memoria e nasconderlo in un posto sicuro.

Ho sempre avuto un buon rapporto con le regole, ma quelle del *Green Book* le trasgredii tutte in modo sistematico. A partire dalla prima. Lo avevo già detto a Orla; lo avrei detto a Cillian e infine anche a mia madre, ma stavo cercando il momento giusto per farlo.

Sottolineai quella prima regola con la matita, poi me la infilai tra le labbra e continuai a leggere. Sfogliai velocemente qualche pagina che ripercorreva la storia del movimento dalla sua fondazione e arrivai a un paragrafo che diceva di non farsi vedere pubblicamente in luoghi d'aggregazione insieme ad altri membri dell'IRA. 'Stronzate' pensai. Io quelli dell'IRA li vedevo sempre insieme, si muovevano in branco, come animali, e sapevo perfettamente quali erano i pub frequentati dai repubblicani. Il The O'Donnell, prima di tutto. E se lo sapevo io, che fino ad allora ero stata solo una ragazzina sveglia che si guardava intorno, lo sapeva chiunque altro nel Bogside. Perciò se, come diceva una nota in grassetto con tanto di punti esclamativi, il mio dovere era quello di rimanere clandestina e ignota alle forze nemiche, eravamo già sulla cattiva strada. Poi nel manuale seguiva tutta una parte sui pericoli del consumo di alcol.

Scoppiai a ridere da sola nella mia stanza. 'Il consumo di alcol in un'organizzazione militare è un suicidio'.

Tornai all'indice, saltai tutte le stronzate – ed erano tante –, e andai direttamente alla parte su obiettivi, strategia militare e addestramento. Si parlava di guerra a oltranza contro l'Inghilterra. Questo significava ammazzare quanti più soldati inglesi possibile, in modo tale che su Londra venissero fatte pressioni dalle famiglie per chiedere il ritiro delle truppe dall'Irlanda, ossia dalla terra, tra le altre, che avevano occupato senza averne diritto. Il libro diceva anche che, una volta entrati a far parte dell'IRA, bisognava fare i conti con la morte. Quella che dovevi infliggere agli altri e quella che gli altri potevano infliggere a te. E gli altri avevano più armi di noi, lo sapevamo bene. Le persone che contavano nell'IRA erano quelle che avevano imparato a vivere a muso duro, gente che se incontravi per strada ti faceva venire voglia di cambiare lato del marciapiede; ma accanto a loro, ai piani bassi, quelli dove stavo io, c'era un plotone di disperati, di ragazzini del Bogside, teste calde e morti di fame che non davano l'idea di essere in grado di far male a una mosca.

Eppure, se ti arrivava un ordine, dovevi eseguirlo. E se ti chiedevano di ammazzare un soldato, era tuo dovere farlo, perché il trattamento che l'IRA riservava a chi tradiva non era una cosa su cui scherzare.

Capitolo 28

«Come fanno le persone a dire 'ti amo'?» domandai a Orla.

Eravamo sdraiate sul prato del lungofiume, lì dove il Foyle si allarga alla sua foce per ricongiungersi con il mare. Davanti a noi, i gabbiani strappavano i pesci dall'acqua senza pietà e tornavano a volare. Il cielo era grigio, come sempre, le nuvole ci pendevano sopra la testa con le loro promesse di pioggia.

«Non lo so» mi disse. «Non l'ho mai detto a nessuno».

«Ma ami Cillian?» le chiesi.

Orla arrossì. «Penso proprio di sì» mi rispose.

«E se Cillian domani ti dicesse che ti ama, sapresti rispondergli e dirgli che lo ami anche tu?»

«Non desidero altro, in realtà». Si tirò su a sedere e vagò con lo sguardo sull'altra sponda del fiume. «Ma sai com'è fatto Cillian».

«Non parla» confermai. Sospirai, mi sollevai anche io e poi chiusi gli occhi.

«Nessuno di noi parla, Saoirse».

Aprii di scatto gli occhi per guardarla. Non compresi immediatamente quello che voleva dirmi, ma la pesantezza di quelle parole mi colpì, come qualcosa di cui ero consapevole soltanto al di sotto della linea della ragione.

«Cillian non parla. Non mi ha mai detto neanche che mi vuole bene. Lo so che me ne vuole e me lo dimostra, ma non sa dirlo. Non riesco mai a capire cosa abbia in testa».

Mi accorsi solo allora che nei suoi occhi si stavano affacciando lacrime dolorose. Provai a posarle una mano sulla gamba, ma me la spostò con un gesto brusco. Non era mai successo prima, perché avevamo firmato un patto non scritto che diceva che quando qualcuno di noi piangeva, gli altri avevano il dovere di prendersene cura. Mi sentii tradita, e lasciai ricadere la mano sull'erba umida.

«Anche Aidan non parla. Vuole arruolarsi nell'IRA solamente perché hanno ammazzato sua madre».

«Questo non puoi dirlo. Aidan ha sempre voluto arruolarsi nell'IRA, lo ripete da anni».

«E guarda caso, ha deciso di farlo adesso. Parla mai di Fianna? No».

Rimase un attimo in silenzio, poi scoccò la sua freccia.

«*Tu* non parli. Lo vedono tutti che non mangi più».

Sebbene sapessi che le sue intenzioni erano buone, mi sentii violata. Mi sentii scoperta ed esposta, in un vicolo cieco e senza la possibilità di difendermi. Non erano le conseguenze del fatto che Orla lo sapeva a spaventarmi. Non avrebbe mai detto a mia madre che dovevano ricoverarmi o chissà che cosa. Lei stessa, cosa avrebbe potuto fare? Spingermi un piatto di patatine fritte di Mel's Pizza in bocca? Quello che mi faceva tremare i pugni di rabbia e mi riempiva il cuore di vergogna era l'onnipotenza di cui credevo di essere investita, la presunzione di essere riuscita a ingannare tutti quanti. Invece, non ero riuscita a ingannare nessuno.

«Voglio solo dimagrire» dissi.

«Stai scomparendo, Saoirse». Nell'inferno distorto della mia testa, quello che Orla disse per farmi riflettere mi giunse solo come un complimento. Non potei fare a meno di sorridere.

«Lo vedi quanto sei malata?» gridò. «Cosa cazzo sorridi?» Mi diede una spinta violenta e fui costretta a poggiare le mani sull'erba per non sbilanciarmi.

«Lasciami stare».

«Sono mesi che ti lascio stare e guarda come sei finita!» Indicò il mio corpo. Sembrava che la disgustassi. Come un animale ferito, le restituii la spinta, più forte di quella che lei mi aveva dato. Ruzzolò all'indietro, poi si tirò in piedi e io feci lo stesso.

«Come sono finita? Più felice?»

«Oh, sei più felice davvero, Saoirse?»

«Sì, lo sono» gridai io, questa volta. «Tu non capisci! Tu sei nata bella, io no. E non hai idea della pressione che sento. Non hai idea di cosa significa per me vedere te e Cillian insieme. Belli da morire, sicuri di sé. Ho paura che un giorno Aidan mi veda per come sono davvero».

«Non sei così stupida, Saoirse» mi disse Orla, con sdegno. «Non sei così stupida da pensare che quello che ti stai facendo sia davvero per sentirti più bella, perché fattelo dire: non sei affatto più bella».

«Mi *sento* più bella».

«Stai male, Saoirse» mi disse. «Stai male, sul serio, e non ti rendi conto che la scenata del 'non mi sento bella' è una scusa per coprire quello che c'è sotto».

«Oh, Orla ha letto dieci pagine di Freud ieri sera prima di dormire e adesso è una strizzacervelli!»

«Va' al diavolo, Saoirse».

Ci parlavamo faccia contro faccia e coi pugni chiusi, come avevo visto fare solo ai ragazzini del Bogside. Era stato il modo preferito di parlare di Aidan per molto tempo, e molte volte era stato la ragione per cui lo avevo disprezzato. Mi allontanai di qualche passo per evitare che le parole che ci stavamo vomitando l'una sull'altra ci portassero a metterci le mani addosso. Quella distanza permise alla tenerezza e all'amore che provavamo di farsi spazio tra i rami intricati della rabbia.

«Sono l'unica che ha continuato a parlare, tra noi» disse Orla, con un tono più dolce. «Ti ho detto che voglio andarmene da Derry, che non ce la faccio più ad aprire la finestra ogni mattina e rivedere lo stesso posto dove è morta tutta quella gente. Perché non parliamo mai di quanto stiamo di merda? Voglio andarmene via, Saoirse».

Fu lei ad avvicinarsi di nuovo, per stringermi le braccia intorno alla vita. Appoggiai la testa contro la sua e respirai il profumo dei suoi capelli, così familiare.

«Lo so, Orla. Lo so».

«Tu non capisci» mi disse. «Tu hai qualcosa che ti fa andare avanti».

«Ho te, Aidan, Cillian».

Scosse la testa, tra le lacrime.

«Tu non mangi» disse. «Ed è questo che ti fa andare avanti».

Passò molto tempo prima che riuscissi a comprendere davvero quella frase. L'avevo capita, quando l'aveva pronunciata, così come si capisce una qualunque frase detta nella propria lingua. Ma il significato più profondo, quello che giaceva nel sottobosco delle cose più intime, mi arrivò alla coscienza soltanto dopo.

Capitolo 29

L'arruolamento nell'IRA segnava il mio ingresso nella Storia. Da quando ero nata, l'avevo solamente subita. Dacché ne avevo memoria, avevo dovuto pregare Dio e le fate ogni notte perché gli inglesi non si portassero via qualcuno a me caro. Ma ora che ero ufficialmente nell'IRA, non avrei dovuto chiedere più nulla né a Dio né alle fate. Il potere – piccolo, ma altrettanto inebriante – ce l'avevo tra le mani. Avrei potuto camminare per strada con una pistola carica e cacciare a calci in culo gli inglesi che volevano venire a fare casini nel Bogside. Rimandarli là da dove erano venuti. Mi avevano addirittura promesso che, dopo un po', mi avrebbero dato un fucile.

In ogni caso, ci rimasi piuttosto male quando scoprii che non ci sarebbe stata nessuna cerimonia, nessun rito d'iniziazione che sancisse il passaggio dalla mia vita civile di adolescente del Bogside alla mia vita militare. Tuttavia, sapevo di non potermi aspettare chissà che. Se nella mia fantasia più sfrenata avrei desiderato qualcosa di simile per solennità all'incoronazione della regina, ero anche consapevole che, sebbene l'IRA fosse un esercito a tutti gli effetti, era un esercito paramilitare, e fino a prova contraria al governo c'erano gli inglesi, dunque noi non eravamo altro che terroristi clandestini. Scesi a patti con la realtà, ma continuai a desiderare qualcosa di più ufficiale che un incontro al The O'Donnell, tra i divanetti di pelle rovinata e i tavolini segnati da vecchie incisioni fatte con la punta del coltello. Almeno un'investitura formale, due righe di discorso sull'importanza dell'unificazione del Nord e del Sud, un giuramento impacciato e qualche colpo sparato in cielo, contro le stelle, con un fucile a salve, pensavo di meritarmelo. Invece, niente.

«Dove vuoi stare in servizio?» mi domandò Patsy quella sera. A Ma' avevo detto che uscivo con gli altri e a Aidan avevo detto che sarei rimasta da Orla. Non avevo nulla da nascondere, ma non mi andava di sbattergli in faccia i miei incontri clandestini con i pezzi grossi e meno grossi dell'IRA.

«In che senso?» Finii di scolare la prima pinta della serata e mi pulii la bocca con il dorso della mano. Ero l'unica ragazza lì dentro e la cosa non mi pesava affatto. Nessuno mi guardava come se fossi una ragazza: mi guardavano tutti come se fossi un soldato e altro non ero, ai loro occhi. La cosa, in un certo senso, mi tranquillizzava parecchio. Mi permetteva di stare seduta scomposta, di legarmi i capelli senza farci attenzione e non portare neanche un velo di trucco.

«La maggior parte del lavoro, per adesso, è un lavoro di ronda e controllo».

Quel 'per adesso' aprì dentro di me un mondo di fantasie violente. Mi chiesi cosa mi avrebbero fatto fare dopo, ma soprattutto cosa sarei stata disposta a fare e quali sarebbero state le cose che mi sarebbero addirittura piaciute.

Patsy continuò: «Si tratta di girare per le strade, arma in tasca, e se qualcuno vuole creare problemi, inglese o meno, lo cacci via. Chiaramente, non sarai mai sola. Detto questo: dove vuoi stare in servizio? Che area vuoi coprire, Brandywell?»

Aggrottai la fronte e lo guardai perplessa.

«Non sono di Brandywell» risposi, quasi offesa. «Sono del Bogside».

«Lo so che sei del Bogside, cazzo» rise Patsy. «Ma non significa automaticamente che tu voglia prestare servizio lì. Io sono di Brandywell, ma presto servizio a Creggan».

«No, voglio stare nel Bogside. Perché se c'è un posto a cui tengo con tutta l'anima, è il Bogside».

Patsy ci pensò.

«Non è il massimo che le tue ex maestre di scuola lo sappiano. Sarebbe meglio...»

«No» lo interruppi. «Non è il massimo, ma non sarà un problema. Non credo ci sia un quartiere dove l'IRA è più rispettata».

«Sicuramente» ammise. «I tuoi genitori come la pensano?»

«Mia madre...» precisai. «Ma' era nell'IRA, anni fa. Ha prestato servizio insieme a Fianna McGuinness, la donna che è morta nella Domenica di sangue. La madre di Aidan».

«Quindi tu sei figlia di quella Doyle? Aisling Doyle?»

Storsi il naso e lo guardai con aria interrogativa.

«Be', sì» dissi, senza espressione.

Patsy rise, e gli altri lo seguirono. Poi rifilò una gomitata al tizio che gli stava seduto accanto.

«È la figlia di Aisling Doyle! Incredibile!» Fece un colpo di tosse e poi stette zitto, invitando gli altri a fare lo stesso.

«Non ti offendere, tesoro» disse poi. «È solo che ci sono parecchie storie su tua madre. Tutte positive, ovviamente. Non avevo capito che fossi sua figlia. E mi dispiace per tuo padre».

«Come conosci mio padre?» Il mio cuore iniziò a battere più forte.

«Non l'ho mai conosciuto, ma tua madre ha lasciato l'IRA subito dopo la sua morte».

Patsy non diede peso a quella frase. Si alzò, andò a prendere un altro giro di birre per tutti e appoggiò le pinte sul tavolino. Gli altri stavano cantando a squarciagola *A Nation Once Again.* Io sfilai una sigaretta dal pacchetto e la infilai tra le labbra. Patsy mi fece accendere. Aspirai appena, e sbuffai fuori il fumo.

«Patsy... Non so molte cose sul periodo di Ma' nell'IRA. A dire il vero, ho scoperto da poco che fosse arruolata. Mi ha detto che se n'era andata quando sono nata io, ma Pa' è morto anni dopo. Quindi, lo chiedo a te. Perché se n'è andata?»

Il volto di Patsy si fece più morbido, le labbra si piegarono in un sorriso che esprimeva una tenerezza profonda.

«Non te l'ha mai detto, eh?» Afferrò la pinta con la mano destra e ne buttò giù metà tutta d'un sorso, poi mi disse: «Scusami. Pensavo che sapessi tutta la storia. Ma non sta a me raccontartela. Credo che sia meglio che ne parli con lei».

Senza dire nulla, presi il boccale e lo scolai alla goccia, con gli occhi sbarrati fissi sul soffitto. Sentii il liquido freddo scendere dalla gola allo stomaco, e poi una vampata di calore espandersi dalle gambe al petto, dal volto alle mani. Patsy mi guardò appoggiare con violenza il boccale sul tavolino.

«Ehi, mi dispiace. Non volevo ficcarmi in questa posizione di merda».

«Non è colpa tua». Cercai di raggiungere la mia giacca abbandonata sul divanetto di pelle rossa. La tirai per la manica, per toglierla da sotto al culo di un tizio ubriaco.

«Buonanotte, Patsy» dissi. «Comunque, vada per il Bogside».

Patsy si diede un colpetto sulla fronte con la mano destra chiusa a pugno, a mo' di saluto militare. «Sissignora». Poi aggiunse: «E non essere troppo dura con tua madre».

Invece, lo fui. Tornai a casa e andai dritta nella sua stanza. Ma' dormiva, avvolta nelle coperte. Accesi la luce e mi appoggiai allo stipite della porta, muso duro e braccia incrociate.

«Saoirse, che succede?» Si tirò su a sedere sul letto, spaurita, con gli occhi che cercavano risposte.

«Mi hai mentito» dissi. «Mi hai detto che hai lasciato l'IRA quando sono nata io, perché era pericoloso, ma so che non è vero. Te ne sei andata quando è morto Pa'. Perché?»

«Saoirse». Ma' si stropicciò il volto assonnato.

«Voglio la verità».

«Stai frequentando quelli dell'IRA?»

«No» mentii. «Ho solo conosciuto una persona che mi ha detto questa cosa».

«Chi?»

«Dopo tutte le stronzate che mi hai rifilato, penso di essermi guadagnata il diritto di fare io qualche domanda». Ero fredda, ma il mio tono tradiva una rabbia che si era accumulata. Respiravo per tenerla a bada, per contenerla. «Perché hai lasciato l'IRA quando è morto Pa'?»

Si alzò, s'infilò le ciabatte e prese la vestaglia appoggiata sulla sedia accanto al letto. La indossò, strinse la cintura e camminò verso di me. Io feci un passo indietro.

«Non ho mentito» disse. «Ho lasciato l'IRA perché, in quel momento, stare nell'IRA significava correre un pericolo anche per te».

«Perché proprio dopo la morte di Pa'? Perché non hai lasciato l'IRA quando sono nata io?»

Il pensiero che io non fossi una ragione sufficiente per rinunciare all'IRA mi attraversò la testa per un attimo, ma il cuore mi diceva che c'era altro. Ma' abbassò lo sguardo.

«Sai che tuo padre è morto in fabbrica per un incidente» mi disse. «Un macchinario che non ha funzionato come avrebbe dovuto».

La invitai a continuare con un cenno del capo.

«Quello che non sai è che ho sempre avuto il sospetto che non fosse stato un incidente».

«Cioè?»

«Cioè che qualcuno potrebbe aver manomesso di proposito quel macchinario».

Quelle parole mi arrivarono addosso come spilli. Una vampata di calore si irradiò per tutto il corpo, e avevo l'impressione che il mio volto potesse prendere fuoco da un momento all'altro.

«Ma Pa' non era nell'IRA...» mormorai, confusa.

«No, non ha mai avuto niente a che fare con l'IRA» disse Ma'. «Ma forse qualcuno voleva colpire me, e per farlo ha colpito la cosa che avevo più a cuore: tuo padre. Questo mi ha fatto capire che dopo avrebbero potuto colpire te. Quindi ne sono uscita».

«Non hai prove che sia andata così, però».

«No» confessò Ma'. «Ma certe cose le senti dentro».

La guardai, stretta nella sua vestaglia, e per la prima volta mi accorsi di quanto stesse invecchiando. Le sue spalle erano incurvate e i capelli spettinati mostravano qualche ciuffo che già aveva preso il colore della neve.

«L'IRA mi ha fatto perdere la persona che amavo, Saoirse» mi disse. «E cosa ho avuto in cambio? Un Paese che sta peggio di come stava prima. Non ne vale la pena, Saoirse. Non vale mai la pena rischiare così. Gli inglesi hanno i carrarmati, noi abbiamo quattro pistole e quattro scemi che giocano a fare la guerra. E non permetterò mai che tu soffra come ho sofferto io per avere in cambio l'illusione di stare facendo qualcosa di utile».

«Troppo tardi» le dissi. «Troppo tardi, Ma'».

Non provò neanche a seguirmi. Sbattei la porta della sua camera e mi chiusi a chiave nella mia. Affondai la faccia nel cuscino e gridai con tutto il fiato che avevo in corpo.

Capitolo 30

Era il mio primo giorno di servizio ufficiale nell'IRA. Dovevo stare di pattuglia all'angolo tra Waterloo e Harvey Street. Era una zona tranquilla, la più tranquilla del Bogside.

Sapevo che Patsy prestava servizio altrove, ma quando arrivai sul posto del mio primo giorno di servizio ufficiale rimasi delusa nel non trovarlo lì. Nonostante di lui sapessi solamente l'essenziale, ossia che era un pesce grosso dell'IRA e tifava Celtics, la sua compagnia non mi dispiaceva. Al posto di Patsy, trovai un ragazzo con i capelli d'oro, lunghi fino alle spalle ma legati in una coda con un elastico nero. Quando lo vidi, la prima cosa che pensai fu che era il tipo di persona che aveva a casa i vinili di Elvis. E che sarebbe piaciuto a Orla. E in effetti assomigliava un po' a Cillian, nel modo triste di sorridere, e questo gli conferiva ai miei occhi una simpatia quasi naturale. Si chiamava Conor, ma tutti lo chiamavano Stick. In effetti, era magro e altissimo, come un manico di scopa, con le braccia lunghe e le dita sottili.

«Mettila in tasca e sii pronta a prenderla in caso di emergenza».

Conor sfilò una pistola dalla tasca interna del suo giubbotto e me la diede, dopo essersi guardato attorno con attenzione.

La presi, e la girai e la rigirai tra le mani. Conor si aspettava che io non dessi nell'occhio, ma erano le otto del mattino di una domenica qualunque e per strada non c'era nessuno, quindi mi concessi il tempo di guardare la pistola per bene. Poi lui mi rifilò un'occhiataccia e mi arresi. La infilai velocemente nella tasca della giacca.

«Non voglio essere indiscreto, ma...» disse.

«Cosa c'è?»

«Dovresti vestirti in maniera più adeguata».

Scoppiai a ridere.

«Dammi una divisa, allora».

«Sei l'ultima arrivata, non ti danno una divisa».

«Non ce l'hai nemmeno tu, se è per questo».

Alzò gli occhi al cielo.

«Intendevo solo dire che si vede la pistola che esce dalla giacca. Trovati una giacca con le tasche più larghe. Te ne posso portare io una vecchia domani, se vuoi».

Mi strinsi nelle spalle.

«Va bene. Grazie».

Durante quella giornata non accadde nulla, e mi accorsi che il lavoro di pattuglia era molto meno eccitante di quello che potesse sembrare. Me ne stavo appoggiata alla parete di mattoni rossi, fumando una sigaretta dietro l'altra.

«Vuoi una birra?» domandai a Conor. Erano le undici del mattino. Ero in piedi da tre ore e sarei dovuta rimanere così per altre tre. Avevo i crampi alle gambe e un sonno terribile.

«Non si beve quando si è in servizio». Fu lapidario. Poi aggiunse: «Casomai si va a bere dopo, ma vorrei informarti che sono fidanzato. Per l'esattezza, mi sto per sposare».

Gli scoppiai a ridere di nuovo in faccia.

«Vacci piano» dissi. «Non ci stavo mica provando con te. Congratulazioni, comunque».

Sorrise.

«Oi!» Provai ancora a parlargli, dopo un'altra mezz'ora che sembrò infinita. «Qual è stata la cosa più eccitante che ti sia mai accaduta nell'IRA?»

Il suo sguardo sembrò illuminarsi e per un attimo si illuminò anche il mio, nella speranza che almeno avrei potuto passare quelle ore ad ascoltare delle storie degne di questo nome. Invece mi raccontò una storia noiosa. Lo interruppi a metà, senza lasciarlo finire di parlare.

«Conor? I tuoi genitori lo sanno che sei nell'IRA?»

«Sì» mi rispose senza guardarmi, con gli occhi che rimbalzavano tra i passanti che si godevano i timidi raggi di sole di quella domenica.

«Come gliel'hai detto?» Ero così disperata da accontentarmi dei consigli di uno che conoscevo da qualche ora.

«Oh, è stato brutto. Non sono stato io a dirglielo. Lo hanno scoperto. Sei completamente pazza se pensi di poter tenere nascosta una cosa del genere in una città come questa».

«No, lo so che non posso tenerlo nascosto» ammisi. «Le voci corrono».

«Per chi sei preoccupata?»

«Ma'» ammisi. «Ho solo lei».

«Mi dispiace».

«No, figurati. Almeno ho una persona in meno a cui pensare» sdrammatizzai.

Conor sorrise.

«Se vuoi un consiglio, diglielo tu, prima che lo venga a sapere dal lattaio. Quando il mio Pa' l'ha scoperto, è venuto a prendermi a bastonate per strada».

Attaccai a ridere. La scena era fin troppo vivida davanti ai miei occhi.

«Giuro! Mi ha riempito di botte, davanti a tutti». Rise anche lui.

«Allora è questo il motivo per cui ti chiamano Stick!» Quando lo realizzai, non riuscii più a smettere di ridere. Fui costretta a piegarmi in due e a tenermi la pancia.

«Pensavi che mi chiamassero Stick perché sono magro, eh» disse. «Lo pensano tutti all'inizio. E invece».

Mi rifilò un colpetto sulla spalla. Avevo gli occhi bagnati di lacrime e le guance che mi facevano male per il troppo ridere.

«Forse sono un cretino a raccontare questa storia a una nuova leva» disse Conor. «Di questo passo, nessuno se ne dimenticherà mai».

«Di certo io non me ne dimenticherò» risposi. «Ma posso prometterti che ti chiamerò sempre Conor e non la spifferò a nessun altro».

Mi rifilò un occhiolino. Ricambiai con il sorriso più sincero che avevo. Forse era noioso e attaccato in modo ferreo alle regole e ai protocolli, ma aveva il cuore sincero, e fui contenta di averlo come compagno di servizio.

Capitolo 31

«Per favore, dammi una divisa» implorai Patsy. «Ti prego».

Mi ero fatta tutta la strada fino a Brandywell solo per chiederglielo. Avevo la testa che mi girava. Andavo avanti a caffè, mele e sigarette. Lui aveva fatto una faccia un po' storta ma mi aveva fatto entrare. Viveva da solo, e si vedeva. La sua casa non era sporca, ma nemmeno pulita. C'era odore di chiuso e nulla che andasse oltre l'essenziale: non un vaso, non un soprammobile, non una foto.

«Non puoi piombarmi a casa quando ti pare» mi rimproverò. «E non puoi avere una divisa».

«Perché no?»

«Perché ce l'hanno solamente quelli alti in grado, come me». Si indicò il maglione marrone, che faceva effettivamente parte della divisa militare, ma che era orribile quasi quanto la divisa del St. Cecilia's. Nonostante questo, lo desideravo tantissimo. Era una questione di appartenenza.

«Inoltre, non si va sempre in giro con la divisa» aggiunse. «Quelli come te, la mettono solo durante le parate».

Le parate militari dell'IRA erano spettacolari, e fin da quando ero bambina le guardavo dalla finestra, mani all'altezza della faccia e occhi attaccati al vetro sempre appannato dal mio respiro.

«Non puoi far finta che ci sia una parata e darmela lo stesso?» domandai.

Patsy per qualche istante non replicò.

«Perché vuoi così tanto questa divisa?» mi chiese poi.

«Fatti miei» replicai.

«Fatti miei non è la risposta che te la farà avere».

Sospirai. Non mi andava di parlarne con lui ma mi trovai costretta a farlo.

«Lo voglio dire a Ma'» confessai, tutto d'un fiato.

Patsy non ebbe la reazione che speravo.

«Puoi dirglielo anche con il pigiama» mi disse. «Non è la divisa che conta, ma quello che hai qui».

Mi colpì con l'indice all'altezza del cuore. Inarcai le spalle in avanti, come a proteggermi.

«Fanculo, Patsy» dissi, alzando il medio. «Fanculo proprio».

Sul suo tavolo c'era un berretto militare scuro, lo afferrai e me lo misi in testa.

«Questo è mio, adesso».

In ogni caso, il consiglio di Conor lo presi a cuore. Avevo deciso che avrei parlato con mia madre, e non c'era divisa o non divisa che poteva farmi cambiare idea. Quel giorno uscii presto per andare a scuola, prima ancora che mia madre si svegliasse, e passai un'oretta con Orla al caffè di Strand Road.

«Cosa prendi?» mi chiese.

«Caffè». Mi affrettai a dire che avevo già fatto colazione. Orla abbassò lo sguardo e sospirò.

«Prendo anche una fetta di crostata, dai. Ho ancora fame» aggiunsi. Mi pentii subito di quella scelta, ma ero consapevole di dover giocare bene le mie carte. Volevo far capire a Orla che non stavo così male, e che una fetta di crostata l'avrei mangiata volentieri. Avevo già precisamente in testa cosa fare dopo: arrivare a scuola, andare in bagno, vomitare, evitare di toccare qualunque altro tipo di cibo per tutto il giorno. Magari una mela a cena, o un cetriolo. Avevo letto su una rivista che il cetriolo è un cibo a calorie negative: significa che mangiarlo richiede al corpo un consumo di calorie maggiore rispetto a quelle che contiene. Quella rivelazione mi aveva elettrizzata ed ero andata subito a comprare quattro cetrioli da Tesco.

Ordinammo e ci andammo a sedere al nostro solito tavolo.

«Cos'è questa giacca?» mi chiese. La giacca di Conor era

verde militare, mi andava enorme e mi sarebbe andata enorme in ogni caso, ma il fatto che continuassi a perdere peso senza sosta me la rendeva ancora più ridicola addosso.

«Me l'ha regalata uno dell'IRA» risposi con leggerezza. 'Uno dell'IRA' suonava benissimo, ero consapevole dell'alone di mistero che faceva calare sulla conversazione, molto più di quanto dire 'Stick' avrebbe potuto. 'Uno dell'IRA' poteva essere uno dei capi della Derry Brigade, uno alto in grado, uno che non lasciava mai vedere il viso celandolo sotto il passamontagna scuro.

In ogni caso, Orla non sembrò particolarmente colpita dalle mie parole. Si limitò a un'alzata di spalle mentre continuava a sorseggiare il suo tè.

Appoggiai sul tavolo il berretto militare che avevo infilato in tasca.

«Vuoi andare in giro anche con quello?»

«Forse» dissi.

«Sta' attenta».

«A cosa?»

«A cosa secondo te?» mi chiese. Appoggiò la tazza sul tavolo e sporse il busto verso di me, ma poi non disse nulla.

«Ho anche una pistola, lo sai?»

«Di già? Voglio dire, non mi aspettavo certo che quelli dell'IRA combattessero con i fiori in mano, ma ti hanno davvero dato una pistola?»

Annuii, tutta seria.

Si guardò intorno, diffidente, e dopo essersi accertata che non ci fosse nessuno nelle vicinanze che potesse ascoltarla, sussurrò: «Non ce l'hai con te adesso, no?»

Era proprio la domanda che volevo. Con un movimento veloce delle dita liberai i bottoni dalle asole e le lasciai intravedere il calcio della pistola, nascosta nella tasca interna della giacca.

«Non puoi venire a scuola con una pistola, Saoirse!» gridò quasi, e non appena se ne accorse si tappò la bocca. In realtà, quella pistola era responsabile di tantissimi timori che frullavano nella testa anche a me, ma cercavo di sotterrarli tutti. Così, guardai la mia amica e mi esibii in un gesto di stizza con la mano a mezz'aria.

«Di certo non posso lasciarla a casa e rischiare che Ma' la trovi. A proposito, oggi glielo dico, quando torno da scuola».

«È decisamente una scena che non vorrei perdermi per nulla al mondo» sibilò sarcastica.

Le rifilai un calcio sotto il tavolo e Orla mi rispose con uno schiaffo sul braccio. Poi si ammorbidì e ridemmo forte, sguaiate. Mrs Francis, intenta ad asciugare un bicchiere con un panno, ci rifilò un'occhiata di disprezzo oltre il bancone.

«Dovreste andare a scuola, disgraziate».

«È presto» rispose Orla.

Mrs Francis borbottò qualcosa sull'educazione dei ragazzi e poi se ne tornò a farsi i fatti propri.

«È solo che mi sembra tutto così assurdo» disse. «Tu... nell'IRA».

«Perché assurdo?»

«Se avessi dovuto scommettere, lo sai, avrei puntato su Aidan. A te non è mai fregato niente».

«Questo non è vero, Orla». Abbassai lo sguardo sul tavolo e cominciai a percorrerne le venature con le dita. Quelle parole mi avevano ferita e, come ogni volta che qualcosa mi toccava nell'orgoglio, le mie guance si tinsero del colore dei ciliegi in fiore.

Orla percepì il mio disagio, posò una mano sulla mia e me la strinse.

«Sono solo preoccupata, tutto qui».

«Non esserlo» le dissi. «So badare a me stessa».

Dopo scuola, salutai Orla all'angolo di Rossville Street e la abbracciai forte.

«Sei sicura che non vuoi che venga anche io?» mi chiese.

«Per prendermi in giro per sempre? No, grazie» le risposi.

Mi incamminai verso casa con il cuore che voleva sfondare il maglione e la giacca.

Rimasi immobile davanti alla porta. Sfilai il berretto militare dalla tasca e me lo sistemai sul capo. Lasciai andare le mani lungo i fianchi e strinsi i pugni, gambe tese e mento all'insù. Non avevo nulla da nascondere, niente di cui vergognarmi, eppure mi sentivo la testa leggera, la faccia in fiamme, proprio come quando avevo bevuto il brandy alla ciliegia con Eileen sulla spiaggia di Castlerock. Un'ubriacatura felice, ma non per questo senza conseguenze. Trattenni il respiro e presi coraggio. Bussai alla porta. Sentii i passi di Ma' sul pavimento che si facevano sempre più vicini. Aprì la porta e io ero già pronta con le spalle dritte, ma lei neanche mi guardò, si voltò subito e corse in cucina.

«È davvero tanto chiederti di portarti dietro le chiavi, Saoirse?»

«Ma'...» Chiusi la porta e provai a richiamare la sua attenzione.

«Se la crema non la giri di continuo si attacca tutto, vedi?» Inclinò il pentolino, continuando a mescolare con la frusta. Si asciugò il sudore sulla fronte con un braccio, sospirò e continuò a mescolare la crema, mentre il ticchettio della frusta riempiva la stanza.

«Ma'» ripetei, sistemandomi il berretto in testa.

«Non ora, Saoirse». Aggiunse un po' di latte nel pentolino e continuò a mescolare con violenza.

Il mio respiro si fece più forte e più veloce. Stavo per esplodere, e alla fine lo feci.

«Ma'» gridai. «Mi sono arruolata nell'IRA».

Solo allora fu costretta a voltarsi verso di me. Fu costretta a guardare il berretto militare che indossavano tutti quelli dell'IRA, fu costretta a guardare la giacca da uomo che mi andava larghissima, fu costretta a guardarmi negli occhi e capire che facevo sul serio. Fece cadere a terra il pentolino. Il rumore stridente del metallo contro il pavimento riempì la stanza e la crema calda si rovesciò a terra. Quella pozza gialla e liquida mi ricordò il gelato alla vaniglia di Eileen accanto al suo corpo. Volevo correre in bagno a vomitare, ma non potevo permettermelo. Rimasi immobile, distolsi lo sguardo dalla crema e lo piantai su Ma'.

«Che cosa hai detto?» chiese. Sapevo che aveva capito benissimo, ma mi stava dando l'opportunità di dire che non era vero niente e che era stato solo uno scherzo di cattivo gusto. Ma l'IRA non era uno scherzo: era la cosa più seria che io avessi mai fatto fino ad allora.

«Mi sono arruolata nell'IRA» ripetei. Questa volta non gridai, ma parlai a bassa voce, con un tono così fermo e sicuro che sorprese anche me.

Non rispose. Prese della carta assorbente dal piano della cucina e pulì la crema da terra, poi raccolse anche il pentolino e lo posò con violenza sui fornelli. Bagnò un panno e lo strofinò sul pavimento con il piede, tenendo la mano stretta al piano di legno ammuffito della cucina.

«Non vuoi dire nulla, Ma'?» chiesi. Mi avvicinai di qualche passo, diffidente, come se quella in cui stavo non fosse più casa mia.

«Cosa vuoi che ti dica, Saoirse?» Per la prima volta, mi piantò anche lei lo sguardo addosso. «Non parlo con i morti».

«Cosa significa 'non parlo con i morti'?» Sentivo le lacrime affacciarsi agli occhi, ma mi morsi la lingua fino a farmi male per ricacciarle indietro. Non volevo darle la soddisfazione di piangere. Era lei a non capire, era lei che avrebbe dovuto piangere.

«Significa che hai fatto una scelta che può portare solamente a due conseguenze: a diventare un'assassina, nel migliore dei casi; a crepare di morte dolorosa, nel peggiore». Aprì il rubinetto e riempì d'acqua il pentolino. «E io non credo che tu sia un'assassina».

«Quindi?»

«Quindi cosa?» chiese lei, con la voce spenta.

«Quindi sono in punizione? Mi odi? Cosa succede adesso?» Tornai bambina. Desideravo disperatamente una sua reazione, qualunque fosse, ma non c'era altro che un muro di gomma. Non era arrabbiata, non era delusa. Non riuscivo a decifrare cosa provasse. A dire il vero, sembrava che non provasse nulla, che fosse completamente vuota; così come i suoi occhi, che si muovevano tra me e il pentolino sporco, erano spenti.

«Quindi, niente. Se volevo parlare con i morti, andavo al cimitero a parlare con Pa'. Per quanto mi riguarda, hai firmato la tua condanna a morte e non è una cosa che puoi chiedermi di accettare».

«Ho solo fatto la stessa scelta che hai fatto tu quando eri giovane!» urlai. «Perché non puoi tollerare che io abbia voluto essere come te?»

«Perché non sei come me, Saoirse. Non lo sei mai stata».

Non so cosa intendesse dire, ma quella frase mi allagò dentro di una melma nera che soffocava il cuore.

Capitolo 32

Aidan era appoggiato contro la testiera del suo letto e io mi ero rannicchiata accanto a lui. Quella era stata la prima notte che avevamo trascorso insieme. Quando Ma' mi aveva detto che non sarei mai stata come lei, mi ero sbattuta la porta alle spalle ed ero corsa da lui. Gli avevo chiesto se potevo dormire lì. Non mi aveva detto né sì, né no, ma si era messo subito a cambiare le lenzuola e a farmi spazio sulla scrivania.

Poi era arrivato il mattino. Il sole filtrava appena dalle nuvole, timidissimo, come un bambino nascosto dietro la gonna della mamma.

«Che fai oggi?»

«Nulla di che» dissi.

Aidan si alzò, troppo in fretta, e sbattei la testa contro la testiera.

«Non devi proteggermi, lo sai?» mi chiese. «Non è che dato che tu sei nell'IRA e io no, allora non puoi più dirmi cosa fai».

Mi massaggiai la testa e lo guardai infilarsi una felpa. Si sistemò i capelli con un gesto veloce della mano e mi diede le spalle. Mi sporsi verso di lui, con le ginocchia puntate sul materasso rotto, e lo tirai verso di me.

«Non faccio nulla di che, davvero» dissi. «Non ti sto nascondendo niente. Alle sei mi tocca fare una noiosissima pattuglia all'angolo di Strand Road. Vuoi venire a portarmi un caffè?»

Aidan sbuffò una risata.

«Lo farò». Poi aggiunse: «Dormi qui anche stasera?»

«Se a te va bene, sì».

Si chinò appena per baciarmi la bocca e accarezzarmi il viso.

«Appena entrerò più in confidenza con Patsy, proverò a convincerlo. Te lo prometto».

Aidan si sedette sul letto accanto a me. Mi appoggiò una mano sulla gamba e poi mi sorrise.

«Lascia stare, Saoirse» disse. «Ha ragione quando dice che sono una testa calda che non sa tenere le mani a posto. Ed è vero. Ci sono altre strade per fare l'Irlanda unita, però».

«Cioè?»

Fece spallucce e appoggiò la testa sul mio petto. Gli accarezzai i capelli e gli baciai il capo. A gambe incrociate, lo cullavo appena.

«Uccidere gli inglesi uno per uno».

«Non mi sembra un'idea fantastica».

Aidan rise appena. Mi spinse con la testa e mi buttò giù.

Capitolo 33

Il cimitero era in collina. La salita era lunga e ripida e io portavo ancora sulle spalle lo zaino di scuola. In mano, avevo un mazzo di fiori. Il cielo era coperto da nuvole morbide, ma la pioggia aveva smesso di cadere, lasciando nell'aria un buon odore di terra ed erba bagnata. Appoggiai le dita sul cancelletto di ferro, che cigolò lugubre quando lo aprii. Mentre percorrevo il vialetto acciottolato lasciavo che lo sguardo riposasse sulle lapidi che attiravano la mia attenzione. Nelle cornici ovali di rame – o d'argento per quelli che se la passavano meglio –, c'erano spesso volti di ragazzi della mia età, o di bambini, come lo ero stata io fino a qualche anno prima. Divise di scuola, trecce ordinate che ricadevano sulle spalle. Potevo essere io, eppure a me era ancora concesso di camminare e respirare. Mi guardai le mani e dovetti contarmi le dita, appoggiandole una alla volta contro i pollici per convincermi di essere lì. Pensai a quanto gli irlandesi morissero giovani.

Nel cimitero di Derry c'era – e c'è tutt'oggi – una parte che accoglie solo le salme delle vittime politiche. Ci sono anche molte tombe di militanti dell'IRA. Fui costretta a sfilarci accanto. Guardai il tricolore a mezz'asta, su un palo altissimo che sembrava sfiorare il cielo. Passai vicino alle lapidi monumentali, con statue di soldati in uniforme con il fucile imbracciato. Strinsi i pugni, nascosti nelle tasche della giacca. Osservai quelle tombe tutte uguali, ordinate, con l'erba che continuava a crescere tutt'intorno. Sulle lapidi c'erano i nomi, le date di nascita e di morte, e le solite foto racchiuse in cornicette dai bordi scrostati dall'acqua e dal vento. Quasi tutte riportavano in corsivo la stessa frase incisa nella pietra: 'Morto mentre serviva la patria'. Il respiro mi si bloccò in gola. Per un attimo pensai che tra qualche anno avrei potuto anche io trovarmi lì, sottoterra. Cercai di scacciare quel pensiero. Alla fine, mi dissi, essere un membro dell'IRA era forse il modo più intelligente per proteggermi. Quelli dell'UDA o dell'UVF ci pensavano due volte prima di ammazzare uno dell'IRA, perché avevano paura di pestare i piedi alla famiglia sbagliata. La mia famiglia era mia madre, e non contava niente, ma loro non lo sapevano mica.

Mi lasciai alle spalle le tombe dei miei compagni d'armi e arrivai fino in cima, all'ultima fila di lapidi. Mentre percorrevo l'ultimo tratto del sentiero, scorsi la testa di Cillian. I suoi capelli di rame stavano bene con tutto quel verde che c'era intorno. Alzai una mano per salutarlo, ma non mi vide. Indossava un completo elegante e scuro che gli stava enorme: si vedeva che non era suo. Si era pettinato i capelli all'indietro, con il gel. Era seduto a terra, sull'erba bagnata, e anche lui aveva un mazzo di fiori. Quando si accorse di me, si voltò appena. Aveva gli occhi rossi come lamponi e le lacrime che gli rigavano il volto. L'intimità che avevamo sempre avuto fin da bambini gli permetteva di fidarsi di me, così da non sentire il bisogno di coprirsi la faccia o di nascondersi. E gli volevo bene, per questo.

«Ti sei ricordata...» disse.

Gli sorrisi e gli diedi una carezza. Provai un intenso moto di tenerezza verso di lui. Avrei voluto abbracciarlo e stringerlo a me, ma mi trattenni. Cillian batté la mano sull'erba, invitandomi a sedermi accanto a lui. Esitai, e strinsi tra le dita un lembo della gonna della divisa di scuola. Non volevo macchiarla, soprattutto adesso che dormivo a casa di Aidan: sospettavo non avesse idea di come funzionasse una lavatrice. Cillian sembrò leggermi nella mente e iniziò a sfilare una manica della sua giacca scura.

«Oh no, non preoccuparti!» dissi. Gli appoggiai le mani sulle spalle, per fermarlo. «La sporcherai».

Lui mi guardò e sorrise. «Tanto la odio questa giacca di merda».

Allora lasciai che se la sfilasse. «Ti sta veramente male» confermai.

Rise. «Lo so, ma era l'unica cosa elegante che avevo».

«Sono sicura che a Damien avrebbe fatto piacere anche se tu fossi venuto in pigiama».

Cillian stese con cura la giacca a terra e ci sedemmo sopra, stretti e vicini. Appoggiai i fiori sulla tomba e lui fece lo stesso. Entrambi avevamo portato dei gigli, era quasi un cliché. Da sempre, i gigli bianchi sono il fiore degli irlandesi, specialmente quelli che sono morti soltanto perché lo erano. Appoggiai la testa sulla sua spalla e rimanemmo in silenzio.

«Sai qual è la cosa più strana?» Cillian aveva la voce rotta, un sussurro flebile che si perse tra me e il vento. «Che Damien ha ancora nove anni».

Trattenni il respiro per qualche istante e chiusi gli occhi.

«Aidan ha finito la scuola, tu sei nell'IRA, io ho cominciato a farmi la barba, Orla passa i pomeriggi a leggere Freud... E Damien, in tutto ciò, ha ancora nove anni».

Il mio cuore era pesante. Rimasi in silenzio.

«Sei felice, Cillian?» gli chiesi dopo un po'.

«Penso di sì» disse. «Tu?»

«Be', sì».

«Per quanto si può essere felici vivendo a Derry» dicemmo all'unisono.

Era diventato un motto, per noi, e lo ripetevamo spesso.

«Sono felice, ma ho paura» disse. «Volevo davvero bene a Damien. Ho paura di perdere altre persone che amo. Orla, te. Perfino Aidan».

Sorrisi, senza aggiungere altro, e lo lasciai continuare.

«Lo so che Aidan pensa che io sia un coglione. E lo so che è passato tanto tempo da quando è morto Damien, ed è anche morta un sacco di altra gente, ma io quella cosa lì non l'ho mai superata».

«Cillian, eri letteralmente accanto a lui quando gli sono passati sopra con un Sixer. Mi sembra normale che tu ci pensi ancora».

«Anche Aidan era lì» ribatté. «Sembra che non gliene sia mai importato niente. 'Sono stati gli inglesi, la colpa è loro, caso chiuso'. E sì, sarà pure la verità, ma come fa a non pensarci mai?»

«Aidan ha...» Mi ritrovai in silenzio, a cercare le parole giuste. «Ha un modo tutto suo di provare le cose».

«Stai leggendo Freud anche tu?»

«No, lo lascio a Orla».

Abbozzò un sorriso e gli passai un braccio intorno alle spalle.

Proprio allora mi accorsi che, da un piccolo vaso di ottone accanto alla tomba, spuntavano timide cinque o sei margherite. Diedi un colpetto a Cillian con il gomito e gliele indicai.

«Guarda. Non posso metterci la mano sul fuoco, ma sono abbastanza sicura che quelle le abbia portate Aidan».

«Ti ha detto che veniva al cimitero?»

«No...» Alzai le mani.

«E allora come fai a dire che è stato lui?»

«Perché le margherite sono il suo fiore. E le margherite sono il fiore perfetto».

«In che senso?» chiese, confuso.

«Su, Cillian... come 'in che senso'?» gli feci il verso. Mi strinsi le gambe contro il petto e appoggiai il mento sulle ginocchia. «Chiudi gli occhi».

Lui annuì, poco convinto.

«Adesso ti farò una domanda. Tu rispondimi con la prima cosa che ti viene in mente, senza pensarci troppo. Okay?»

«Va bene» rispose, con gli occhi serrati. Le palpebre gli tremavano leggermente. Il vento gli accarezzava i capelli tirati all'indietro.

Lo guardai, mentre lui non poteva vedermi. Sorrisi, perché mi accorsi solo in quell'istante che da un giorno all'altro era davvero diventato un uomo. Feci un colpetto di tosse e dissi tutto d'un fiato: «Pensa al primo fiore che ti viene in mente».

«Rosa bianca» rispose lui, subito. «Ora posso aprire gli occhi?»

Gli rifilai una sberla contro la spalla e risi.

«Non è divertente giocare con te».

Rimanemmo in silenzio ancora un po', mentre i corvi saltellavano tra una lapide e l'altra, gracchiando senza sosta. La pioggia iniziò a cadere di nuovo, prima leggera, quasi piacevole, poi sempre più intensa, le gocce sembravano rintocchi violenti di un campanile. I tuoni, in lontananza, si facevano sempre più vicini e più forti.

«Buon compleanno, Damien Harkin» disse Cillian. Stampò un bacio sulle sue dita e con quelle accarezzò la lapide. Poi si alzò, mi tese la mano e mi aiutò a rimettermi in piedi. Tirai su la giacca, inzuppata d'acqua e terra, e gliela porsi; Cillian se la mise sottobraccio.

«Torniamo?» domandai.

Annuì e ci incamminammo verso casa, sotto la pioggia, con il cuore pesante, ma con il sollievo di poterlo portare in due.

Capitolo 34

Derry, 1973

Il primo colpo che sparai nella mia vita lo esplosi contro il cielo, ed ebbi l'impressione che una polvere metallica cadesse dalle nuvole per abbracciarmi.

Era un giorno di pattuglia come ne avevo fatti tanti. Un pomeriggio di pioggia, quasi banale, con le persone che correvano a casa con la borsa sulla testa per proteggersi dall'acqua e le buste di Tesco in mano. La luce sfumava piano e la sera cominciava ad avvolgere i palazzi di mattoni rossi.

Io e Conor eravamo riparati sotto la tettoia del palazzo all'angolo di Waterloo Street. Lui mi offrì una Park Drive; io estrassi le mie Embassy Red dalla tasca e gli agitai il pacchetto davanti alla faccia. Rise, sfilò una sigaretta dal suo pacchetto e se la infilò tra le labbra. Ma prima di accenderla mi guardò.

«Come te la cavi con il romanticismo?» mi chiese, prendendo dalla tasca un foglietto piegato in quattro.

«Malissimo» risposi, senza neanche un secondo di esitazione. Conor alzò il sopracciglio e mi sbrigai ad aggiungere: «Aidan mi ha detto 'ti amo' un bel po' di tempo fa e non sono ancora riuscita a dirgli che lo amo anche io».

Conor mi rifilò un'occhiata perplessa.

«Però lo ami, giusto?»

Annuii con forza, e un ciuffo di capelli neri mi finì davanti agli occhi. Lo spostai dietro l'orecchio e mi concentrai su quello che Conor voleva dirmi. Non so perché mi aspettassi in quel momento una rivelazione da parte sua, le grandi parole che non vedevo l'ora di sentirmi dire, la frase che mi avrebbe dato coraggio per confermare a Aidan che la forza del suo sentimento era la stessa che abitava nel mio cuore. Invece Conor ripiegò di nuovo il foglietto e fece per rimetterlo nella tasca della giacca. Gli arpionai il braccio con forza.

«Cos'è?»

«I miei voti matrimoniali» disse. «Fanno schifo. Aisling è un'insegnante di Lettere, con le parole ci sa fare. Ho paura che rida di me».

«Fammeli leggere». Titubante, Conor mi allungò il foglietto, ma se lo riprese un attimo prima che le mie dita lo sfiorassero.

«Giura di non prendermi in giro».

«Giuro» dissi, sbrigativa. «E poi, non sono nella posizione di giudicare. Lo sai». Afferrai il foglietto e, prima di iniziare a leggere, lo vidi perlustrare tutt'attorno con occhi vigili.

Più passavano i giorni, meno Conor era rigido con me. Adesso mi faceva addirittura leggere i suoi voti matrimoniali mentre eravamo in servizio. Il pensiero mi fece sorridere. Nonostante le macchie di inchiostro e la sua grafia quasi incomprensibile, storta e disordinata, che assomigliava a quella di un bambino delle elementari, ciò che aveva scritto mi travolse con una dolcezza inaspettata. Qualche lacrima mi rigò le guance e fui veloce a tamponarmi gli occhi con il braccio, prima che lui potesse accorgersene. Alzai appena lo sguardo su di lui, per essere sicura di non essere stata scoperta. La debolezza era una cosa che mi potevo permettere davanti a poche persone. Conor, però, aveva lo sguardo piantato sulla strada. Mi diede un colpetto con il gomito.

«Non è Aidan, quello?»

Guardai nella sua direzione e un sorriso mi nacque dal cuore per appoggiarsi sulle labbra.

«È lui» confermai.

Alzai la mano per salutarlo. Feci anche un piccolo saltello, nel caso non mi avesse visto, ma mi pentii subito di tutto quell'entusiasmo. Quindi incrociai le braccia e mi misi a fissare la parola 'lealtà' scritta da Conor nei suoi voti matrimoniali.

Quando ci raggiunse, Aidan salutò Conor con un cenno del capo e lui fece lo stesso. Poi si avvicinò a me. Eravamo goffi, indecisi se baciarci o meno, e i nostri nasi si scontrarono. Risi.

«Cosa leggi?» chiese Aidan, indicando il foglietto che avevo tra le mani.

«Niente...» dissi. «Sono...»

«Sono i miei voti matrimoniali» disse Conor, sorridendo.

«Congratulazioni».

Il sorriso di Conor si allargò. Richiusi il foglietto in quattro, seguendo le pieghe, e glielo restituii. Lui se lo infilò in tasca velocemente. Stavo per parlare, ma mi anticipò.

«Saoirse...» Indicò due ragazzi che si erano fermati vicino a un lampione sull'altro lato della strada. «Guarda».

Indossavano entrambi una giacca scura e stavano discutendo ad alta voce. Vicino a loro c'era una macchina rossa parcheggiata. Uno dei due, quello che aveva un cappuccio calato sopra la testa e sembrava più grande, cercava lo scontro con l'altro, che tentava di indietreggiare e mantenere una distanza.

«Dovremmo intervenire?» chiesi a Conor.

«Aspettiamo. Potrebbero stare litigando per qualunque cosa» rispose lui. «Se uno ha fregato la ragazza dell'altro, non è un problema nostro».

Non potei fare a meno di notare, però, che Conor aveva già la mano pronta sulla pistola.

«È una questione di droga» disse Aidan. Mi voltai verso di lui. Aveva le mani in tasca, il viso tirato e aveva parlato senza guardarci, gli occhi puntati sui due ragazzi.

«Come fai a esserne certo?»

Aidan ci fece segno di stare zitti. In effetti quello con il cappuccio stava gridando qualcosa a proposito di soldi che mancavano, ma avrebbe potuto essere un debito qualunque.

«Guardate come si muove quello lì». Indicò il più piccolo. Aveva i riflessi rallentati, come un ubriaco, e sembrava debolissimo, come se fosse sul punto di cadere a terra e addormentarsi. Proprio mentre stavo per esprimere qualche perplessità sull'ipotesi di Aidan – per esempio il fatto che il tizio avrebbe potuto semplicemente essere sbronzo, come tanti ragazzi della sua età a quell'ora di pomeriggio –, quello con il cappuccio gridò: «Vuoi l'eroina? E allora paga!»

A quel punto misi mano anche io alla pistola.

«Benvenuti a Derry» disse Aidan con voce piatta.

«Dovresti andartene, Aidan» gli fece Conor, appoggiandogli una mano sulla spalla. I passanti che si avvicinavano ai due cambiavano marciapiede. Nel giro di poco, la lite si fece più violenta. Il ragazzo più piccolo riuscì a mollare un cazzotto al *thug* e quello si coprì la faccia con le mani. Poi cercò di scappare, ma lo spacciatore lo riafferrò per la giacca e lo buttò a terra, sul marciapiede bagnato.

«Dobbiamo fare qualcosa» dissi. Ma non sapevo cosa, ero in preda al panico.

Il cuore iniziò a battere troppo forte, la testa si fece leggera e sentivo le gambe che minacciavano di cedere lì, in mezzo alla strada. Aidan cercò la mia mano, era bagnata di sudore, fredda come il calcio della pistola che tenevo stretta nell'altra. Pugni in faccia, calci sulle costole. Forse il *thug* gli aveva spaccato il naso. Non appena vidi in lontananza il sangue sull'asfalto, pensai a Eileen, pensai al gelato alla vaniglia, pensai al proiettile che l'aveva colpita alla testa e mi dissi che non volevo vedere un'altra persona morire dissanguata in mezzo alla strada. Fosse anche un tossico qualunque. Il fiume di sangue che scorreva a Derry era più profondo del Foyle. Quella volta non sarei rimasta a guardare.

Tutto accadde nell'arco di pochi secondi. Presi la mira con la mia pistola. L'altro ragazzo era troppo vicino, in un corpo a corpo che gli stava togliendo la vita pugno dopo pugno.

«Saoirse, no!» gridò Conor. Tentò di bloccarmi il braccio, ma io chiusi gli occhi, trattenni il respiro e poi puntai l'arma prima contro il *thug* e poi contro il cielo. Premetti il grilletto. Il rumore dello sparo squarciò improvvisamente l'aria, qualcuno gridò e si mise a correre. Anche la pioggia smise di venire giù, all'improvviso.

Lo spacciatore smise di picchiare il ragazzo. Alzò gli occhi e gli ci volle pochissimo per capire da dove era arrivato lo sparo.

Mi vide, con l'arma ancora in mano. Il ragazzo invece si alzò da terra, scivolò di nuovo, ma alla fine riuscì a mettersi in piedi e a scappare via. Lo spacciatore iniziò a camminare verso di noi, con passi lenti, quasi calmo. Puntai di nuovo l'arma verso di lui.

«Se si avvicina, lo ammazzo».

Lo dissi, ma non riuscii a farlo. Quello continuava ad avvicinarsi, ma la mia mano tremava troppo. Le dita erano rigide, strette intorno al calcio, e la mia testa non ne voleva sapere di farmi premere il grilletto.

«Saoirse, cazzo» gridò Aidan.

Il *thug* ci era quasi addosso, quando un uomo nella macchina rossa ci puntò addosso una pistola. Lo vidi troppo tardi, quando il rumore dello sparo mi rimbombò in testa, insieme al colpo violento della mia nuca contro l'asfalto nel momento in cui Aidan mi buttò a terra.

Conor iniziò a sparare contro la macchina e i colpi risuonarono contro il metallo della portiera. Gridai. Aidan, sopra di me, mi proteggeva con il suo corpo. Eravamo stati così vicini tante volte, sul suo letto, per baciarci. Ora mi stava letteralmente salvando la vita.

«Non avere paura, Saoirse» mi sussurrò. Dai suoi capelli neri, gocce d'acqua cadevano sulla mia fronte. «Va tutto bene».

«Se arriva una pallottola adesso e tu muori, io muoio». Ansimavo, mi sentivo morire. «Okay?»

«Non muore nessuno, Saoirse». Chiuse gli occhi. «Te lo prometto».

«Ti amo anche io, Aidan» gli sussurrai.

Lo spacciatore si infilò nella macchina e l'uomo che ci aveva sparato addosso accese il motore e fuggì via, le ruote sgommarono stridule sull'asfalto bagnato.

«Dobbiamo andarcene, e in fretta» disse Conor.

Aidan si alzò e poi mi tirò su come una bambola di pezza, senza forze, senz'anima.

Cercammo rifugio a casa di Cillian. Era la più vicina, e di andare a casa mia non se ne parlava.

Capitolo 35

Fu Cillian ad aprire la porta: si trovò davanti le nostre facce terrorizzate. Non chiedemmo neanche se eravamo di disturbo, sgattaiolammo dentro veloci. Aidan mi teneva un braccio intorno alle spalle e Conor era dietro di noi, a un passo di distanza. Cillian aveva la faccia stanca, come se si fosse appena svegliato con il dopo sbornia peggiore della sua vita.

«Lui è Conor» gli dissi. «È un amico».

«Che cos'è successo?» chiese Cillian.

Gli indicai con un cenno del capo la porta della sua camera e lui annuì. I suoi genitori erano in salone e quella non era una conversazione da affrontare con loro. Ci rifugiammo lì, tra i vestiti buttati a terra e i bicchieri sporchi lasciati sulla scrivania.

Notai un cucchiaio d'argento vittoriano, intarsiato di madreperla, nascosto tra fogli sparsi e un libro aperto. Non c'entrava nulla con tutto il resto. Lo presi tra le dita per un istante, era sporco di una sostanza appiccicosa. Zucchero, forse miele. Lo appoggiai di nuovo sulla scrivania, con delicatezza.

«Hai tirato fuori l'argenteria pesante per un tè» provai a ironizzare. Cillian si voltò verso di me e mi piombò addosso. Prese il cucchiaio e lo buttò in un cassetto che richiuse con forza.

«Non devi toccare le mie cazzo di cose» mi rimproverò con un tono fin troppo brusco.

«Va bene, scusa». Alzai le mani in segno di pace. «Sappi che è sporco, però. Ti ritroverai le formiche dappertutto».

Cercavo di scherzare, ma la pesantezza che sentivo dentro mi schiacciava il cuore. Andai a sedermi vicino a Aidan sul bordo del letto, mentre Conor rimase in piedi, la schiena contro la porta. Aidan raccontò a Cillian quello che era accaduto, mentre lui continuava a camminare avanti e indietro per la stanza. Ogni tanto si infilava una mano tra i capelli, si fermava, ci guardava preoccupato e poi ricominciava a camminare. Io pensavo ai fatti miei. Non riuscivo a smettere di pensare a quanto fossi stata stupida. Avevo sparato un colpo quando non avrei dovuto, e quando si era reso necessario non ero stata in grado di farlo. Mi guardai le mani e distesi le dita un paio di volte. Almeno adesso obbedivano ai miei ordini.

«Qualcuno ha chiamato la polizia?» La voce di Cillian mi riscosse dai miei pensieri.

«No» disse Conor. «Nel senso, non credo. Alla fine, non si è fatto male nessuno, non ci sarebbe stato motivo di chiamare la polizia. Nessun irlandese chiama la polizia, santiddio».

«Non si è fatto male nessuno, ma poteva morire qualcuno. Non so se ve ne state rendendo conto».

«Se mia nonna aveva le ruote era un carro, Cillian» gli rispose Aidan, duro. «Che cazzo di ragionamento è?»

Gli strinsi la mano. Non volevo che, come ogni volta, si scagliasse a testa d'ariete contro Cillian. Lui guardò per un attimo le nostre mani intrecciate, poi distolse lo sguardo e si affacciò alla finestra. Non so cosa si aspettasse di vedere, ma dopo un po' richiuse la tendina quasi trasparente e tornò a fissarci. Rimasi in silenzio, sperando che Cillian non gettasse altra legna sul fuoco che Aidan stava cercando in ogni modo di attizzare.

«Solo una domanda. Perché siete qui?» Non lo domandò in modo gentile, c'era una tensione strana nella sua voce.

Sospirai e risposi prima che lo facesse qualcun altro: «Avevamo solo bisogno di calmarci un attimo. Non potevamo andare a casa mia, sai qual è la situazione con Ma'».

«Siete stati seguiti?» chiese Cillian.

«No...» gli risposi. «Ma che dici?»

«Sto solo chiedendo, Saoirse, visto che siete a casa mia. Posso?»

Quel tono non lo aveva mai usato con me. Lo riservava solamente alle sue discussioni infinite con Aidan, era il tono che riservava a quelli che disprezzava. Prima di allora, non mi aveva mai parlato così. Anche quando eravamo in disaccordo, finivamo per cedere all'oceano di tenerezza che ci univa da sempre. Qualcosa si era rotto. Sentivo il pianto che stava per bussare agli occhi, quindi li chiusi per un istante. Mi tornò in mente la nostra costellazione e vidi l'astro di Cillian allontanarsi.

«Non voglio avere niente a che fare con questa roba» disse, disegnando con l'indice un cerchio che ci racchiudeva tutti.

«Con questa roba cosa?» disse Aidan. «Questa roba siamo noi».

«E allora non voglio avere nulla a che fare con voi finché starete nell'IRA».

«Io non sono neanche nell'IRA!» gridò Aidan, alzandosi di scatto.

«Tu sei peggio di tutti loro, Aidan» rispose Cillian, appoggiandosi alla scrivania. «Dove ci sei tu, ci sono casini».

Mi alzai anche io e mi misi in mezzo a loro.

«Aidan non c'entra nulla in questa storia, Cillian. Se non ci fosse stato Aidan, poteva finire male davvero. È stata tutta colpa mia».

Conor ci guardava scocciato dall'altro lato della stanza.

«È vero» confermò. «Aidan ha disinnescato una bomba. E la bomba questa volta era Saoirse». Non mi offesi per quel rimprovero, Conor stava dicendo soltanto la verità.

Cillian sembrò riflettere per qualche istante, poi voltò la faccia dall'altra parte, verso la finestra, continuando a tamburellare con le dita contro il piano di legno della scrivania.

«Preferirei che ve ne andaste. Tutto qui».

Freddo e silenzio calarono nella stanza all'improvviso. Ci fu un giro di sguardi. Conor era tranquillo, forse infastidito perché non voleva certo ritrovarsi ad avere a che fare con dei ragazzini, ma io e Aidan eravamo increduli. Se lui stava per esplodere di rabbia, io stavo rischiando di annegare nell'angoscia.

«Finisce così, quindi?» chiesi a Cillian. Pregai di avere le forze per ritardare il pianto ancora per poco, quel che bastava per non mostrarmi vulnerabile davanti a lui in quel momento.

«Non ho detto che finisce così tra noi, Saoirse» disse. «Ho detto solo che non voglio essere coinvolto in queste storie. E ora andate via, per favore».

«Va bene, ce ne andiamo». La mia voce si spezzò, ma resistetti ancora. Non mi girai per guardare Cillian. Cercai gli occhi di Aidan e Conor, e ci avviammo alla porta.

Una volta fuori, le lacrime che avevo trattenuto fino a quel momento cominciarono a scorrermi sul viso e il mio pianto silenzioso si trasformò in singhiozzi violenti.

«Andrà tutto bene, Saoirse» mi disse Aidan di nuovo, stringendomi contro di lui e baciandomi la fronte. Conor rimase in silenzio per un po', poi porse la mano a Aidan, che gliela strinse.

«Grazie, Aidan. Hai fatto un buon lavoro».

Lui sorrise e si strinse nelle spalle.

«Ci facciamo una pinta, che dite?» propose Conor.

«La prima cosa giusta che sento da un po'» concordò Aidan.

Avevano già mosso qualche passo in strada, ma io rimasi ferma davanti alla porta di Cillian. Infilai i pugni nelle tasche e guardai il cielo.

«Andate voi» dissi. «Io resto qui».

«Resti qui dove?» chiese Aidan.

«Voglio parlare con Cillian. Da sola».

«Ci ha trattato di merda, Saoirse. Lascialo perdere».

«Non posso lasciare perdere, Aidan». Alzai la voce senza volerlo e mi accorsi che le parole che uscivano dalla mia bocca erano severe e secche. Aidan non se lo meritava, ma socchiuse gli occhi e annuì.

«Ti aspetto a casa, se vuoi tornare».

Annuii.

«Ma intanto andate al pub, per favore». Mi sforzai perfino di sorridere, feci del mio meglio. «Vi siete meritati una cazzo di Guinness».

Aidan annuì e fece per allontanarsi. Gli presi un braccio per trattenerlo a me.

Conor capì che doveva lasciarci un attimo soli e cominciò a camminare verso il pub.

«Mi sono comportata da stupida» dissi. «Quando quello ha iniziato a venirci addosso volevo sparare, ma non ci sono riuscita. Ho sentito le mani farsi di ghiaccio».

«Non biasimarti così, Saoirse. Non è che queste cose te le insegnano a scuola».

«Ma tu sapevi cosa fare. E lo hai fatto senza pensarci troppo. Ci hai salvato il culo».

«Ho agito d'istinto e basta».

«Allora, quantomeno, ho un pessimo istinto».

«Datti tempo e diventerai il soldato migliore di tutta Derry». Mi baciò sulla fronte.

«Di tutto il Nord?» chiesi, ridendo.

«E anche del Sud».

Mi accorsi solo allora che tenevo ancora le mie dita strette intorno al suo braccio. Lo lasciai andare.

«Dai un pugno in faccia a Cillian da parte mia» mi disse.

«Sarà fatto» risposi. Sorrisi e lo guardai allontanarsi lungo la strada e sparire dietro l'angolo.

Mi voltai, trattenni il respiro e bussai di nuovo alla porta.

Capitolo 36

«Per favore, fammi entrare» dissi.

Sapevo che Cillian era dietro la porta. Avevo sentito il tintinnio metallico dello spioncino attraverso il legno.

«Lo so che sei lì dietro, cazzo».

Sferrai un pugno violento contro la porta e strinsi i denti per il dolore. Ne sferrai un altro, e un altro ancora, e continuai a farlo finché le mie nocche non iniziarono a sanguinare e Cillian si arrese.

«Smettila!» gridò. Aprì appena, solo uno spiraglio, ma io spinsi con tutta la forza che avevo e mi infilai dentro.

«Dobbiamo parlare».

«Abbiamo già parlato, Saoirse» ribatté.

Lo trascinai per un braccio e tornai in camera sua. Mi sedetti di nuovo sul letto, questa volta al centro, con le gambe incrociate, senza neanche togliermi le scarpe.

«Ti sei fatta male» disse. Non era una domanda, era un'affermazione. Mi guardò la mano e la sollevai all'altezza del volto, poi la lasciai ricadere in grembo.

«Quel pezzo che hai fatto prima, Cillian... Veramente assurdo».

Sospirò. Apriva la bocca per parlare, ma poi la richiudeva.

«Non ho tanta voglia di parlare, Saoirse».

«E invece parli, cazzo» gli dissi, sbattendo i palmi delle mani sul letto. Le molle cigolarono, arrugginite. «Non puoi comportarti sempre in questo modo di merda, Cillian!»

«Smettila di urlare...» disse. «Per favore, smettila di urlare».

Si portò perfino le mani a coprire le orecchie come i bambini quando passano le ambulanze troppo vicino. Strizzò gli occhi e si voltò verso il muro, appoggiandoci la fronte. Potevo vedere bene il respiro violento che gli faceva alzare e abbassare le spalle.

«Mi dispiace, Cillian». Mi presi la testa tra le mani, con i capelli neri che si infilavano tra le dita. Alzai lo sguardo su di lui solo quando, con la coda dell'occhio, mi accorsi che si era staccato dal muro e si era girato di nuovo verso di me.

«Lo sai che odio quando le persone urlano...» disse. In casa sua, quando qualcuno urlava, significava botte, piatti rotti contro il muro e occhi pesti.

«Mi dispiace, davvero» ripetei. «Parlerò piano, ma devi ascoltarmi».

Gli lasciai il tempo di calmarsi e poi ricominciai.

«Non chiuderci la porta in faccia così. Siamo tuoi amici».

«Lo so, Saoirse». Per la prima volta in quella giornata, fu lui ad avvicinarsi a me e sentii il cuore scoppiare di gratitudine, come quando i gatti randagi decidono di venire a strusciare la coda proprio sulle tue gambe. Gli feci spazio sul letto e venne a sedermisi vicino. «Non è un periodo facile per me. Ho paura per voi e dei casini in cui potete mettervi. Lo so che sembra assurdo, ma preferisco non sapere quello che fate. Come si dice? Occhio non vede...»

Scossi il capo.

«Non puoi sempre mettere la testa sottoterra per non guardare in faccia la realtà». Ero consapevole che non erano le parole più belle del mondo da sentirsi dire, e cercai di addolcirle come potei, sussurrandole mentre lo guardavo negli occhi.

«È più complicato di così, Saoirse» mi disse, alla fine. Mi diede un colpetto sul braccio e poi mi appoggiò la testa sulla spalla. Non mi stupiva. Tutto era sempre più complicato di come era e di come avrebbe dovuto essere.

Capitolo 37

Ci volle un po', ma mi sembrò che a un certo punto le cose si fossero sistemate da sole. Ogni cosa trovò il suo posto, come in un puzzle.

Cillian era sempre lo stesso, ero io a essere cambiata. Feci del mio meglio per cercare di interpretare i suoi silenzi. Accettai che fossero parte di lui. Patsy si era convinto ad arruolare Aidan nell'IRA. Con Ma' le acque erano tornate a essere calme. Non accettò mai davvero la mia militanza, ma sapere che anche Aidan si era arruolato la rendeva più tranquilla. Mi fece promettere mille volte di non morire, di stare attenta, di fare la brava e, se non potevo farlo, di essere almeno furba, più che potevo.

E poi ci fu il Donegal. Le due settimane che trascorremmo lì furono le più felici che io ricordi, pistole in tasca e mani intrecciate mentre camminavamo a piedi nudi sulle spiagge di Buncrana. A tutti dicemmo che era una vacanza, ma in realtà partimmo insieme a Patsy e ad altri soldati dell'IRA per imparare a usare i fucili nelle brughiere. La bevvero tutti, tranne Ma'.

«Non è così difficile, sai?» mi disse. Ero sulla porta, con le dita strette intorno al manico della valigetta rigida di pelle scura.

«Cosa?»

«Usare un'arma. Quelle *gite* che si inventano sono una perdita di tempo». Pronunciò la parola 'gite' con risentimento. «Ci sono solamente due cose che devi sapere: la prima è che devi trattare ogni arma come se fosse carica e la seconda è che devi tenere il dito lontano dal grilletto fino a quando non decidi di sparare davvero. Un giorno Fianna tirò un colpo dritto sulla spalla di Sonny Kavanagh. Te lo ricordi? Quando eri piccola qualche volta è venuto a trovarci. Dovevi vedere la sua faccia. Be', non si fece nulla, ma che spavento». Ma' stava ridendo. Si slegò il grembiule e lo lanciò sul tavolo da pranzo. Io la guardai a bocca aperta. Non mi aveva mai raccontato nulla dell'IRA, ma soprattutto non mi aveva mai raccontato nulla dell'IRA ridendo.

«Ho paura di non essere capace di sparare, Ma'».

«Perché?»

Guardai l'orologio dietro di lei. Ero in ritardo, da lì a pochi minuti avrei dovuto farmi trovare davanti al Blackbird, ma volevo continuare a parlare con lei. Non capitava spesso che riuscissimo a entrare in contatto per davvero, e per qualche strana ragione in quel momento stava accadendo.

«Qualche tempo fa ho sparato un colpo in aria, perché avevo paura. E quando sarebbe stato meglio che sparassi davvero, le mie dita si sono bloccate».

«Oh, Saoirse. Qualunque cosa sia accaduta, sei viva per raccontarlo» mi disse Ma'. «Imparerai a sparare solamente quando avrai *davvero* bisogno di farlo». Si avvicinò, mi appoggiò una mano sulla nuca e mi baciò la fronte.

Volevo chiederle se lei avesse mai avuto bisogno di sparare, perché qualcosa nei suoi occhi mi faceva pensare di sì, ma una voce dentro di me mi diceva che certe cose era meglio non saperle.

«Dov'è che andate, di preciso?»

«Buncrana» risposi.

«Non è cambiato proprio niente, allora». Si lasciò andare a una risata che aveva il sapore delle cose amare e perdute da un pezzo. «Prenditi cura di Aidan» aggiunse.

«Lo farò» promisi.

«Buon viaggio».

Nella macchina, io e Aidan eravamo seduti sui sedili posteriori. Patsy guidava e suo cugino Liam, che aveva la nostra età, era seduto al posto del passeggero. Si era iscritto all'IRA da poco, ma parlava già come un ufficiale. Patsy era teso e rimase agitato finché non superammo il confine ed entrammo nel Donegal. Quella era Repubblica d'Irlanda, ufficialmente. Niente posti di blocco, niente soldati in cerca di problemi. Eravamo a casa, seppur lontani da casa. Io guardavo fuori dal finestrino perché non mi capitava spesso di viaggiare in auto. Ma' non ne aveva una e non aveva né i soldi né la voglia di comprarla. Stare in macchina mi piaceva, il paesaggio correva veloce dietro il finestrino e cercavo di mangiarlo con gli occhi, mentre tenevo le dita intrecciate a quelle di Aidan. Ogni tanto lui sporgeva la testa nello spazio tra i sedili per parlare di politica. Chiacchieravano di Bobby Sands, un militante dell'IRA che era appena uscito dal carcere.

«L'ho conosciuto» disse Liam. «A Belfast ormai si è fatto un nome».

«Farà grandi cose» aggiunse Patsy, mentre spegneva il motore. Fermò la macchina in mezzo alla brughiera, accanto a un cottage di pietra con il tetto di paglia. Noi prendemmo le nostre cose in silenzio.

«Gli altri ci raggiungeranno domani» disse Patsy, richiudendo il bagagliaio con un colpo secco.

Entrammo. Nonostante il cottage fosse vecchio quanto il mondo qualcuno doveva averlo utilizzato da poco perché non c'erano né polvere né ragnatele nascoste negli angoli del soffitto. L'ambiente era ordinato e in cucina c'era un buon odore di spezie.

«Ancora non riesco a capire perché siamo qua» disse Liam. «So già sparare con un fucile».

«Vorrei vedere» gli fece Patsy, mentre tirava fuori dalla tasca dei jeans un mazzo di chiavi arrugginite. «I tuoi genitori sono dei cazzo di terroristi».

Mi strinsi nelle spalle. Aidan sorrise. Uscimmo di nuovo. Dietro al cottage c'era una stamberga di legno ammuffito. Patsy infilò la chiave nella serratura e poi aprì la porta con un colpo di spalla deciso. «Nessuno di voi sa sparare con questi».

C'erano una decina di fucili ordinati in fila contro le travi di legno della baracca.

«Per l'amor di Dio» disse Aidan.

«Sono più alti di me» commentai.

Patsy abbozzò un sorriso.

«Sono fucili d'assalto. M16. Vengono dall'America».

«Contrabbando?» chiese Liam.

Patsy gli rivolse uno sguardo che intimava di non fare troppe domande.

«Cominciamo domani, quando ci raggiungeranno gli altri. Per oggi, siete liberi di fare quello che vi pare». Patsy richiuse la porta. «Se non ci siete mai stati, la spiaggia è molto bella» aggiunse.

Mi voltai prima verso Aidan e poi verso il mare. Una striscia cobalto separava il grigio del cielo e il verde spento della brughiera.

«Non perdiamo tempo, allora» disse Liam.

«Intendevo per loro due». Patsy indicò prima me e poi Aidan. «Tu stai con me».

«Ma...» Liam provò a dire qualcosa e Patsy lo afferrò per il collo e lo trascinò di nuovo verso il cottage. Si voltò verso di noi e ci strizzò l'occhio. Scoppiai in una risata.

Percorremmo una strada sterrata.

«Che ne pensi di Liam?» domandai a Aidan.

«Che parla troppo. Ma non mi pare un cattivo ragazzo».

Camminammo fino a che non raggiungemmo la spiaggia. Attraversammo dune di sabbia, dove i gigli di mare crescevano disordinati. Mi tolsi le scarpe e iniziai a correre verso la riva. Mi voltai quando mi accorsi che Aidan non mi stava seguendo. Era rimasto immobile, con gli stivali piantati nella sabbia e lo sguardo fisso contro l'orizzonte.

«Che stai facendo?» gli dissi. Dovetti gridare, perché il vento era così forte da tapparmi le orecchie. Ma Aidan rimase ancora fermo e zitto. Tornai indietro, con le scarpe in mano. «Andiamo, no?»

«Non ho mai visto il mare prima d'ora, Saoirse». Parlò come se si stesse confessando e quella frase mi allagò il cuore di tristezza. Non si può essere davvero felici senza aver visto il mare almeno una volta.

«N-non lo sapevo» balbettai. «Non me lo avevi mai detto».

«Non parliamo mai di queste cose, se ci pensi». Aidan sorrise.

Era vero. A Derry parlavamo di riot, delle botte che aveva preso quello e di quanti pugni aveva restituito, di quanto sangue aveva perso quell'altro e di quanto fosse difficile squarciare le ruote di una camionetta. Il presente era troppo ingombrante per parlare d'altro, fino al punto che Aidan non aveva mai trovato il tempo e il modo per dirmi che non aveva mai visto il mare.

«Be', com'è? Ti piace?»

«Penso di sì».

Gli presi la mano mentre si toglieva le scarpe e poi camminammo insieme fino alla riva. L'acqua era così gelida che sembrava che un serpente mi stesse mordendo le caviglie. A Aidan sembrava non importare nulla. Aveva gli occhi azzurri persi nell'argento dei riflessi della superficie dell'acqua.

Ci andammo a sedere sulla sabbia. Aidan era silenzioso. Un tempo avrei buttato lì una frase a caso, tanto per dire qualcosa. I silenzi li trovavo intollerabili. Ma quel giorno a Buncrana non sentii il bisogno di riempirli. Appoggiai la testa sulla sua spalla e lui mi cinse a sé con il braccio.

Poi fu lui a rompere il silenzio.

«Ci pensi mai che non siamo mai stati bambini?»

«Be', io sì» dissi. «Sei tu che sei nato dicendo le parolacce».

«No, neanche tu. A che età hai tirato la tua prima pietra contro una camionetta?»

«Non lo so...» dissi. «Cinque anni?»

«Insomma, noi pensiamo che tutta questa storia sia normale perché ci siamo nati dentro, ma non lo è. Fuori c'è un cazzo di mondo» disse.

Non sapevo che dire e me ne rimasi in silenzio.

«Voglio dire, vivo a un'ora dal mare e i miei non mi ci hanno mai portato per paura di trovare un posto di blocco» sbottò. «A volte provo una rabbia dentro per tutto quello che ci hanno portato via che vorrei spaccare il mondo».

«Forse è stupido, ma...» Iniziai a parlare, ma poi mi zittii.

«Ma...?»

«Credo che la nostra vendetta sarà il sorriso dei nostri figli». Avevo finalmente trovato una cosa da dire e mi parve quella giusta, perché Aidan abbozzò un sorriso.

«Comunque, lo sai che tua madre è venuta qui anche lei, anni fa?» Cambiai discorso. Non mi piaceva pensare al fatto che gli inglesi non mi avevano rubato solo la terra, ma anche il diritto a un'infanzia normale.

«Per l'addestramento?»

«Sì» dissi. «Me l'ha detto Ma'».

Aidan sorrise ancora.

Quella fu l'estate in cui imparai a sparare. Quella fu l'estate in cui ricominciai a mangiare.

Capitolo 38

Derry, 1974

Era il compleanno di Orla, ma era anche uno dei giorni in cui non voleva alzarsi dal letto. Sonnecchiava rannicchiata sul fianco destro, perché su quello sinistro sarebbe stata rivolta verso la finestra. Qualche ora prima c'era stata un'esplosione nel Bogside, una macchina era stata fatta saltare in aria da quelli dell'UVF. Nessun morto, nessun ferito, ma quel rumore aveva richiamato terrori che non erano mai passati per davvero. Mi ero svegliata di soprassalto ed ero corsa da lei.

«Buon compleanno, Orla» le dissi, aprendo piano la porta della sua stanza.

«Odio questo cazzo di posto» rispose con la voce ovattata, nascosta sotto le coperte.

Provai a scoprirla e ad accarezzarle il viso. Non si ritrasse. Si girò a pancia in su e mi guardò con gli occhi gonfi di lacrime. «Non ce la faccio più».

Scansai le coperte, senza curarmi delle sue proteste.

«Non c'è tempo per la disperazione oggi. Vatti a vestire» dissi. «In fretta. Recupero gli altri e tra un'ora ci rivediamo qui. Va bene?»

«Per fare cosa? Non ho voglia di uscire».

'Non me ne frega nulla'. Le mostrai solo il labiale, senza parlare. Sorrise e si mise a sedere sul letto a gambe incrociate.

«Un'ora. Non mezzo minuto di più» dissi, appoggiata allo

stipite della porta. «Mettiti una giacca a vento, piuttosto. Farà un freddo micidiale».

«Dove andiamo?» gridò, ma io mi stavo già richiudendo la porta alle spalle e feci finta di non averla sentita.

Corsi subito a casa di Aidan. Cillian aveva dormito da lui la sera prima: suo padre aveva dato di matto e aveva iniziato a spaccare le sedie contro il muro, perché la moglie aveva svuotato una bottiglia di whiskey nel lavandino.

«Sembrate quasi due persone intelligenti, a guardarvi così» dissi. Stavano giocando a scacchi seduti sul tappeto, due tazze di caffè vuote a terra e briciole di biscotti sparse ovunque.

«Sta' zitta, Saoirse» protestarono. Sbuffai una risata e mi avvicinai, osservando la scacchiera dall'alto. Aidan muoveva i bianchi. Fece una mossa stupida, da principiante. Mosse il cavallo, ma non si era accorto che muovendo l'alfiere avrebbe potuto dare scacco matto a Cillian in due mosse. Glielo feci notare. Aidan sollevò la scacchiera e rovesciò a terra tutti i pezzi.

«Partita finita» disse.

«Ho vinto io, comunque» puntualizzò Cillian. «Per abbandono».

«Perché solo così puoi vincere, mezzasega» ribatté Aidan, mentre allungava la gamba per colpirlo. «Ditelo che vi siete messi d'accordo».

Risi e Aidan si alzò per baciarmi. Poi mi appoggiò le mani sulle spalle e cercò i miei occhi.

«Cosa sei venuta a fare? Oltre che a rovinare una partita di scacchi?»

Feci qualche passo all'indietro, e con un gesto teatrale disegnai un semicerchio sopra la mia testa, abbozzando un inchino.

«Stiamo andando a Tory Island, signori».

«Sei pazza» disse Cillian. Ancora seduto a terra si mise a riordinare i pezzi, dividendo i bianchi dai neri e riponendoli in un piccolo sacchetto di velluto scuro.

«Ho detto Tory Island, non ho mica detto che stiamo andando a Parigi» dissi. «Avevi organizzato qualcosa?»

Cillian volse lo sguardo verso la finestra.

«In realtà no».

«È la tua cazzo di fidanzata, nel caso te ne fossi dimenticato». Mi accesi una sigaretta.

«Ma perché proprio a Tory?» domandò Aidan.

«Non c'è una ragione precisa. È un bel posto». Buttai fuori il fumo. «E penso che le possa fare bene andare via da Derry per un po'. Almeno un giorno. Almeno per il suo compleanno».

L'aria nella stanza si fece più pesante. Quell'esplosione sembrava una presa in giro di una terra crudele. 'Boom. Buon compleanno'. Giusto per ricordarci, come se non ne fossimo già tremendamente consapevoli, che la pace non era concessa. Non era permesso rilassarsi nemmeno un secondo, abbassare la guardia o lasciar scoperte le spalle. Neanche nel giorno del proprio compleanno. E un giorno di felicità nella brughiera, lontana dai riot, dalle bombe e dai soldati in uniforme Orla se lo meritava.

«Andata» disse Aidan.

Ci voltammo verso Cillian che teneva lo sguardo sulla tazza vuota. Ne percorreva il bordo con il dito.

«Cillian?» lo chiamai.

«È complicato» disse. «Potremmo stare a casa e poi...»

«Cillian» lo riprese Aidan. Il tono era severo, il volto immobile. «È la tua ragazza. Non fare lo stronzo».

Cillian trattenne il respiro e fece per dire qualcosa, ma poi si zittì. Aveva chiazze rosse in viso, la fronte bagnata di sudore. Cominciò a mangiarsi le unghie.

«Che c'è?» gli domandai.

«Niente... Va bene» disse poi. Si sforzò di abbozzare un sorriso, ma era un sorriso triste. Si vedeva che sollevare gli angoli della bocca gli costava uno sforzo indicibile, ma non commentai. Quella non era la giornata di Cillian, era la giornata di Orla, e qualunque cosa stesse passando lui era il caso che se la tenesse per sé almeno per le prossime ore.

Battei le mani due volte.

«È deciso, allora» proclamai.

«Sbrighiamoci» fece Aidan.

«Orla sa di tutto questo?» chiese Cillian.

«No, non sa niente. È una sorpresa».

Camminammo sotto la pioggia che non aveva fermato i bambini del Bogside. L'esplosione di quella mattina non aveva spento le partite di pallone e un coro di voci acute rendeva vivi i vicoli. Ci facemmo largo tra quelle teste pidocchiose, poi Aidan si fermò improvvisamente.

«Vi raggiungo» disse. «Devo... fare una cosa».

Aggrottai la fronte e lo guardai confusa, ma lui aveva già iniziato a correre dalla parte opposta. Guardai Cillian: lui si strinse nelle spalle e ricominciammo a camminare.

Quando arrivammo ai Rossville Flats tirai un sassolino contro la finestra di Orla. Si affacciò. «Datemi ancora cinque minuti» gridò. Richiuse la finestra con violenza.

Sfilai una Embassy Red dal pacchetto e la accesi.

«Posso averne una?» mi domandò Cillian.

«Da quand'è che fumi?» chiesi, perplessa.

«Solo ogni tanto». Gli porsi il pacchetto e lo guardai prendere una sigaretta. La girò e rigirò tra il pollice e l'indice prima di accenderla. Quando lo fece iniziò a tossire, le dita gli tremavano.

«Stai bene?» chiesi.

«Certo che sto bene».

«È solo che...» Volevo dire qualcosa, ma non sapevo neanche io cosa, e allora me ne rimasi in silenzio, appoggiata contro il muro del palazzo di Orla a disegnare cerchi di fumo nell'aria grigia d'estate.

Aidan ci raggiunse poco dopo. Aveva corso, aveva il respiro corto e la fronte bagnata di pioggia e sudore.

«Cosa dovevi fare?»

«Prendere un regalo, per Orla».

«Io le ho dato il mio ieri sera» disse Cillian. «Un vinile di Elvis».

«Quindi sono l'unica stronza che non ha un regalo?»

«Hai organizzato questo!» ribatté Aidan.

Stavo per protestare, quando Orla sbucò dalla porta. Portava i capelli biondi morbidi e sciolti oltre le spalle e una giacca a vento blu che le arrivava sotto i polpacci.

«Sono ridicola?» chiese. Si esibì in una giravolta e noi scuotemmo la testa, sforzandoci di non ridere.

«Quanto basta» le risposi.

«Dove stiamo andando, quindi?»

Era il mio momento. Buttai la sigaretta a terra e la spensi pestandola con la suola della scarpa. Mi esibii in un colpetto di tosse e annunciai: «Stiamo andando a Tory Island».

Capitolo 39

«Lo sapevate che a Tory Island c'è un re?» chiese Orla. La barchetta che ci aveva raccolto al porto di An Bun Beag stava per approdare sull'isola. Il marinaio gettò l'àncora, lo stridio delle catene di ferro coprì i nostri commenti sarcastici. «Non sto dicendo stronzate!» protestò Orla. «Oi!» Richiamò l'attenzione del marinaio, sollevando la mano in aria.

«Cosa c'è?» Quello si girò, la pelle rovinata dal sale e l'espressione solitaria che hanno gli uomini di mare.

«È vero che a Tory Island c'è un re?»

«*Tá*» disse lui, laconico.

«Significa sì» sussurrai a Cillian.

«Lo so cosa significa *tá*!» rispose lui. Feci spallucce. Tutti parlavamo un buon gaelico, tranne Cillian, perché nessuno si era mai preso la briga di insegnarglielo davvero. Orla ci guardò e poi socchiuse gli occhi come un gatto al sole. Incrociò le braccia e si mise a scrutare il panorama nascosto dalla nebbia.

«Riparto alle nove» disse il marinaio. «Vedete di essere puntuali, o rimanete qui. E fossi in voi, non rimarrei qui perché c'è un matrimonio e l'albergo è tutto pieno».

Scendemmo nel piccolo molo e ci addentrammo sul sentiero sterrato, ai cui lati l'erba cresceva rigogliosa, del colore degli smeraldi.

A Tory Island non ci sono alberi, perché i venti sono così forti da impedire alla vegetazione di crescere più di qualche centimetro. A Tory Island non c'è nulla, se non un albergo al centro dell'isola, duecento abitanti coraggiosi e conigli e pecore e scogliere a picco sull'oceano.

Al porto di An Bun Beag avevamo fatto rifornimento di sigarette, caramelle gommose e una bottiglia di whiskey. Mentre stavamo pagando alla cassa, mi ero accorta di un piccolo frigorifero nascosto con delle torte confezionate.

«Aspettate» avevo detto. «Ne prendo una».

«Saoirse, non c'è bisogno» aveva protestato stancamente Orla.

«Stronzate, lasciami fare». Non c'era molta scelta. Erano tutte torte di ciliegie industriali, chiuse in contenitori di plastica trasparenti. Ne avevo presa una, incurante di quanti zuccheri contenesse. Avevo scelto la felicità al posto delle calorie.

«Avete delle candeline, per caso?»

L'uomo in cassa aveva scosso la testa, dandomi il resto.

«Difficile anche che riusciate ad accenderle, con questo tempo».

Aveva ragione.

«Non fa nulla» avevo risposto sorridendo. Non avevo intenzione di perdere il buon umore per nessun motivo.

Percorremmo il perimetro dell'isola in due ore di camminata, tra cespugli di biancospino ed erica rigogliosa, senza incontrare anima viva. Il cielo era plumbeo, ma la pioggia indugiava tra le nuvole gonfie. I volti dei miei amici erano avvolti da un velo di irrealtà.

«Faccio io gli onori?» chiese Aidan a un certo punto. Senza aspettare risposta, si lasciò cadere sul ciglio della scogliera. Lasciò dondolare le gambe nel vuoto, la bottiglia di whiskey in mano. Lo imitammo, e ci sedemmo tutti.

«Non abbiamo comprato i bicchieri» disse Cillian.

«Perché? Ti fa schifo bere dalla stessa bottiglia?» lo presi in giro, mentre Aidan svitava il tappo. Passò il whiskey a Orla, così che fosse lei a bere il primo sorso. Lei si mise a studiare l'etichetta come se cercasse un'informazione precisa, poi si strinse nelle spalle e trangugiò il liquido ambrato. Tossì, si pulì la bocca con il dorso della mano e mi passò la bottiglia.

«Non abbiamo un coltello!» Quando lo realizzai, scoppiai a ridere. Bevvi anche io un sorso di whiskey e guardai la torta.

«Cazzo» disse Orla. «E ora come facciamo?»

Senza dire una parola, Aidan prese la torta e se la appoggiò sulle gambe. Sollevò il coperchio di plastica e ci affondò la mano dentro. Ne tirò su una manciata, come si fa con la sabbia, e se la sbatté in bocca come se nulla fosse.

«Fai schifo!» gli disse Orla ridendo.

«Faccio schifo, ma ho una soluzione per tutto». Le passò la torta: anche lei ci affondò la mano, la panna e lo sciroppo vermiglio le colarono sul polso. Sembrava sangue, ma erano solo ciliegie. Si leccò le dita, ridendo come una matta.

«Buon compleanno!» dissi. Aidan e Cillian mi fecero eco. Stringemmo Orla in un abbraccio goffo, un intreccio di mani e braccia.

Quando mi accorsi che lei stava per passare la torta a Cillian, mi si strinse il cuore. Mi aveva saltata, perché dava per scontato che non l'avrei mangiata. Intercettai il suo braccio e dentro la torta ci infilai direttamente la faccia, sporcandomi tutta. Lo zucchero era buonissimo e quella torta confezionata pagata pochi soldi mi sembrò un dolce d'alta pasticceria.

Le nostre risate squarciarono il silenzio della brughiera. Ero di nuovo bambina, ed ero di nuovo felice. Aidan mi pulì la torta dalle guance, io gli afferrai il dito. Glielo morsi, lottammo per gioco, ci lasciammo cadere all'indietro sull'erba, finché Cillian non mi passò di nuovo la bottiglia.

Incontrai il suo sguardo e gli sorrisi.

«Questa maledetta sigaretta...» si lamentò Aidan. Cercava di accenderla, ma il vento era troppo forte. Si girò, dando le spalle alle raffiche, ma la fiamma dell'accendino venne spazzata via di nuovo.

«Aspetta» dissi. «Lascia fare a me».

Mi piegai sulle ginocchia e con le mani strette a coppa lo aiutai a farsi scudo contro il vento, e finalmente riuscì ad accendere la sigaretta. Ne presi una anche io, la infilai tra le labbra e la avvicinai alla sua. La brace della sigaretta di Aidan, che brillava appena davanti al suo volto, accese la mia. Buttai fuori uno sbuffo di fumo e poi baciai Aidan sulla bocca, sporcandolo di panna.

Al terzo giro di whiskey sentivo già la testa pesante e le gambe leggere. Ci spostammo dal ciglio della scogliera perché non avevamo mai tenuto alla nostra vita come in quei giorni.

Io e Orla ci sdraiammo sull'erba, mentre Aidan e Cillian chiacchieravano in piedi poco lontano.

«La torta era buona, no?» dissi. Volevo aprire un discorso più grande, ma non sapevo come farlo.

«Molto» disse Orla.

«Ho pensato a quello che mi hai detto quella volta, sul fiume». Iniziai a parlare con un po' d'imbarazzo, ma poi le parole vennero fuori da sole. «Quando ti ho detto che eravate voi quello che mi faceva andare avanti, tu mi hai detto che non era vero».

«Sì. Ti ho detto che era il fatto che non mangiavi che ti faceva andare avanti».

Mi stupì che se lo ricordasse. Cercai i suoi occhi prima di parlare.

«Non ho mai capito davvero cosa volessi dire. Volevo solo spaccarti la faccia, quel giorno».

Orla sorrise. «Intendevo...» cominciò, ma poi rimase in silenzio per qualche istante, come se stesse cercando le parole giuste. «Intendevo dire che ogni male che ci viene svolge una funzione precisa. Una sola, a prescindere da quale sia il malessere che ci affligge».

«Cioè?»

«Proteggerci dall'angoscia».

«Ci sei finita davvero in fissa con Freud, eh?» Le abbozzai un sorriso, ma lei continuò a parlare con aria seria. Aveva negli occhi la stessa convinzione di Aidan quando parlava dell'Irlanda.

«Era un periodo di merda. Hai smesso di mangiare perché era più facile vomitare nel cesso di scuola che affrontare l'angoscia che stava sotto».

«Ma non ho mica deciso di smettere di mangiare di proposito» obiettai. «Semplicemente, è successo».

«Lo so» disse. «Sto parlando di cose che succedono al di sotto».
«Al di sotto di cosa?»
«Della coscienza» mi rispose.
«Mi stai dicendo che non mangiare mi ha protetta, quindi».
«In un certo senso, è così». Si strinse nelle spalle. «Non lo penso io, lo dicono quelli bravi. Puoi anche non essere d'accordo, ma per me ha senso. Per dirla in altri termini, non mangiare è stato il compromesso migliore che la tua mente ha trovato per salvarti dall'angoscia che provavi».
«La migliore soluzione possibile, insomma».
«Sì» confermò. «E infatti, quand'è che hai ricominciato a mangiare?»
Era una domanda retorica. Non risposi, ma aveva ragione. Non era un caso che avessi ripreso a mangiare quando avevo cominciato a militare nell'IRA più seriamente. Rifiutare il cibo non mi serviva più perché avevo trovato altre cose più sane per mandare a fanculo l'angoscia: lottare per il mio Paese, proteggere i miei amici e amare Aidan.
«Mi sento debole, se ci penso» dissi. Orla mi guardò con aria interrogativa. «Sono stata l'unica ad aver bisogno di qualcosa di così estremo per... proteggermi dall'angoscia. Perché solo io?»
A Orla sfuggì una risata amara.
«Cosa?»
«Niente» mi rispose.
«Dimmelo» la incalzai, ma Orla era di pietra. Sospirai, e lasciai perdere. «Non ho mai capito cosa fai tu, però, per proteggerti dall'angoscia».
«Proteggo le persone che amo. Proteggo i loro segreti». Poi si affrettò a cambiare argomento. «L'hai capito adesso, questo discorso?»
«Non sono mica stupida. Lo avevo capito anche prima, forse, ma ti avevo capito solo di testa. Queste sono cose che devi capire con il cuore».
Mi sorrise e rimanemmo in silenzio per un po', fino a che Aidan non frugò nelle sue tasche e lanciò a Orla un sacchetto di velluto.

«Aprilo» le disse.

Orla gli sorrise. Soppesò il sacchetto tra le mani e slegò il cordoncino, poi tuffò le dita all'interno. Aidan e Cillian si avvicinarono a noi.

«Biglie...» mormorò.

«Biglie» confermò Aidan. «Lo so che è passato un sacco di tempo, ma mi dispiace ancora. Sono un coglione».

Orla era commossa, non ribatté neanche che era davvero un coglione. Lo abbracciò e gli schioccò un bacio sulla guancia.

Aidan sorrise. «Si dà il caso che abbia portato anche le mie, di biglie, e potremmo giocare» disse.

Orla scattò subito in piedi, si piazzò le mani sui fianchi e assunse una postura dritta da militare.

«Ti faccio il culo, Aidan McGuinness».

Alzai gli occhi al cielo, volevo apparire esasperata, ma in realtà sorridevo. Orla e Aidan si misero a cercare la parte di terreno più regolare che gli consentisse di giocare. Di nuovo con l'innocenza dei bambini, tracciarono un cerchio nella terra con un bastoncino, mentre gli occhi di Cillian iniziarono ad agitarsi come l'oceano che si scuriva davanti a noi.

Guardai Aidan e Orla giocare a biglie e ridere sotto il cielo che imbruniva piano, e per un attimo la vita su un'isoletta remota a quaranta minuti dalla nostra costa sembrò una cosa facile: in quel momento eravamo lontani dalle bombe e dalle camionette dei soldati inglesi, lontani dai fucili, dall'IRA, dall'UVF, dai pestaggi, dall'eroina, da quelli morti giovani, dagli eroi finiti sottoterra di cui nessun Paese dovrebbe mai avere bisogno.

Mi accesi un'altra sigaretta e presi il whiskey. Guardai la bottiglia. Era passato molto tempo da quando avevo tirato una molotov. 'Siamo l'IRA, non dei teppisti'. La verità è che quelli dell'IRA prendevano tutto troppo sul serio.

Cillian si tirò su il cappuccio e si strinse le mani tra le gambe. Si dondolò avanti e indietro un paio di volte.

«Hai freddo?» Gli passai subito la bottiglia. Lui trangugiò un bel po' di liquore e poi la posò a terra accanto a sé. Appoggiai la testa sulla sua spalla e mi accorsi che stava tremando.

«Stai bene?»

«Ho solo... freddo. Non volevo davvero venire».

Faceva freddo davvero, il vento rabbioso scompigliava i capelli e tagliava le labbra, ma mi sfilai la giacca e la appoggiai sulle sue spalle.

«È inutile, Saoirse» mi disse, restituendomela bruscamente. Rimasi interdetta per un secondo e poi me la infilai di nuovo. «È solo che è un altro tipo di freddo». Aveva la faccia bianca, gli occhi umidi e cerchiati. Si piegò a metà, con le braccia incrociate all'altezza dello stomaco.

«Un altro tipo di freddo? Molto poetico, poco sensato» commentai. «Se stai male davvero, torniamo a casa. Ma se devi rovinare il compleanno a Orla per una cazzata... Non farlo».

Mi ero stancata di stargli accanto, e mi scostai da lui. Cillian alzò lo sguardo per cercare i miei occhi e voltai la faccia dall'altra parte.

«Non voglio essere un peso per nessuno» disse.

«Bene». La mia risposta fu gelida, e mi misi a guardare gli altri. Orla esultò con le braccia al cielo per un buon lancio, poi intercettò il mio sguardo e corrugò la fronte. Si era accorta che qualcosa non andava, ma la rassicurai con il sorriso più dolce di cui fossi capace. Il rintocco delle biglie che si scontravano rompeva l'ululare lugubre del vento e tutto era così semplice che non ricordo neanche chi vinse. Era semplice per tutti, tranne che per Cillian. Rimase lì a fissare l'oceano, senza voltarsi.

Capitolo 40

Quando il sole sfumò dietro l'orizzonte e il buio iniziò a calare, decidemmo di tornare verso il porto. Io strinsi la mano di Aidan nella mia, mentre Orla e Cillian ci camminavano accanto. Orla parlava un sacco, senza darsi il tempo di riprendere fiato. Cillian si limitava a regalarle sorrisi di circostanza e risposte brevi.

«Non mi sento benissimo» disse infine. Orla gli accarezzò il viso e gli baciò la punta del naso, gli scompigliò i capelli e poi fece spallucce: «Adesso torniamo a casa e ti metti al caldo. Puoi dormire da me, se vuoi».

«Preferirei stare da me, stasera».

«Posso venire io da te, allora?» chiese lei, parandoglisi davanti con un salto. La sua allegria contagiava anche me e non riuscii a trattenere un sorriso, ma Cillian spense subito il suo entusiasmo. Si fermò e le posò entrambe le mani sulle spalle.

«Preferirei dormire da solo, questa sera. Te l'ho detto. Non mi sento molto bene».

«Magari è solo un po' di febbre. Ma potrei prepararti un brodo caldo o... qualunque cosa ti vada». Vidi il sorriso di Orla spegnersi piano sulle sue labbra, come una fiamma debole sotto il soffio di un vento troppo forte.

«Non insistere, ti prego» disse Cillian. «Domani andrà meglio».

Trattenni il respiro e mi accorsi di quanto stessi stringendo la mano di Aidan solamente nel momento in cui lui si liberò. Mi cinse a sé, senza dire nulla.

«Cillian può andare al diavolo, Orla» sbottai. «Posso dormire io da te, se vuoi. E anche Aidan».

Orla annuì, senza entusiasmo. Non me la presi, perché sapevo che preferiva stare con Cillian. In ogni caso, non l'avrei mai lasciata da sola la notte del suo compleanno.

«Abbiamo solo bisogno di altro whiskey, allora» confermò Aidan, sorridendo.

Presi la mano di Orla e continuammo a camminare. Cillian e Aidan rimasero indietro, camminavano lenti. Mi voltai, li vidi parlare, Aidan teneva stretto Cillian, sembrava quasi che lo stesse sorreggendo. Mi girai di nuovo.

«Non stare a pensare a Cillian, va bene?» sussurrai a Orla. Spinsi la fronte sulla sua guancia. Lei annuì e sorrise come sorride chi ha il cuore ferito.

Mentre camminavamo abbracciate l'una all'altra, scorgemmo una figura poco distante che percorreva il sentiero in senso contrario. Il buio era calato inclemente e non c'erano lampioni a illuminare la via. La figura era avvolta dal buio ed era buia lei stessa, vestita completamente di nero.

«Cazzo, inquietante» mormorai. Veniva verso di noi a passo lento. Mi voltai verso Aidan e Cillian e feci loro cenno di guardare. Rallentarono il passo fino a rimanere immobili.

«Che c'è? Vi cagate sotto?» fece Orla, accennando una risata. «È una cazzo di nonnetta!»

In effetti, più la figura si faceva vicina, più assumeva le sembianze di una donna anziana. Il volto era incorniciato da uno scialle nero e nella mano sinistra reggeva un bastone di legno.

«Una cazzo di Banshee, altroché» disse Aidan. «Non le parlate».

«Tu sei pazzo». Risi per l'assurdità della sua superstizione e tornai a guardare la vecchia, che ormai ci aveva quasi raggiunto. Ero ubriaca e la testa mi girava parecchio. Sebbene avessi deciso di non cedere alla suggestione, quando ci fu abbastanza vicina non riuscii a pronunciare neanche una parola di saluto. La vecchia ci sfilò accanto, naso adunco, occhi chiari e mento dritto, così scura da confondersi con la brughiera. Orla si girò per seguirla con lo sguardo quando ci superò e io, senza sapere perché, emisi un sospiro di sollievo. Ma non feci in tempo a distendere le mani, strette a pugno, e a rilassare la mascella, che la vecchia piantò il bastone sul sentiero terroso e si fermò.

«Avevo letto nel tè che c'erano stranieri sull'isola» disse in gaelico. Scandì piano le parole, la voce portava dentro di sé la melodia della risacca.

«Non siamo stranieri» rispose Aidan. Il suo gaelico era di gran lunga il migliore di tutti. «Veniamo da Derry».

La vecchia scosse la testa. Il suo volto era così antico che quando ci mostrò il suo sorriso mi sembrò che le sue labbra stessero per sgretolarsi come un terreno arido che la pioggia ha dimenticato di bagnare per secoli.

«Uno di voi morirà giovane, come gli eroi».

'Ci mancava solo la cazzo di profezia della Banshee'. Rimanemmo tutti impietriti, immobili come statue di cera. Ebbi l'impressione che il tempo si fosse fermato, e mi trovai a guardarmi le mani, a muoverle, per ricordarmi di essere viva. Pensai per un istante di essere l'unica creatura vivente su tutta l'isola. Tutti gli altri, anche la Banshee, apparivano fantocci, fantasmi di un tempo immobile. Poi, con la precisione di un rintocco d'orologio, le nostre risate si mescolarono al canto degli uccelli notturni. Fu Cillian il primo a ridere. Iniziò con uno sbuffo impercettibile, ma poi aumentò come una marea, fino a scoppiare nel fragore di una risata di pancia. Aidan lo seguì, e Orla e io facemmo lo stesso. Ma quando anche la Banshee cominciò a ridere, e la sua voce si unì alle nostre, che squarciavano il buio e la quiete, un brivido di terrore mi percorse le vene e mi sciolse le ginocchia. La vecchia rideva con la testa all'indietro, come se la sua risata salisse in spirali velenose verso il firmamento puntellato di stelle nascoste appena dalle nuvole. Con gli occhi ancora fissi al cielo riprese a camminare, e le nostre risate sfumarono piano. Osservammo la Banshee allontanarsi sul sentiero e sparire in fretta dalla nostra vista con la complicità del buio. Alzai il medio nella sua direzione, e lo tenni così per un po'.

«Mai mischiare whiskey e isole deserte, fanculo» dissi.

Ripresi a camminare con passo veloce, mossa dal bisogno di scappare da un'ombra. I miei compagni mi seguirono e, puntuali, arrivammo al molo, dove lo stesso marinaio di qualche ora prima ci attendeva per riportarci al porto di An Bun Beag.

Capitolo 41

Era la metà di agosto e come ogni anno ci ritrovammo a Lecky Road.

«Cadrà prima che riusciremo ad accenderlo» mormorò Orla. Era seduta a terra accanto a me e a Cillian, mentre Aidan e Patsy erano in piedi sulla cima del *bonfire.*

«Speriamo di no» dissi.

La catasta era alta almeno una ventina di metri, le cassette di legno buttate l'una sull'altra sfioravano il cielo. Aidan e Patsy piantarono la Union Jack nel punto più alto.

«Che ne pensate?» urlò Aidan da lassù.

Alzai il pollice in cenno di assenso.

La bandiera sventolava appena, perché era una sera senza vento e senza nuvole. Anche i bambini del Bogside davano una mano, ma rimanevano nella parte più bassa del *bonfire,* attaccando bandiere dell'esercito inglese e immagini della regina stampate in bianco e nero. Se provavano a salire più su, Aidan e Patsy li facevano scendere perché era pericoloso. In un certo senso, nel Bogside diventavi grande quando potevi arrampicarti fino alla cima della catasta senza che qualcuno ti intimasse di tornare giù.

Aidan e Patsy, man mano che scendevano, cospargevano le cassette di benzina.

«*Troubles...*» disse Cillian, a bassa voce.

«Che stronzata, eh?» gli feci eco io.

«Un bel cazzo di eufemismo!» esclamò Orla.

Quella era una guerra, e avevamo tutta l'intenzione di vincerla.

Aidan e Patsy tornarono giù.

«È uno dei più grandi *bonfire* che io ricordi» dissi.

«Probabile» rispose Patsy. «Abbiamo iniziato a costruirlo cinque giorni fa».

Aidan mi prese la mano e me la baciò. «C'è qualcosa che volete aggiungere?»

A me sembrava perfetto così. C'era tutto quello che volevamo bruciasse all'inferno per sempre.

«Forse questo...» Cillian tirò fuori dalla tasca un ritaglio di giornale piegato in quattro. Era la foto dei soldati che avevano ucciso Damien. A loro non era successo niente, li avevano solo trasferiti a lavorare da un'altra parte. Aidan annuì. Porse la mano a Cillian per aiutarlo a salire sulle cassette e con lo scotch ci attaccarono sopra le facce dei due soldati. La foto era piccolissima e da lontano non si vedeva neanche, ma noi sapevamo che era lì e che sarebbe bruciata insieme a tutto il resto.

Quando il sole andò a dormire dall'altra parte del fiume, la piazza era già gremita di persone. Eravamo così tanti che molti se ne stavano sulla collina, sotto le mura, e guardavano il falò da lontano. Qualcuno intonava canti e cori, qualcun altro ballava. I bambini giocavano a rincorrersi intorno al *bonfire*. Cillian prese la mano di Orla e la strinse. Io, allo stesso modo, cercai quella di Aidan.

«Vuoi fare tu gli onori?» mi domandò.

Ero contenta che me lo avesse chiesto. Non lo avevo mai fatto prima. Annuii.

Sfilò una bottiglia di vetro dallo zaino e iniziò a preparare la molotov.

«Fatevi più indietro, forza!» Patsy cominciò a far allontanare i bambini dalla catasta per evitare che, bruciando, potesse cadere loro addosso.

«Ecco, ci siamo!» mormorò qualcuno.

«Sta per essere acceso...»

Mi voltai. La folla era enorme e sentii tutto il peso della mia terra sulle spalle. Il lancio di quella molotov è sempre una cosa grossa per chi vive qui e aspetta la notte del *bonfire* per tutto l'anno.

«A te» mi disse Aidan, porgendomi la bottiglia.

Facemmo tutti qualche passo indietro, e io guardai in alto per l'ultima volta.

Accesi un fiammifero, lo avvicinai alla stoffa e lasciai che iniziasse a bruciare; poi portai il braccio all'indietro e lanciai la bottiglia con tutta la forza che avevo in corpo. Si infranse alla base della catasta, così come doveva essere, e il fuoco iniziò a mangiare il legno. Lo consumò lentamente, e man mano che raggiungeva la cima le grida e i canti di tutti si facevano sempre più forti. Orla, quando le fiamme raggiunsero il punto dove c'era la foto dei soldati, abbracciò forte Cillian. Li guardai e sorrisi. Poi Aidan mi rivolse parole di miele.

«Ti amo, Saoirse Doyle».

«E io amo te, Aidan McGuinness».

Ci baciammo, vicini al falò. Il calore che nasceva dal fuoco bruciava la pelle e le scintille illuminavano l'aria scura della notte come lucciole.

Capitolo 42

Ormai dormivo più da Aidan che da me. Quella sera ero da sola a casa sua, suo padre dormiva al piano di sotto e Martin era nella stanza accanto alla mia. Aidan era in giro con quelli dell'IRA, ma non mi aveva detto per cosa. Non ero preoccupata, c'era forse un granello di risentimento perché non ero stata coinvolta anche io, ma nulla di più. Nonostante lui fosse entrato nell'IRA dopo di me, era stato accolto con più calore. Gli uomini sono bravi a fare cordone tra loro, nascono con un senso di cameratismo inconsapevole che gli permette da secoli di conservare il potere che gli viene conferito come dono appena arrivano nel mondo. A noi donne invece viene insegnato che è meglio scannarci a vicenda per guadagnarci il posto migliore da ancella al fianco di qualcuno. Ma io non avevo voglia di giocare a quel gioco. Non avevo nulla contro quelli dell'IRA, mi trattavano bene e – almeno apparentemente – non mi riservavano attenzioni diverse solo perché ero una donna. Sospettavo però che in parte fosse dovuto al fatto che sapevano che stavo con Aidan, e il loro modo di fare derivasse da quel codice d'onore stupido e non scritto per cui se una donna è di proprietà di qualcuno deve essere rispettata. Ma io non ero proprietà di nessuno, neanche di Aidan, e questo lui lo sapeva benissimo. Spesso c'erano bevute generali al The O'Donnell e non venivo invitata. Aidan mi diceva di venire lo stesso, ma preferivo restarmene a casa. Mi importava fino a un certo punto, perché non ci sarei andata comunque, ma mi bruciava quando mi dicevano di organizzarmi con le donne del Cumann na mBan per uscire insieme, qualche volta. Avevo scelto di essere una militante dell'IRA, non del Cumann na mBan. Solo perché ero una donna, non significava che dovessi frequentare solamente altre donne, a maggior ragione se militavano in un'organizzazione diversa dalla mia.

Avevo indossato una vecchia camicia azzurra di Aidan e mi ero infilata sotto le coperte, rannicchiata su un fianco. Mi concessi un sonno leggerissimo e mi svegliai non appena sentii i passi di Aidan nel corridoio e la porta aprirsi con dolcezza. Entrò in camera e accese l'abat-jour impolverato.

«Saoirse, dobbiamo parlare» mi disse.

Guardai l'orologio, erano le tre del mattino. Mi alzai di scatto e mi misi a sedere sul letto. Scostai le coperte. Aidan si mise accanto a me, e iniziò ad accarezzarmi le gambe. Era pallido, aveva il volto tirato, e quando gli presi la mano tra le mie mi accorsi che tremava.

«Non ti piacerà per nulla quello che sto per dirti, ma devi giurarmi di mantenere la calma».

«Lo giuro» dissi. Nel mio cuore c'era già la consapevolezza di aver detto una bugia. «Cos'è successo?»

«Ho sparato alle gambe a McKenzie» disse.

«Mi prendi per il culo?»

McKenzie era un ufficiale dell'esercito inglese. Lo conoscevamo tutti a Derry perché era uno di quelli che davano l'ordine di entrare nelle case della gente del Bogside per perquisirle, a qualunque ora del giorno e della notte. Anche se non lo ordinava direttamente, chiudeva gli occhi quando i soldati prendevano le donne per i capelli e le buttavano giù dai letti. Facevano lo stesso con i bambini: più di una volta mi ero trovata nel Bogside ad asciugare le lacrime di qualcuno a cui avevano distrutto un peluche o una macchinina.

«Era un ordine, Saoirse» si affrettò a dire.

«Perché non mi hai detto nulla, cazzo?» Dallo sguardo che mi concesse, mi accorsi che Aidan non vedeva assolutamente il problema, mentre per me era così grande da coprire il cielo del Nord.

«Perché era un ordine». Quella maledetta tautologia rischiò di farmi perdere il controllo. Mi morsi la lingua così forte da farmi male, ma gli diedi il tempo di continuare a parlare. «Ci sono cose che è meglio non dire a nessuno, se si vuole avere la speranza che vengano fatte bene».

«Non so veramente cosa dirti, Aidan». Non me ne importava molto che avesse sparato alle gambe a quell'ufficiale. La guerra è guerra, e noi la combattevamo con meno uomini e meno armi. Era il fatto che Aidan non mi avesse detto niente a mettermi angoscia, e che si fosse messo in pericolo, perché gli inglesi erano spietati nelle ritorsioni, sicuramente più di noi. Per un attimo mi attraversò il pensiero concreto che Aidan potesse morire e fui presa da un'ansia così forte che il sangue iniziò a colarmi dal naso, come un'emorragia della mente. Mi sentivo soffocare. Per un po' non dissi nulla. Se avessi parlato, probabilmente non avrei detto nulla di sensato, avevo solo voglia di gridare nel buio, prendere il primo treno e andarmene via dal Nord. A qualche miglio di distanza c'era il confine con l'Irlanda, quella vera, quella per cui la gente aveva versato sangue tre generazioni prima, quell'Irlanda dove la gente aveva smesso di combattere e aveva iniziato a vivere e a camminare sulla propria terra.

«In realtà, non è questo il problema» disse lui. «Nel senso, il problema non è che gli ho sparato alle gambe, il problema è perché».

Anche le mie mani si erano messe a tremare. I nostri profili disegnavano ombre scure sulle pareti ingiallite. La faccia di James Connolly ci guardava dall'alto come una sentenza.

«Mi hanno chiesto di pedinarlo, per una settimana, di capire i suoi spostamenti, le abitudini... Per fare tutto nella maniera più pulita possibile».

Annuii.

«Martha...» Pronunciò quel nome a bassa voce e poi girò la testa di scatto dall'altra parte. Quando con delicatezza gli spostai il viso verso di me, mi accorsi che stava piangendo.

«Martha, cosa? Parla, ti prego».

Aidan tremava e piangeva, e per un attimo credetti che potesse non smettere più. L'angoscia si confuse con il panico, perché se avevo una certezza era che Aidan spaccava i muri, ma non piangeva mai. Non l'avevo mai visto piangere prima di quel momento. Mi aspettavo che iniziasse a prendere a calci il comodino, il letto, strappasse il tricolore a morsi, buttasse giù il poster di James Connolly, tirasse bicchieri e libri dalla finestra, ma non che piangesse. Era come un malfunzionamento del tutto nuovo, che non era riportato nel manuale d'istruzioni. Non sapevo come reagire. Passò del tempo in cui nessuno dei due disse nulla, e lasciai che le sue lacrime straripassero, senza mettergli fretta, perché non c'è cosa più stupida che arginare il pianto. Lasciai che i singhiozzi gli fracassassero le costole fino a quando, lentamente, il suo respiro si fece più calmo, le lacrime gli si asciugarono sulle guance lasciando un solco appena accennato, illuminato dalla luce morbida dell'abat-jour.

«L'ho seguito, una notte. È andato fino a St Columb's. Si è acceso una sigaretta, si guardava intorno spazientito... insomma, mi sono accorto che aspettava qualcuno».

«Martha?» Aidan annuì. Spalancai gli occhi. Il mio cervello stava ricevendo più informazioni di quante ne riuscisse a elaborare. Ero sull'orlo di un cortocircuito, e le parole di Aidan che seguirono furono il sovraccarico finale.

«Si sono baciati, lei si è chinata e... ha iniziato a succhiarglielo».

«Ma che cazzo dici, Aidan?»

«Le ha dato dei soldi, alla fine».

Aveva solo quindici anni.

Fu un attimo. Balzai giù dal letto, corsi in bagno e arrivai appena in tempo per vomitare la cena nel water. Non avevamo fatto abbastanza per proteggerla. Avevamo fallito.

«Credo che Cillian debba saperlo» disse Aidan quando ritornai a letto, baciandomi la fronte.

Capitolo 43

Quella notte non chiusi occhio. Me ne andai poco dopo l'alba, mentre Aidan ancora dormiva. Gli lasciai un biglietto, per non farlo preoccupare. Avevo scordato le chiavi di casa mia e non mi andava di svegliare Ma'. Mi piazzai sul marciapiede davanti a casa di Martha e Cillian e mi misi ad aspettare. Faceva freddo e tirai le maniche del maglione fino a coprirmi le mani.

Dal saluto svelto che Martha mi fece quando uscì e dal modo in cui cominciò a camminare velocemente, come se qualcuno la stesse inseguendo, capii che in qualche modo sapeva che io sapevo.

«Martha, aspetta».

Ma lei non aspettò. Si mise a camminare ancora più veloce, fino a quando il suo passo non si trasformò in una corsa. Scattai in piedi, rischiai di scivolare sull'asfalto bagnato ma continuai a correre. Riuscii a fermarla, tirandola per la giacca.

«Voglio solo parlare» le dissi.

«Vattene via, Saoirse. Non sei nessuno per me. Non sei mia amica. Non siamo mai state amiche».

Era vero. Era sempre stata troppo piccola ai miei occhi, e visto che giocavamo a fare i grandi non l'avevamo mai inclusa nelle nostre cose. Ma le avevamo sempre voluto bene, e questo doveva saperlo. Le sue parole non mi ferivano, sapevo che erano dettate più dalla vergogna che dal risentimento. Era quello che avevo provato io quando Aidan mi aveva detto che si era accorto che non mangiavo.

«Martha» le dissi. «Sediamoci, per favore. Posso giurarti che so come ti senti. Come se qualcuno ti avesse improvvisamente messa a nudo. Mi sono sentita anche io così, per un'altra storia. So che ti senti indifesa, adesso. Ma non voglio approfittare di questa vulnerabilità. Voglio solo darti più forza».

Martha fece un sospiro. Ricominciò a camminare, ma più piano, e mi diede modo di starle accanto. Ci andammo a sedere su un muretto di mattoni rossi. Martha dondolava le gambe avanti e indietro, mentre io le tenevo incrociate.

«Vuoi sapere perché, eh?» Mi piantò gli occhi addosso.

«Solo se vuoi».

«La cosa più banale del mondo: avevo bisogno di soldi. Non ci devo mica fare chissà cosa con i soldi, ma tu hai idea di quand'è stata l'ultima volta che i miei mi hanno comprato un maglione? Quelli che ho sono tutti bucati. O delle scarpe».

Pensai a tutti i maglioni logori di Cillian. Pensai a quante volte Aidan gli aveva regalato i suoi con la scusa che non gli entravano più.

«Volevo solo comprare dei libri ogni tanto o dei biglietti del treno per andare a Belfast».

«Come mai proprio a Belfast?»

«Ho conosciuto un ragazzo». Arrossì di colpo e si coprì la bocca con la mano. «L'ho portato perfino a un riot qui. Ha detto che i riot che facciamo noi sono ancora meglio dei loro».

«Non avevo dubbi».

«Comunque, quando sarò grande lo sposerò».

Mi sforzai di sorridere e non dissi altro.

«McKenzie lo incontravo tutti i giorni mentre andavo a scuola. All'inizio mi salutava e basta, poi ha cominciato a rivolgermi qualche parola. Me l'aveva già fatta, quella proposta lì, e io l'avevo mandato a quel paese, ma poi un giorno sono tornata a casa e i miei avevano dato via tutti i miei giocattoli per ricavarci qualche soldo».

«Mi dispiace, è proprio una merda».

Martha annuì. «È vero che sono grande e con i peluche non ci dormo più. Ma cazzo, io ci tenevo un sacco».

«Lo so. Mi ricordo Paddy». Era un orsacchiotto marrone

con un nastro rosa intorno al collo. Martha se lo portava dietro ovunque quando era più piccola.

«E secondo te io ho visto un penny da tutta questa storia?» chiese, retorica. «No. E quindi sono tornata da McKenzie. Mi fa schifo. Mi ha sempre fatto schifo, ma almeno avevo trovato una soluzione».

«Da quanto va avanti questa cosa?»

«Qualche mese». Una sensazione di disgusto mi chiuse il petto. Abbracciai Martha e lei mi appoggiò la testa sulla spalla.

«Potevi venire da noi».

«Oh, Saoirse... Voi state sempre per i fatti vostri».

«Perché non ne hai parlato con Cillian?»

Martha rise. «Con Cillian? Dici sul serio? È un po' di tempo che parlare con Cillian è diventato impossibile». Ricominciò a dondolare le gambe. Io sfilai una sigaretta dal pacchetto e gliela offrii. Non sapevo neanche se fumasse. Era sicuramente troppo piccola per farlo, ma in quel momento, forse, aveva bisogno di sentirsi un po' più grande, quanto bastava per darsi la forza di lasciarsi alle spalle quello che era accaduto, senza ripercorrere i dettagli di quell'abuso, senza lasciare che una scelta dettata da circostanze di merda le rovinasse la felicità che il mondo le doveva.

«Mi dispiace, Martha».

«Non deve dispiacerti. Non voglio farti pietà». Martha tossì al primo tiro di sigaretta.

«Non è di questo che mi dispiace. Mi dispiace non esserci stata per te. E di certo dispiace anche a Orla e a Aidan». Aspirai una boccata di fumo. «E a Cillian».

Il dolore di non essere riuscita a proteggerla mi bruciava dentro. Non eravamo stati in grado di farlo come non lo erano stati i suoi genitori, due fantasmi mangiati dall'alcol e dalle medicine, troppo presi dai loro demoni per difendere la figlia da quelli che camminavano per le strade di Derry.

Da quel giorno mi misi d'impegno a riparare tutto quello che poteva ancora essere riparato. Come prima cosa, cercammo in tutti i modi di stare vicini a Martha. Io e Aidan le trovammo perfino un lavoro al The O'Donnell.

Iniziammo a trascorrere molto più tempo con lei. Se eravamo sempre stati in quattro, ora eravamo in cinque e ci sentivamo più forti. Quattro e mezzo, se dovevo fare i conti con precisione, dato che Cillian ci sfuggiva come una pietra liscia di fiume bagnata dall'acqua. Non c'era quasi mai, non usciva molto, e quando stava con noi si comportava come se fosse l'ultimo arrivato in un gruppo di amici che si conoscevano da molto più tempo. Quando provavo a parlarne con Orla, minimizzava la situazione, mi diceva che era una mia impressione e che Cillian era uguale a come era sempre stato: silenzioso. Io sospettavo che la presenza di Martha lo mettesse a disagio. Forse anche lui sentiva di non averla protetta abbastanza, e Cillian era maestro nel portarsi sulle spalle la responsabilità perfino delle prime gocce di pioggia che precedono il temporale.

Dopo quello che era successo con l'ufficiale, Aidan volle parlare da solo con lui. Gli avevo chiesto di raccontarmi del loro incontro, ma non mi disse molto, solo che si aspettava una reazione diversa, più rabbiosa e sconvolta, e invece Cillian si era abbandonato a un dolore muto che aveva finito per ispessire ancora di più il guscio che si era costruito attorno.

«Dovreste davvero piantarla!» protestò Martha. Eravamo nei boschi alla foce del Foyle e Orla e Aidan si divertivano a saltare dentro e fuori un cerchio di funghi, ombreggiato dalle fronde di un pioppo. Io ero seduta sull'erba, accanto a Martha, e mangiavamo dei cioccolatini pescandoli da una scatola di latta. Ripensai a tutte le mele e alle carote che mi ero ingoiata a forza, mentre il ripieno di crema al latte si scioglieva nella bocca. Per fortuna erano giorni lontani, ormai, anche se mi sarei portata per sempre addosso il segno di quella privazione come una cicatrice. Aidan e Orla smisero di saltare, esausti, e lui prese Martha sulle spalle per aiutarla ad arrampicarsi su un albero.

Orla si lasciò cadere vicino a me e afferrò una manciata di cioccolatini. Subito dopo, Martha gridò.

«Oi! Non finiteli».

Si lanciò giù dall'albero. Aidan riuscì a prenderla per un soffio. Ci mettemmo a ridere. Martha si lanciò sull'erba morbida accanto a noi e si piazzò la scatola di cioccolatini sul grembo.

Aidan si accese un'altra sigaretta.

«Sai che abbiamo visto una Banshee, una volta?» disse.

«Stai scherzando...» Martha aveva la voce impastata dal cioccolato.

Orla protestò. «Ti prego, non tirare fuori quella storia di nuovo!»

Aidan si sedette con le gambe incrociate vicino a noi e iniziò a raccontare, alternando le parole ai tiri di sigaretta.

«Era il compleanno di Orla, eravamo andati a Tory Island. Era una giornata di tempesta e alle quattro del pomeriggio era già buio».

«Stronzate!» Orla gli tirò un pugno sul petto. «Avrà fatto due gocce. Martha, non ascoltarlo. È un bugiardo».

Aidan accusò il colpo, con un sorriso furbo. Io lo guardavo: neppure la storia più terribile poteva spaventarmi quando usciva dalla sua bocca.

«È perfino convinto che ci siano i delfini nel Foyle» dissi. Mollai un pugnetto complice sulla spalla di Martha.

«I delfini nel Foyle?» domandò lei, curiosa.

«Quella storia è per un'altra volta» protestò Aidan. Mi fulminò con lo sguardo, ma solo per gioco. «Comunque, stiamo tornando al molo e incontriamo questa vecchia. Tutta vestita di nero, uno scialle sulla testa e un bastone per aiutarsi a camminare. Noi eravamo ubriachi da far schifo. Quando ci incrocia, quella mi dice che morirò giovane, come gli eroi...»

«Non l'ha detto a te!» Strappai dei fili d'erba e glieli lanciai addosso. Aidan si parò il volto con il braccio, come se gli avessi tirato una pietra. Poi tornai a rivolgermi a Martha. «Non è vero. Non gli credere. La vecchia ha solo detto che uno di noi sarebbe morto giovane, come gli eroi».

«Ma è evidente che sono io!» rise Aidan. «Tu morirai nel tuo letto cercando di finire *Anna Karenina* e Orla morirà di vecchiaia aspettando che Cillian pronunci più di quattro parole in fila».

Gli rifilai un'occhiataccia.

«In ogni caso, l'unico che può morire da eroe, come militare dell'IRA, sono io». Si indicò il petto con entrambi i pollici e sorrise.

«Perché io invece faccio la maglia a casa» protestai.

«Non puoi morire prima di me, Mrs Doyle» disse Aidan. «Mi faresti soffrire come un cane».

Orla alzò gli occhi al cielo.

«Oppure sono tutte stronzate e noi eravamo ubriachi come pigne e questa cosa non è mai successa».

«Per quanto mi dispiaccia dare ragione a Aidan, è un po' difficile che il whiskey abbia dato a tutti la stessa allucinazione» dissi io.

«Ma quella ci stava prendendo per il culo, probabilmente» concluse Orla. «Se fossi una vecchia, anche io mi vestirei di nero e andrei a sciorinare profezie alla gente, così tutti penserebbero che io sia una Banshee. Cazzo, pensa che noia vivere a Tory Island. Qualcosa si dovranno pure inventare, pascolare pecore tutti i giorni è proprio una vita di merda».

Le nostre risate riempirono l'aria, ma Martha rimase in silenzio.

«È piuttosto grave la cosa che state dicendo» disse poi.

«Non ho niente contro i pastori di pecore, sia chiaro» rispose Orla, sporgendosi verso la scatola per prendere un altro cioccolatino.

Martha le afferrò il polso. «La profezia della Banshee».

«Non era una profezia, Martha. E non era neanche una Banshee. Era solo una vecchia».

«E nel caso non preoccuparti, perché abbiamo stabilito che a morire sarebbe Aidan. Quindi, nel caso è un problema suo» scherzai, perché volevo vedere Martha tornare a sorridere. E lei sorrise debolmente, in effetti, ma solo dopo aver guardato Aidan con aria triste. Rimasi in silenzio per qualche istante. Sebbene avessi scherzato, le parole che avevo pronunciato mi inquietavano un bel po'. Giocavo con la morte per schivare la paura che davvero un giorno qualcosa potesse portarmi via Aidan, una pallottola degli inglesi o la profezia della Banshee di Tory Island.

Mi domandai se anche lui pensasse alla morte, ogni tanto, la sua o quella degli altri, e se dietro al suo bel viso di marmo e ai suoi occhi chiari che mi ricordavano il mare di Buncrana ci fosse qualcosa che lo spaventava, un'angoscia che lo teneva sveglio di notte, qualcosa che a pensarci troppo avrebbe finito per annientarlo, qualcosa che lo spingeva a finire tutti i proiettili nelle cartucce del suo fucile.

Capitolo 44

«Dovremmo farlo più spesso» disse Aidan.

«Cosa esattamente?» Risi, aggrappandomi al suo braccio. «Ubriacarci come due deficienti sulla riva del Foyle?»

Guardò la bottiglia di rum quasi vuota tra le sue mani. Ne era rimasto un quarto, tutto il resto lo avevamo tracannato nell'arco di due ore scarse.

«Leggere i tuoi racconti sotto le stelle».

«Be', è un altro modo di interpretare questa giornata».

«Davvero, Saoirse» disse. Mi prese la faccia tra le mani e mi baciò. «Scrivi bene, dovresti farne un lavoro».

«Derry in effetti è il posto perfetto per la cultura».

Non lo presi sul serio, ma scrivere racconti aveva iniziato a piacermi davvero. Era un'altra di quelle cose che tenevano lontane l'angoscia e la morte. Scrivevo solo racconti che finivano bene, in cui i personaggi trovavano l'amore o qualunque altra cosa stessero cercando. Niente morti, niente bombe, niente sangue. Erano infantili, sicuramente, come lo è pensare che tutte le cose alla fine si aggiustino, ma era una forma di evasione che mi teneva in piedi e che mi dava controllo sulla realtà. 'Evasione' era il termine giusto: l'evasione da un mondo che sembrava una prigione. Nel mondo che sognavo non c'erano soldati, non c'era la guerra e l'amore trovava sempre una strada.

«Posso dirti una cosa?» gli domandai mentre ci lasciavamo alle spalle i lampioni del lungofiume per addentrarci in città.

«Spara».

«Non me ne fregava molto dell'Irlanda, anni fa» confessai.

«Tutte quelle discussioni... Mi andavo a prendere tutti i volantini che i repubblicani davano in giro, li imparavo a memoria e poi citavo un'accozzaglia di frasi qua e là per impressionarti».

Aidan sbuffò una risata.

«Pensavo che mi avresti amata solo se fossi stata come te. E tu eri un rivoluzionario già allora, io volevo solo vivere tranquilla».

Mi strinse la mano mentre salivamo le scale di pietra per accedere alle mura.

«Ti avrei amata lo stesso, Saoirse. Non ti ho mai amata in relazione all'Irlanda, ti ho amata per quello che provo quando sono con te. Soprattutto, non credo ci sia nulla di male nel voler vivere tranquilli. Sono un rivoluzionario appunto perché voglio che tutti possano vivere tranquilli».

«Se lasciassi l'IRA, mi ameresti lo stesso?»

«Vuoi farlo?»

Scossi la testa. «No, chiedevo e basta».

«Ti amerei allo stesso modo. Sarei anche un po' sollevato. Insomma, meno possibilità che ti succeda qualcosa, forse».

Ci andammo a sedere. Aidan si piazzò sul ciglio delle mura e appoggiò la bottiglia di rum a terra, ai suoi piedi; io mi sistemai a cavalcioni su uno dei cannoni.

«Ho paura della morte, Aidan. Non della mia, di quella degli altri».

«Anche io, Saoirse». Lasciò che lo sguardo vagasse oltre i tetti dei palazzi, i contorni nitidi delle case del Bogside disegnavano linee irregolari sulla tela del cielo. «Sarebbe stupido non avere paura della morte».

«Sembra che tu non abbia paura di niente».

«Sono bravo a nasconderlo. Penso che la paura sia come un falò acceso, e i pensieri con cui ci giriamo attorno non siano altro che legna. Più pensiamo alla paura, più ne parliamo, più facciamo cose per paura, più le fiamme diventano grandi. Questo è il motivo per cui non penso alla paura. Non la alimento, la tengo sottochiave».

«Se non ne parli, prima o poi finirà per bruciarti».

Aidan fece spallucce.

«Il mio estintore è reagire. Sparare alle gambe a McKenzie è stata una delle cose che mi hanno fatto sentire meglio da un bel po' di tempo». Quella frase la sussurrò appena, dopo essersi assicurato che nessuno lo sentisse. Ai nostri piedi, sotto le mura, c'era un capannello di soldati inglesi di pattuglia, pistole ben sistemate nella fondina, fucili imbracciati e giubbotti antiproiettile.

«Ci pensi che cazzo di vita viviamo se a vent'anni la cosa che ti rende più felice è gambizzare un uomo?»

Aidan lasciò vagare lo sguardo sull'orizzonte. Il cielo cominciava a tingersi d'arancione.

«Benvenuta a Derry» disse, dopo un po'. «Queste sono le carte che abbiamo in mano, due di picche e qualche altro scarto, ma bisogna cercare di giocare comunque».

«A volte penso abbia ragione Orla, e che andare via sia l'unica soluzione».

«Non voglio scappare. Questa è la mia terra, è casa mia. Abbiamo vinto una volta, vinceremo ancora».

«Potremmo andare a vivere nella Repubblica. Siamo così vicini al confine. Quanto vorrei avere una casa vicina alle spiagge del Donegal...»

«Sono un uomo del Nord» ribatté Aidan. «Questa è la Repubblica d'Irlanda. Questa è la cazzo di Irlanda, qualunque cosa ne pensi la Corona. L'unificazione è vicina. Un giorno sopra Derry sventolerà il tricolore».

Appoggiai le mani sul cannone. La superficie liscia di metallo era fredda. Aidan prese la bottiglia di rum e cominciò a rigirarsela tra le mani.

«Saoirse?» Mi voltai a guardarlo. Aveva gli occhi furbi come quelli delle volpi e gli angoli delle labbra arricciati in un sorriso indisponente.

«Ci pensi che non abbiamo mai cominciato noi un riot?»

Feci scivolare lo sguardo sulla bottiglia, poi mi affacciai di sotto, dove c'era il gruppetto di soldati della Corona.

«Fai sul serio?»

«Be'...» disse lui. «Abbiamo la bottiglia, abbiamo dell'alcol, abbiamo quattro inglesi qua sotto. Perché no?»

«Patsy ci ammazzerebbe, lo sai? Questa è l'IRA, non il cortile di scuola!» Imitai la sua voce profonda, battendomi il petto con il pugno. Patsy non aveva grande stima delle pietre tirate contro le camionette, delle molotov e dei bastoni. Diceva sempre che, se volevamo vincere questa guerra, dovevamo iniziare a trattarla come se fosse davvero una guerra. Eravamo soldati, non teppisti. Bisognava pensare alla strategia militare, a colpire i punti nevralgici del potere, non a rompere i finestrini dei Sixer che tornavano al deposito. Ma Patsy era di Brandywell, e quelli di Brandywell non capivano davvero cos'era un riot. Era la rivolta dal basso, era una scommessa contro la morte e contro il potere. Noi eravamo Davide contro Golia, una pietra contro un carrarmato, il fuoco di una bottiglia incendiaria contro l'artiglieria pesante.

«Ti va o no?» disse lui.

Sospirai e scossi la testa, ma dissi di sì.

«Non abbiamo un fazzoletto, però».

Aidan tirò subito fuori un fazzoletto di stoffa color avorio dalla tasca della giacca. Su uno degli angoli, con un filo pervinca, erano ricamate tre lettere: 'FMG'. Fianna McGuinness.

«Era di tua madre, Aidan...»

«E lei non potrebbe essere più fiera del modo in cui sta per essere usato».

Guardò il cielo per un attimo e poi cercò i miei occhi. Annuii. Strinse la bottiglia di rum nella mano destra. Le vene erano in rilievo, le nocche bianche. Infilò il fazzoletto nel collo della bottiglia. La capovolse, così che il tessuto assorbisse bene l'alcol rimasto. Quando fu impregnato, il color avorio della stoffa si era tinto d'ambra. Tirai fuori i fiammiferi dalla tasca e ne strofinai uno contro la superficie ruvida delle mura. Aidan mi allungò la bottiglia. Avvicinai piano il fiammifero al fazzoletto, che iniziò a bruciare lentamente.

«Per Fianna, allora».

«Per Ma'» disse lui.

Tenne la bottiglia in mano per un altro istante. Mi innamorai ancora una volta dei suoi occhi blu illuminati dal fuoco della molotov. Poi tese il braccio e la lanciò.

Quando il silenzio della notte fu squarciato dal rumore del vetro in frantumi e dalle bestemmie dei soldati inglesi, noi stavamo già correndo sulle mura nella direzione opposta, tenendoci per mano e gridando contro il cielo e il buio.

«Viva la Repubblica d'Irlanda!»

Capitolo 45

Il The O'Donnell restava squallido come lo era sempre stato, ma era diventato il mio pub preferito di tutta Derry, anche perché negli altri locali i buttafuori mi facevano storie per l'età e non mi facevano neanche avvicinare. Ma lì erano tutti repubblicani, sapevano che ero nell'IRA e facevano entrare Cillian e Orla perché erano nostri amici. Avevamo cominciato ad andarci quasi tutte le sere per tenere d'occhio Martha, che spillava birra al bancone. Era felice, con i suoi capelli rossi come quelli del fratello legati in due trecce simmetriche e uno strofinaccio sempre attaccato alla cintura. Si muoveva con destrezza, serviva rapida i clienti, portava pinte d'acqua a chi era troppo ubriaco e si preoccupava che a nessuno venisse l'idea di dar fastidio a qualcun altro, riforniva di whiskey e tabacco i musicisti che suonavano vecchie ballate e canzoni di rivolta. Tra quei tavoli di legno scuro e i divanetti di pelle rossa c'era aria di casa.

Quella sera eravamo seduti intorno a un tavolo tondo accanto alla finestra di opalino, un mosaico di tanti pezzi di vetro colorati. Ricordava le vetrate delle chiese e la luce che filtrava dall'esterno disegnava colori pastello sui nostri volti e sui bicchieri di birra.

«*Go on home British Soldiers, go on home*». L'uomo che cantava aveva una voce profonda e dolce. Il violinista batteva il piede a terra per tenere il tempo.

«Ed eravate da soli?» strabuzzò gli occhi Orla.

«Assolutamente da soli!» confermai io, ridendo.

«*Have you got no fucking homes of your own?*»

«Eravamo andati a bere sul Foyle. Saoirse mi ha letto un suo racconto» disse Aidan. Dopo un lungo sorso, appoggiò il boccale sul tavolino traballante. «E comunque, l'ho già detto, ma Saoirse deve continuare a scrivere!»

«Saoirse deve prima trovare un lavoro per mangiare!» commentai.

Aidan mi passò un braccio intorno alle spalle e mi strinse a sé.

«*For eight hundred years we've fought you without fear*».

«Insomma, ho guardato la bottiglia e ho pensato: cazzo, non abbiamo mai cominciato noi un riot. Ci siamo sempre uniti quando erano già scoppiati, ma non ne abbiamo mai fatto cominciare uno! Non siamo davvero degni del Bogside, allora».

«Voi siete pazzi» disse Orla. Nonostante il rimprovero, era divertita. Il fatto che fossimo vivi e illesi per raccontarglielo le dava l'autorizzazione per riderci su. «E se vi beccavano?»

«Non ci potevano beccare! Stavamo sulle mura».

«La molotov caduta dal cielo» disse Aidan, alzando entrambe le braccia verso il soffitto. Non raccontò del fazzoletto di Fianna, e ovviamente non lo feci neanche io. Ci guardammo, però. Quel particolare era il grande assente di quel racconto che trasformava una stronzata da teppisti in un gesto che superava i confini dell'amore e della lotta.

«*And we'll fight you for eight hundred more*».

Ridevamo tutti, tranne Cillian, che non aveva detto neanche una parola da quando eravamo entrati, nemmeno per ordinare da bere. Orla gli aveva piazzato davanti una pinta di Guinness e lui si era attaccato al boccale famelico, come un bambino che succhia il latte dal seno della mamma. La musica riempì il silenzio e io e Aidan ci alzammo, pinta in mano, e iniziammo a ballare sulle note di violino, chitarra e flauto. Battemmo i piedi e alzammo i pugni al cielo, Aidan mi fece fare una giravolta e poi mi tirò a sé per baciarmi. La birra scura mi si rovesciò sul maglione.

«Cazzo!»

Poi trovai gli occhi di Aidan e iniziai a ridere così forte che mi dovetti piegare.

Quando mi ripresi, notai che Orla aveva il viso scuro e le

braccia incrociate al petto. Cillian aveva un'espressione sofferente. Sfilai le mie dita da quelle di Aidan e mi accovacciai accanto a lui.

«Scusa. Lo so che non ti piace quando parliamo di quella roba» dissi. «Ma non era una cosa pericolosa, e l'IRA non c'entrava nulla». Provai ad agganciarlo come potevo. Parlare con lui significava dover trovare una via d'accesso per superare il filo spinato che si era messo attorno. La maggior parte delle volte ci riuscivo, ma quella volta mi sembrò quasi impossibile. Gli appoggiai una mano sul braccio e lo accarezzai. Lui si ritrasse con uno scatto.

«Non è questo, Saoirse. Tranquilla» mi disse. Ero convinta che invece fosse quello, perché avevamo stretto un patto di convivenza che prevedeva niente storie sull'IRA. Se preferiva non sapere per proteggersi dalla paura, a me stava bene. Non è che poi smaniassi per raccontargli delle pattuglie con Conor, dei pestaggi agli spacciatori o delle litigate con Patsy che ancora non mi aveva dato una divisa. Se non sapere lo aiutava ad allontanare il pensiero di cosa sarebbe potuto succedere, allora andava bene così. Con me, una cosa del genere non avrebbe mai potuto funzionare. Preferivo la verità cruda e piena di sangue al latte delle bugie e al miele delle cose taciute.

«È stata una stronzata innocente da teppisti, nessuno si è fatto male» insistetti ancora un po'.

Cillian non mi rispose, ma si alzò in piedi, trascinò la sedia all'indietro e si infilò la giacca.

«Dove vai?» gli chiesi.

«A fumare».

Alzai gli occhi al cielo. Lo guardai dirigersi verso la porta e poi sbattersela alle spalle. Cercai lo sguardo di Aidan e Orla, aspettavo che mi dicessero qualcosa di sensato, ma Aidan andò al bancone a ordinare un'altra pinta, Orla fece spallucce e affondò la faccia nella birra scura.

«È così anche con te? Sempre?» le chiesi. «Ti giuro che non so più cosa fare, come parlargli. È un paradosso. Più passi del tempo con una persona, più dovresti conoscerla. E invece...»

Orla annuì e mi fece un cenno verso Aidan al bancone.

«Per esempio io mi sto addirittura convincendo che il tuo fidanzato sotto sotto abbia un cuore». Aidan stava parlando con Martha, le tirava le trecce e le macchiava il naso di schiuma di birra. «Un cuore nascosto sotto una tonnellata di polvere da sparo, ma pur sempre un cuore».

Martha rideva e civettava con Aidan ma la cosa, più che ingelosirmi, mi riempiva il cuore di tenerezza. Erano lontani i giorni in cui lui sapeva esprimersi solo con i pugni. Sembrava che fosse finalmente riuscito a fare spazio dentro di lui per la gentilezza. Cercai di imprimere quell'immagine nella mia testa per non dimenticarmene mai. Orla sembrò leggermi nel pensiero, perché tirò fuori la sua macchina fotografica dalla borsa, pulì la lente con la manica della sua camicetta azzurra e scattò una foto con il flash. Aidan si girò di scatto e le alzò il dito medio, Orla gli rispose allo stesso modo. Quella macchina gliel'aveva regalata suo padre e lei aveva cominciato a portarla in giro sempre, ovunque andasse. I primi rullini erano quasi tutti da buttare, ma con il tempo aveva imparato a scattare belle foto, tanto che se qualcuno dall'altra parte del mondo le avesse viste avrebbe potuto perfino pensare che il Bogside fosse un bel posto in cui vivere e che la gente che ci abitava fosse addirittura felice.

«Non verrà fuori molto, con questa luce. Quando porto a sviluppare il rullino, te la do».

Sorrisi, e poi ripresi il discorso che avevamo interrotto.

«Comunque, più passa il tempo, meno mi sembra di conoscere Cillian. Più cresciamo, più diventa un estraneo».

«Magari vai a parlarci» propose lei.

«Perché devo essere sempre io a rincorrerlo?»

«Perché tu hai la forza di farlo. Lui no. Altrimenti lo farebbe».

«Piantala con questa psicoanalisi. Non si può neanche più discutere con te».

Orla sorrise. Io scolai l'ultimo sorso di birra e mi infilai la giacca. Prima di uscire mi ficcai una sigaretta in bocca e tastai le tasche per controllare di avere con me i fiammiferi. Fuori faceva così freddo che un sottile strato di ghiaccio si stava formando sulla strada bagnata. Non tirava vento, però, e a parte l'eco della musica che arrivava ovattata dal pub, la strada era avvolta in un silenzio spettrale. Cillian era accovacciato contro il muro. Mi accorsi subito che non stava fumando. Sfilai una Embassy Red dal pacchetto e gliela porsi.

«Aspettavi che piovesse una sigaretta dal cielo?» Il mio tono risuonò più duro di quanto volessi. Lui afferrò la sigaretta e se la piazzò tra le labbra. Accesi la mia e poi avvicinai la fiamma anche alla sua.

«Mi dispiace, Cillian» dissi. «È che davvero non so come prenderti. Ti ho promesso niente chiacchiere sull'IRA, e mantengo quella promessa, ma è vero anche che questa cosa è diventata una parte importante della mia vita. Ogni tanto, qualche cosa mi scappa. E poi ti ho detto che...»

«Sta' zitta» mi interruppe in modo brusco. Se mi avesse dato un pugno, mi avrebbe fatto meno male.

«Cillian, ti giuro non so più cosa dirti...»

Si alzò di scatto, mi si mise di fronte e mi urlò contro.

«Perché cazzo devi sempre pensare che tutto abbia a che fare con te, Saoirse?»

Mi diede una spinta, poi si voltò bruscamente, fece qualche passo e di nuovo venne verso di me.

«Perché devi pensare di essere sempre al centro del mondo? Ti è mai passato per il cervello che non tutto dipende da te?» mi gridò in faccia.

«Non capisco cosa ho fatto, Cillian» balbettai. Per la prima volta, ero spaventata da lui.

«Non hai fatto niente, cazzo» disse. «Non hai fatto niente».

Aspirò una lunga boccata dalla sigaretta e poi mi fece cenno con il capo di seguirlo. Si diresse verso l'angolo del pub e imboccò una stradina buia e senza uscita, con i secchi della spazzatura stracolmi che emanavano odore di pesce marcio. Esitai, prima di seguirlo, e mi stupii perfino a indugiare sul pensiero che volesse farmi del male. Poi gli andai dietro, perché era Cillian, e non potevo fare altrimenti.

Si sfilò la giacca e me la tirò addosso. «Reggila» mi disse.

«Che stai facendo?»

«Voglio farti vedere una cosa».

Si tirò su la manica del maglione, poi slacciò il bottone del polsino della camicia fino a scoprire del tutto l'avambraccio, pallido, con le vene grandi e azzurre che sembravano fiumi su una cartina geografica.

«Va bene?» disse, duro.

Non capii subito, ma poi vidi i piccoli puntini rossi illuminati appena dalla luce del lampione sopra di noi. Alcuni erano vecchi, perché avevano sviluppato una crosta più scura, altri erano freschi, del colore delle fragole mature. Gli presi il braccio e percorsi con le dita le vene che dall'avambraccio scendevano fino al polso. Mi guardò negli occhi per un istante, ma voltò subito la faccia dall'altra parte.

«Ti buchi». Era come se un Sixer mi avesse travolta in pieno.

«Non dirlo a Orla» mi disse. «Voglio solo proteggerla».

«Questa è la cosa più stupida che tu abbia mai fatto, Cillian».

Ripensai al cucchiaio d'argento sulla sua scrivania e scoppiai a piangere. Da quanto andava avanti quella storia? Come avevo fatto a essere così cieca, a ingannarmi così tanto? Non tornai nemmeno dentro il pub per salutare gli altri. Iniziai a camminare verso casa, un passo dopo l'altro, senza guardarmi indietro. Quando arrivai, piansi tra le braccia di Ma'. Poi glielo dissi, perché era un segreto troppo grande per portarmelo dentro da sola. Lei pianse con me.

Capitolo 46

Preferivo tradire la fiducia di Cillian per sempre che tenermi dentro un segreto simile, perciò passai la notte sveglia per trovare le parole meno dolorose per confessarlo a Orla.

Provai infiniti canovacci di un discorso davanti allo specchio, come se fossi la presidente della Repubblica d'Irlanda unita. C'era ben poco da fare, non era possibile indorare la pillola.

L'unica cosa era dire la verità al più presto, e così feci.

«Cillian si buca» le dissi il pomeriggio seguente, a casa sua. «Me l'ha detto ieri sera e penso che tu debba saperlo».

Orla non ebbe la reazione che mi aspettavo. Non ne fu sconvolta. Non smise di sistemare le penne sparse sulla scrivania. Le ripose dentro un cassetto e si voltò verso di me.

«Te l'ha detto?»

Era come se ciò che la rendeva incredula fosse il fatto che Cillian me lo aveva detto, e non tanto il fatto che si bucasse.

«Lo sapevi già?» Sentii la terra farsi instabile sotto i piedi. Mi sedetti sul tappeto, gambe incrociate e schiena appoggiata contro il letto.

Orla annuì.

«Perché cazzo non mi hai detto niente?» Le lacrime iniziarono a rigarmi le guance e nascosi la faccia tra le ginocchia. «Ti avevo detto che c'era qualcosa che non andava in Cillian e tu hai sempre ripetuto che ero io a fare pensieri strani».

Orla si chinò su di me e mi baciò la testa.

«Non aveva senso che tu e Aidan lo sapeste».

«Cillian mi ha detto di non dirtelo, non immaginavo che tu lo sapessi».

«Non andiamo a letto vestiti. Me ne sono accorta da un po'».

Un senso di nausea mi stringeva la gola e lo stomaco. Non avevo la forza neanche di guardarla in faccia.

«Da quanto va avanti?»

«Mesi» rispose.

«Già a Tory, quindi?»

Annuì. «Lo sapevo che quel giorno stava male per quello. L'astinenza. Anzi, mi ha stupito che sia venuto fin lì, tutto il giorno insieme a noi senza potersi bucare. È stata una bella sorpresa, però».

«Sono stata così stupida...» mormorai.

«No, Saoirse» disse Orla. «Cillian è sempre stato così, silenzioso e introverso. L'eroina non ha fatto altro che rendere più estremo un modo di fare che già gli apparteneva».

Rimasi in silenzio per un po'. Orla si sedette accanto a me, allungò le gambe sul tappeto e poi continuò a parlare.

«Si dice che sono i tossici che scelgono la sostanza, ma in realtà è il contrario: è la sostanza che sceglie te».

Ero sconvolta, mi sentivo svuotata. Una sensazione di morte mi scorreva nel sangue. La pioggia iniziò a tamburellare sulla finestra, prima piano, poi sempre più violenta.

«Cosa possiamo fare?» chiesi. Come aveva detto Aidan, forse era vero che reagire era l'unico modo per non provare paura.

Orla si strinse nelle spalle. «Niente, Saoirse».

«Niente?» Strabuzzai gli occhi e solo allora ricominciai a guardarla davvero.

Scosse la testa. «Fidati. Non ho nessuna intenzione di avere un ragazzo eroinomane. Appena l'ho scoperto, la prima cosa che ho fatto è stata prendere il bus e andare al White Oaks».

Era un centro di recupero per le tossicodipendenze: negli ultimi tempi avevamo cominciato a vedere la pubblicità ovunque, sui volantini distribuiti fuori dai supermercati o attaccati con lo scotch ai semafori.

«Ho chiesto informazioni, ho raccontato quello che stava

succedendo e sai cosa mi hanno risposto? Che potevano aiutarlo solo se voleva farsi aiutare. È una cosa banale, no? Ma mica posso incatenarlo e portarlo di forza a disintossicarsi. Scapperebbe dopo due giorni».

«Non puoi dire così».

«Cillian non ha nessuna intenzione di smettere».

«Non puoi essere così nichilista, cazzo».

«Non lo sono. Cerco di limitare i danni finché non troverà la forza per voler smettere».

«Stronzate, Orla» dissi, passandomi le dita tra i capelli e tirandoli come se volessi strapparli. Guardavo un punto fisso sul tappeto, dove i disegni geometrici sfumavano nelle frange color crema. «Stai facendo dei discorsi di merda».

«Tu, tra tutti, dovresti capire, Saoirse». Il suo tono era cambiato, captai una nota di insofferenza nella sua voce. Le piantai addosso i miei occhi arrossati di pianto.

«Piantala con queste stronzate psicoanalitiche, Orla. Questo non è un gioco. È la vita di Cillian».

Continuai a piangere, a singhiozzare senza riuscire a fermarmi. Avrei voluto implorare Orla di stare zitta, ma le parole mi morivano in gola.

«Tu hai trovato il tuo modo, smettere di mangiare, diventare ossessiva su ogni caloria e per un po' hai smesso di pensare alla morte, hai smesso di farti divorare dall'angoscia, perché eri troppo impegnata a dimagrire, a scomparire. Le tue energie le hai messe tutte lì, non c'era spazio per altro. Poi sei entrata nell'IRA e hai trovato un altro modo per tenere a bada l'angoscia di morte: sparare contro gli inglesi. Ha funzionato, per te. Sinceramente non lo so se sia meglio rifiutare il cibo o questo. Ma non puoi incazzarti se Cillian ha trovato l'eroina».

«Sei cinica, Orla».

«Non sono cinica, cazzo!» gridò lei. «E puoi prendermi per il culo con i miei libri di psicoanalisi, Saoirse, ma sai che c'è? Se vuoi dimentica tutto quello che ho detto, ma pensa anche ai fatti. Il padre di Cillian è un alcolista, la madre si impasticca da quando è nato. Vogliamo fare un discorso che ti ferisca di meno? La mela non cade lontano dall'albero».

«Dobbiamo fare qualcosa, però, Orla». Mi strofinai il naso contro la manica e cercai di guardarla negli occhi.

«Vuoi fare qualcosa? Stagli accanto, come se nulla fosse. Proteggilo, per quello che puoi. Dormo con lui quasi ogni notte perché ho paura che vomiti nel sonno e muoia così».

«Per me proteggerlo significa buttargli l'eroina nel cesso, Orla».

Mi guardò. Aveva l'aria stanca di una maestra che per l'ennesima volta spiega a un bambino che due più due fa quattro e non cinque. La invidiavo. Aveva la situazione chiara nella sua testa, e se il suo modo di reagire fosse giusto o meno non importava. Aveva una coerenza che le permetteva di stare al mondo, mentre io avevo l'impressione che tutto mi si stesse sgretolando tra le dita, come la sabbia che scivola via con il vento dal palmo della mano.

«All'inizio l'ho fatto anche io, Saoirse» mi disse. «Ho trovato una bustina di eroina nel cassetto e l'ho scaricata nel cesso. Cillian è andato nel panico, ha creduto di averla persa per strada, magari che gli fosse caduta dalla tasca. Sai cosa ha fatto? Ha preso a pugni il muro fino a farsi sanguinare le mani. Poi mi ha detto che doveva uscire perché aveva dimenticato una cosa da Aidan. È andato a prenderne altra, si è bucato, e quando è tornato a casa era tranquillo di nuovo. Abbiamo dormito insieme abbracciati».

«Perché non gli hai detto che lo sai?»

«Che senso avrebbe?» mi chiese. Poi aggiunse: «Per non fargli provare la vergogna di essere scoperto, credo».

Per la prima volta da quando avevamo cominciato quella conversazione assurda, la sentii tentennare. La sua voce aveva perso la sicurezza di prima e abbassò perfino gli occhi.

«Dovresti almeno dirgli che lo sai, Orla». Ero sicura di poche cose, ma questa era una di quelle.

«Hai ragione, forse. E sono davvero contenta che te l'abbia detto. Non sai quante volte avrei voluto venire a piangere da te».

«Avresti potuto, sempre». Mi sporsi in avanti e lei aprì le braccia per accogliermi. Le infilai la testa tra la spalla e il collo e respirai a fondo il profumo dei suoi capelli biondi. Sapevano di pulito e di casa.

«Lo so, Saoirse».

«Pensi che dovrei dirlo a Aidan?» sussurrai.

«Forse a lui no. Si incazzerebbe e basta».

Capitolo 47

Una parte di me desiderava dirlo a Aidan, togliermi il peso, ma sapevo che non era la cosa giusta da fare. Parlarne con lui avrebbe creato più problemi che soluzioni. Ogni volta che si parlava di droga, Aidan si lasciava andare ai suoi soliti discorsi violenti. Ne avevamo discusso proprio qualche giorno prima, dopo che al telegiornale avevano dato la notizia dell'arresto di due spacciatori a Creggan.

«Dovresti distinguere tra chi spaccia e chi consuma, però» gli dissi. «Chi consuma è una vittima».

«Chi consuma finisce sempre per spacciare prima o poi. La droga non te la regalano mica».

Rimasi in silenzio per un po', poi feci spallucce.

«Soprattutto, la droga la spacciano gli inglesi. Se vai a comprare la droga da un *thug* sei complice di questo sistema di merda. Non ho alcun rispetto per chi si buca. Mi dispiace per chi si droga, ma a un certo punto è una questione di scelte».

«Ma è una dipendenza!» ribattei. Aidan era rigido, tagliava le questioni con l'accetta e non sempre riusciva a farlo con buon senso. Non tollerava le sfumature. Ci passava sopra con una secchiata di bianco o di nero, a seconda della faccenda, ma il grigio non se lo concedeva quasi mai.

«Parte tutto da qui...» Si picchiettò la tempia con l'indice. «Se vuoi, puoi».

«'Se-vuoi-puoi' è la stronzata più grande mai detta, Aidan. Fattelo dire. Connolly ti avrebbe sputato in faccia. Ed è pure una stronzata classista. Io, nata nel Bogside dalla famiglia che ho avuto, non avrò mai le stesse possibilità di una persona nata a Londra, figlia di imprenditori. Allo stesso modo, non è vero che se un tossicodipendente vuole smettere, può farlo. È anche una cosa fisica».

«Tu non puoi decidere da un giorno all'altro di svegliarti ricca, ma uno può decidere di alzarsi una mattina e non bucarsi più».

«Tu riusciresti a smettere di fumare?»

«Forse no» ribatté lui. «Ma il punto è che non ho nessuna intenzione di smettere».

«Funziona allo stesso modo con i tossicodipendenti. Perché non lo capisci? È una malattia, non è mica una questione di essere stronzi o di volersi fare male».

«Se fumo queste...» Agitò in aria il pacchetto di sigarette e poi lo infilò di nuovo in tasca. «Faccio male a me, al limite a chi respira l'aria intorno. Se mi buco faccio sì che gli inglesi continuino a distruggere la classe operaia di questo Paese, rendendoci fantocci di pezza incapaci di combattere per la nostra terra. Faccio del male un po' a tutti, insomma».

Socchiusi gli occhi e scossi la testa. Quando lo sentivo parlare in quel modo la rabbia mi montava fino alla gola, le guance si infuocavano e mi veniva voglia di prendere a pugni qualunque cosa mi trovassi davanti.

«Ma parliamo di cose belle, dai» disse lui. «Hai scritto qualcosa di nuovo?»

«In realtà no».

Mi rifilò uno sguardo dispiaciuto e poi mi accarezzò il braccio.

«Se scrivi qualcosa, fammelo leggere» disse. «Farai grandi cose, Saoirse».

Mi baciò e poi se ne andò. Lo avevano chiamato per un incontro con dei pezzi grossi della Derry Brigade a Brandywell. Mi bruciava un po' non poterci andare, ma dovevo andare a scuola e, per quanto mi piacesse giocare alla guerra, avevo ancora qualche mese di istruzione obbligatoria davanti a me. Dopodiché, vuoto immenso sul futuro. Aidan continuava a dirmi di scrivere, ma quando nasci nel Bogside pensi che scrivere non possa essere un mestiere e che studiare sia una seccatura di cui liberarsi al più presto, per poi trovarsi un lavoro vero, uno di quelli in cui si usano le mani: una fabbrica, un negozio, nel migliore dei casi un pub.

Mi rigirai tra le mani il dépliant di carta plastificata con le scritte bianche e rosse che mi aveva dato Aidan qualche giorno prima. Era il programma di presentazione dei corsi di laurea della Queen's University di Belfast. Un'università che aveva la regina nel nome non prometteva niente di buono, ma quel pomeriggio presentavano un corso che sembrava cucito su misura per me. Non ci avevo capito molto: era un corso di Lettere, ma diverso dagli altri, perché oltre a studiare i classici impolverati ti insegnavano anche a scrivere.

La presentazione era alle cinque. Mangiando un *bap* al volo sull'autobus avrei potuto anche farcela, ma mi sembrava stupido andarci. Sapevo perfettamente come usare un fucile d'assalto, ma non avevo idea di come funzionasse l'università. C'era un test per entrare? Quanto si pagava?

Arrivai a scuola e appoggiai la cartella sul banco. Orla sfilò il volantino che si intravedeva dal libro di matematica.

«Cos'è?» chiese curiosa.

«I corsi di laurea della Queen's University» dissi. «Ci sono delle presentazioni questo pomeriggio».

Iniziò a sfogliare il dépliant. Quando finì di leggerlo, me lo restituì.

«C'è qualcosa che ti interessa?» le domandai.

«C'è un corso di Psicologia, ma non mi prenderebbero mai».

«Non fare la modesta. Dubito che qualcuno alla nostra età passi le serate a leggere Freud. Secondo me sei già la prima della classe».

«Non è mica solo Freud» mi rispose. «Di tutto il resto non so quasi nulla. Tu vai per quello di Lettere?»

«In teoria sì. Ma non so se andarci. Mi sembra una cosa stupida. Nel senso, non so neanche se posso iscrivermi».

«Perché?»

«Per i soldi».

«Andare a sentire non costa nulla» disse Orla. «Potresti andare alla presentazione e magari scoprire che il corso neanche ti piace. Almeno così non avresti rimpianti».

«Il problema è se poi mi piace davvero».

«In quel caso troverai un modo» disse, iniziando a sfilare i libri dallo zaino, uno alla volta. «Vengo con te».

«Davvero?»

«Certo, ma mica per te. Vengo a sentire la presentazione di Psicologia».

Le tirai una pallina di carta in faccia. Orla si mise a ridere e poi mi rifilò un calcio sotto il banco.

«Va bene! È fatta. Andiamo a Belfast».

Capitolo 48

Belfast mi ricordava un treno a vapore. Grigia e mastodontica, con il fumo delle fabbriche che ti entrava nei polmoni e ti stringeva la gola. Le canne fumarie del porto che esalavano un respiro di morte e progresso. Derry, tra i Sixer e i posti di blocco, trovava sempre uno spazio per accoglierti, per quanto scomodo e violento, mentre Belfast ti masticava e poi ti sputava sul ciglio delle strade piene di mendicanti. Le macchine, che a Derry erano poche e nel Bogside ancora meno, sfrecciavano velocissime sull'asfalto bagnato, lasciando dietro di loro una scia di fumo nero e lo scoppiettio dei motori affaticati come i respiri dei vecchi seduti a fumare un sigaro dopo l'altro davanti ai portoni delle case.

Belfast ti faceva rimettere le cose in prospettiva. Potevo anche essere una dell'IRA, potevo aver sparato qualche volta, potevo aver lanciato bombe incendiarie dai tetti, fatto a pugni con un paio di *thugs*, visto gente morire a due passi da me, ma nelle strade di Belfast tornavo una bambina in mezzo ai grandi. Anche a Belfast ci sono quartieri come il Bogside, dove tutti conoscono la tua faccia e sanno, in base a chi sono i tuoi genitori e in quale chiesa preghi la domenica, se possono prenderla a pugni. Ma tutto sommato, laggiù era più facile costruirsi un anonimato, rimanere tutto il giorno in giro senza incontrare neanche un viso conosciuto.

Mentre io e Orla ci lasciavamo alle spalle la stazione degli autobus, cercai di fare miei tutti i volti, tutte le rughe, i rossetti, le lentiggini, i nei degli altri. A Belfast ogni corpo raccontava una storia, da quelli sgraziati degli alcolisti che trascinavano i piedi e l'anima nei vicoli, a quelli delle signore fagocitate dalle loro pellicce e dalle collane di perle di fiume. Era tutto nuovo e inebriante.

Quando arrivammo davanti alla Queen's University, io e Orla ci prendemmo d'istinto per mano e alzammo lo sguardo per rincorrere il palazzo fino al punto in cui sembrava toccare il cielo. L'edificio aveva i mattoni rossi e i colori tipici di molte case di Derry, ma era grande quanto una fabbrica. Prendemmo coraggio e varcammo la soglia, per trovarci in un giardino interno con il prato tagliato da poco. Nell'aria c'era un buon profumo di erba fresca.

Mi accorsi ben presto che eravamo le uniche due persone a indossare la divisa di scuola. Gli studenti li distinguevi subito dagli altri: da quelli che facevano le pulizie, da quelli che erano lì per caso o da quelle come noi. A me quegli universitari sembravano tutti degli stronzetti pretenziosi al sicuro nelle loro biblioteche d'avorio, senza una preoccupazione al mondo. I ragazzi con le cravatte annodate con cura, gli occhiali da vista e le valigette di pelle marrone; le ragazze con i cappotti lunghi, le bluse ricamate e una pila di libri sottobraccio. Nel Bogside, gli intellettuali erano quelli troppo deboli, troppo vigliacchi o troppo ricchi per prendersi la briga di lanciare le molotov contro le camionette durante i riot. Le persone che preferivano analizzare il mondo, invece che affondare i piedi nel suo fango, non godevano di grande rispetto nei quartieri popolari come il mio. Ma lì l'estranea ero io, e non mi sentii mai nella vita così fuori posto come in quel momento. Quello era il loro mondo e tutti si muovevano sicuri, perfino felici, sicuramente più felici di me.

«Ti ci vedi qui?» mi chiese Orla.

«Come un biancospino sul fondo del fiume» risposi. «No».

Percorremmo insieme i portici, camminando sul marmo color avorio, lucido e brillante, fino a raggiungere la sala dove si sarebbe tenuta la presentazione. Anche i nostri coetanei che venivano dalle scuole avevano avuto il tempo di andare a casa a cambiarsi e, seppure il loro abbigliamento non fosse pretenzioso come quello degli universitari, era sempre di gran lunga migliore della nostra divisa. Le ragazze di Belfast sembravano più grandi e più belle di noi, con i capelli pettinati con cura e adornati con nastrini colorati; un filo di trucco rendeva le loro guance più dolci e le labbra più rosse. Ma la maggior parte di quelli che erano venuti a seguire la presentazione erano maschi. Anche a Belfast, malgrado tutto, era raro che le ragazze frequentassero l'università, a meno che non avessero un bel po' di soldi e le loro braccia non servissero in famiglia per lavorare in casa.

Io e Orla ci separammo, perché la presentazione del corso di Psicologia era in un'altra aula. Cercai di sedermi in un posto che mi permettesse di ascoltare senza sforzo, ma che allo stesso tempo fosse il più nascosto possibile, per evitare che potessero interpellarmi o anche solo guardarmi in faccia troppo da vicino. La paura non detta, che scorreva lì dove scorrono tutte le cose percepite ma non elaborate, era che qualcuno sollevasse il velo che proteggeva la mia inadeguatezza.

Quella sensazione gravò ancora di più su di me quando la presentazione finì. Aspettai Orla, nello stesso punto dove ci eravamo salutate prima. Mi guardai intorno. Davanti agli occhi vidi la possibilità di una strada diversa. La vita di Derry finiva sempre per fagocitare tutto il resto, per mangiarsi i sogni e le fantasie; si ripeteva ogni giorno uguale a se stessa, tra bastoni, riot e camionette. La consapevolezza che potevo fare spazio a qualcos'altro mi colpì in faccia come uno schiaffo. 'Una volta nel Bogside, per sempre nel Bogside'. Lo pensavo davvero. Non volevo rinnegare da dove venivo, ero fiera di avere una molotov al posto del cuore, ma per la prima volta sentii con forza la voglia di appartenere anche a qualcos'altro. Quando arrivò Orla, le sorrisi.

«Sì» le dissi.

«Sì cosa?»

«Mi ci vedo, mi ci vedo eccome».

«Anche io, Saoirse» mi rispose lei, sfilandomi una sigaretta dal pacchetto. Fumava poco, ma quando lo faceva era per mettere a tacere le voci nella testa.

«E adesso?»

«E adesso facciamo quello che abbiamo sempre fatto» mi rispose. Sbuffò una boccata di fumo verso la mia faccia. «Troviamo un modo».

Ci lasciammo alle spalle l'università e cominciai a sentire nel cuore un malessere profondo e scuro. Quel bisogno di appartenere a un altro posto mi spaventava. Sull'autobus per tornare a Derry rimanemmo a lungo in un silenzio che io riempii di mostri. Dopo un po' decisi che volevo tirarli fuori con Orla, affinché mi aiutasse a sconfiggerli.

«Non posso, Orla» le dissi.

«Piantala. Almeno prova a parlarne con tua madre. Ti aiuterebbe, lo sai».

«Mi aiuterebbe se potesse, ma non può».

«Non puoi saperlo finché non ci provi».

«Perché devi insistere? Io e te non siamo uguali». Mi stavo innervosendo, tanto da iniziare a mordermi le nocche. «Voglio davvero fare questa cosa, Orla. Ma non è facile. Non posso chiedere tutti quei soldi a Ma'».

I soldi erano un gran problema, ma in realtà nemmeno quello principale. Con i miei voti avrei potuto fare richiesta per una borsa di studio, sempre che non mi escludessero a priori per aver frequentato una scuola cattolica di nessun prestigio. Se la mia divisa fosse stata quella del Methody e ci fosse stato lo stemma della Corona con una croce sotto sarebbe stato più facile, ma di certo non era impossibile.

Si trattava soprattutto di trasferirsi a Belfast, perché non potevo fare tutti i giorni avanti e indietro in autobus da Derry. Trasferirsi significava altri soldi, ma soprattutto significava lasciare Ma'. E non era per me. Io ero pronta a lasciare il nido da un bel po', mi cominciava ad andare stretto, ma se i genitori di Orla potevano farsi compagnia a vicenda, mia madre aveva solo me.

«Potresti tornare nei weekend» disse Orla.

«Lo dicono tutti, ma poi lo sai come va a finire».

Orla si lasciò scivolare sul sedile e appoggiò le ginocchia su quello di fronte. Si mise a giocare con l'orlo della gonna a quadri.

«Penso solo che non dovremmo buttare via questa possibilità, Saoirse. La possibilità di farcela. La possibilità, per la prima volta nella nostra vita, di fare una cosa normale. Andare all'università, studiare, stare lontano dai casini».

«È Belfast, cazzo!» risi. «Non è mica Londra. Qui le cose per certi versi sono anche peggio».

La violenza a Belfast non era poi così diversa da quella di Derry. Gli inglesi protestanti si facevano la guerra con gli irlandesi cattolici, c'era l'IRA, c'era l'UVF, c'erano le bombe e i Sixers, c'erano i muri dipinti con i volti di chi aveva perso la vita. Era la stessa identica storia, ma diluita in una città più grande e più grigia.

«A casa ci siamo nate, nella merda. Un po' tipo la storia della caverna di Platone, no? Ci sei dentro, manco te ne accorgi che esiste un'alternativa. Ma a Belfast c'è un'altra aria, un'altra vita. È talmente grande che hai la possibilità di scegliere di vivere in un posto tranquillo. Ci sarà qualcuno lì che nemmeno lo sa che c'è la guerra».

«Ne dubito» dissi. Ed ero sincera, ma forse Orla aveva ragione sul fatto che avremmo potuto scegliere di vivere tranquille. «Il punto è che non so se voglio starci lontana, dai guai».

«Questo è un problema tuo». Si voltò a guardarmi per un attimo, scosse la testa e poi si mise a osservare il paesaggio che scorreva veloce dietro il vetro sporco.

«Voglio studiare, sicuro» dissi. «Ma non voglio lasciare l'IRA. Non voglio smettere di combattere per il Paese».

«Oh, per favore, Saoirse. Non essere ridicola». Si tirò su dritta sul sedile e sbatté le mani sulle cosce. «Non stai combattendo per il Paese. Fai la sentinella di quartiere. Per carità, grazie mille, ma non stai esattamente facendo la rivoluzione».

«Proteggo il posto in cui sono cresciuta!» protestai. Ero offesa, ma cercai di non mostrarmi ferita. Feci in modo di mantenere lo sguardo fisso davanti a me. Orla non mi rispose, appoggiò la testa contro il finestrino e rimanemmo in silenzio fino a Limavady, la fermata prima di Derry.

«Quanto cazzo odio questo posto» disse.

«Lo so, Orla. Lo so».

Capitolo 49

A nove anni avevo preso Aidan a pugni per un pacchetto di Spangles, a diciotto anni ci avevo fatto l'amore per la prima volta. Dopo mangiammo, ancora nudi e distesi sul letto, le stesse caramelle dolcissime, cubetti duri di zucchero e miele, mentre fuori dalla finestra qualcuno tirava pietre e molotov contro le camionette. Ma quella volta non scendemmo in strada anche noi. Quella volta lasciammo la violenza e il mondo fuori.

Mentre lo guardavo il mio cuore si inondava di tenerezza. Fare l'amore con lui era la prima cosa normale che facevo da un po'. Mi capitava spesso di pensare alle ragazze di Dublino: avrei potuto essere come loro, se solo avessi avuto in dono un'altra vita. Loro non andavano in giro con una pistola in tasca, non litigavano con i soldati, non facevano a botte. Ma l'amore sì, lo facevano anche le ragazze di Dublino. Mi sentii normale. Mi sentii di nuovo addosso la mia età. Mi diedi il permesso di arrossire e di provare piacere, e poi dimenticarmene per ricominciare ancora.

«Scriverai mai qualcosa su noi due?» mi chiese Aidan, dopo un po'. Eravamo sdraiati su un fianco, nudi sotto le coperte, a guardarci negli occhi con la tempesta fuori che allagava le strade e il fragore dei tuoni che non spaventava i bambini. Il riot era finito.

«Mi piace quando dai per scontato che scrivere sia la mia strada» gli dissi.

Sorrise e mi accarezzò il volto con due dita.

«È un sì, quindi?»

«Se ti dicessi che preferisco vivere quello che ho con te, piuttosto che scriverne? Come suona?»

«Come la cosa più smielata e inautentica che tu abbia mai detto, Mrs Doyle».

Sbuffai una risata e nascosi la faccia contro il cuscino.

«Cosa succede se riesco davvero ad andare a Belfast?»

«Per prima cosa prenderai un bruttissimo accento» mi disse. «*Vorrei una pinta*».

La sua pessima imitazione mi fece scoppiare a ridere.

«Seconda cosa, finirai a stare tutto il giorno sui libri finché dovrai metterti gli occhiali».

Si interruppe per darmi un bacio.

«Terza cosa, la più importante, scriverai un libro incredibile. O una raccolta di racconti. O qualcosa di diverso, ma comunque di grande».

«Hai finito?» gli chiesi.

«Più o meno, sì».

«Quando ci vedremo?»

«Ogni volta che vorrai, Mrs Doyle».

«Falso» risposi, accarezzandogli i capelli scuri. «Se domani alle quattro di pomeriggio mi venisse voglia di vederti, uscirei, andrei a casa tua, mi aprirebbe Martin per dirmi 'Non ho una stracazzo di idea di dove sia mio fratello', poi andrei al The O'Donnell o sul lungofiume dalla parte giusta. Alla fine, ti troverei lì a fumare».

«Lo so».

«Non posso fare una cosa del genere se sono a Belfast» dissi, mentre le lacrime iniziavano a bagnare la federa del cuscino. «Non potrei più neanche uscire di casa e trovare quella faccia da schiaffi di Cillian».

Aidan sorrise. «Ci sarà Orla con te. E io non vado da nessuna parte. Sto qui. Non garantisco per Cillian, perché è un coglione».

Mi uscì una risata intrisa di amarezza. Era proprio un coglione, e Aidan non sapeva neanche che aveva cominciato a farsi. Se lo avesse saputo, probabilmente lo avrebbe preso a pugni fino a rompergli qualche costola.

«È la fine di un'era, eh?»

«È solo l'inizio di un'altra».

Capitolo 50

La prima volta che vidi Cillian farsi una dose, accadde per errore. Quel giorno andai a casa sua e mi aprì sua madre, in vestaglia, che puzzava di fumo e alcol. Neanche mi salutò. Cillian mi aspettava, ma avevo qualche minuto di anticipo. Quando entrai in camera sua, lo trovai seduto sul letto. Non si era neanche tolto le scarpe. Si era sfilato una manica del maglione, aveva il braccio sinistro scoperto e un elastico di gomma giallo arrotolato intorno. Con la mano destra spingeva l'ago della siringa dentro la carne. I capelli rossi erano diventati più lunghi e gli cadevano sulla fronte e sugli occhi chiari. Alzò lo sguardo e mi fissò spaventato come un cerbiatto illuminato dai fari di un'automobile, ma finì di spingere lo stantuffo; poi tolse l'ago, slegò il laccio di gomma aiutandosi con i denti e si lasciò andare all'indietro, gli occhi fissi sul soffitto.

Rimasi immobile, senza parlare. Ero bloccata nel limbo: non volevo guardare per non soffrire, ma allo stesso tempo volevo guardare per l'esigenza di controllare tutto. Scrutai il suo volto e mi accorsi che stava sorridendo. Non lo vedevo sorridere da molto. Mi domandai come cazzo eravamo arrivati a quel punto, io con una pistola in tasca e Cillian con un ago in vena.

«Mi dispiace che tu abbia dovuto vederlo» disse dopo un po', tirandosi su. Era come se fosse emerso da un lunghissimo sonno. Il volto era pallido e gli occhi scavati, ma sul viso rimaneva l'ombra di un sorriso ingenuo.

«Mi avevi detto tu di venire...» balbettai. «Volevi andare a prendere un gelato».

«Sì» confermò lui. «Fammi solo prendere i soldi». Si alzò come se nulla fosse. Appoggiò sul comodino la siringa, il cucchiaio d'argento e il laccio giallo. Mi accorsi che c'era un'altra bustina di polvere bianca. Aprì il cassetto e cercò delle monete.

«Quindi, facciamo finta che non sia successo nulla?»

«Non è successo nulla, Saoirse» disse. Si infilò le monete nella tasca dei jeans. Quei pantaloni che mesi prima gli andavano addirittura stretti ora erano appesi debolmente alle ossa del bacino, e gli lasciavano una striscia di pelle scoperta sulla pancia. Mi si chiuse lo stomaco. Cillian si era ridotto pelle e ossa, e se non avesse smesso a breve di bucarsi, non sapevo cosa sarebbe potuto succedere.

Mi mise un braccio intorno alle spalle e ci avviammo verso la porta.

«Non dovresti togliere quella roba?» Gli indicai la bustina di eroina sul comodino.

«I miei non entrano qua».

«Magari dovrebbero». La sua stanza puzzava di vestiti sporchi e sudore.

«E comunque non m'importa».

Uscimmo e ci dirigemmo verso Waterloo Street. Stavamo in silenzio. Era evidente che Cillian non aveva bisogno di parlare. Io, invece, ce l'avevo, ma non sapevo bene cosa dire. Avevo un gomitolo di pensieri in testa e, appena mi sembrava di aver trovato il filo, lo sentivo sfuggirmi dalle mani per andare da un'altra parte. Dopo un po', azzardai: «Magari lasci la roba sul comodino perché sotto sotto vuoi che ti scoprano».

Quel commento che sembrava buttato lì, una frase casuale, l'avevo provato e riprovato in testa almeno quattro volte prima di dirlo ad alta voce. Nel mio dialogo interiore, suonava molto più convincente.

«Magari devi smetterla di leggere i libri di Orla» rispose Cillian.

«Non leggo i libri di Orla, ma sono lusingata che tu ritenga la mia interpretazione degna del dottor Freud».

Cillian rise, e io con lui. Lasciai cadere il discorso. Sapevo perfettamente che, se anche i suoi genitori lo avessero scoperto, non avrebbero fatto nulla per aiutarlo. Non ho mai pensato che fossero cattivi, ma con il tempo ho capito che ognuno combatte una guerra con i propri fantasmi. Se i fantasmi sono troppo forti, non si hanno le forze per pensare a quelli degli altri. I genitori di Cillian avevano i loro fantasmi, e non riuscivano nemmeno ad accorgersi che quelli del figlio erano lì nella sua stanza.

Ma la cosa peggiore non era questa. La cosa peggiore di tutte è che avevo cominciato ad apprezzare Cillian di più quando era fatto di eroina. Era un paradosso, ma riusciva a essere se stesso solo quando aveva la roba in corpo. Quando era lucido, era inavvicinabile, come quelle bestie lasciate in canile per troppo tempo dopo anni di violenze. Non riuscivo a parlarci, non riuscivo a sfiorarlo, non riuscivo a guardarlo negli occhi. Metteva un muro tra sé e tutto il resto, l'unico pensiero era la roba o il modo per procurarsela. Quando l'eroina era in circolo nelle sue vene, invece, era normale. Solo un po' più lento del solito nel muoversi, e quando parlava ogni tanto gli si impastava la bocca, ma questo accadeva anche quando era piccolo.

Mangiammo il gelato, poi andammo a passeggiare sul lungofiume e lasciammo che la pioggia ci cadesse addosso delicata, senza darci fastidio. Giocammo a lanciare le pietre lisce nell'acqua per vedere chi riusciva a farle rimbalzare più volte e a spedirle più lontano. Lui vinse ogni volta. Poi prese una pietra, me la incastrò tra le dita e mi guidò il braccio dietro la spalla per insegnarmi a lanciare con più destrezza.

Se Cillian aveva un talento inutile, era quello di lanciare lontano i sassi. Il mio era chiudere gli occhi e lasciare fuori tutto il dolore del mondo.

«Lo so che non vuoi smettere» gli dissi. «Ma sappi che, se volessi, farei di tutto per aiutarti».

«Grazie, Saoirse. Lo so». Poi mi baciò la fronte prima di rientrare a casa.

Quando salii in camera mia, lo spiai da dietro le tende. Lo vidi agitare la bustina e prendere la siringa. Vidi la sua figura sfumata dall'ombra delle tende, poi gli occhi mi si annebbiarono e davanti a me ci furono solo lacrime gonfie.

Capitolo 51

«Quando torniamo, le apriamo. Va bene?»

Erano arrivate le lettere di risposta alla nostra domanda di iscrizione per la Queen's University. Avevamo fatto entrambe richiesta per la borsa di studio.

«La voglio aprire adesso» dissi. Mi rigirai la busta tra le mani.

Orla me la strappò e la portò in alto sopra la sua testa.

«No, perché se le cose non vanno come vogliamo, finiamo per rovinarci la serata. Torniamo, e le apriamo».

«Non ho nessuna voglia di venire, sappilo». Mi abbottonai controvoglia una camicetta bianca con un collarino nero di velluto.

«È solo una cazzo di serata, dai. Non mi sento tranquilla a lasciare Cillian da solo in quelle situazioni».

'Quelle situazioni' erano dei party dove la quantità di droga che girava era ben superiore a quella di alcol. Quando noi eravamo piccoli, nessuno ci aveva mai parlato di cose del genere, neanche i ragazzi più grandi, che quando dovevano vantarsi raccontavano dei baci scambiati sulle poltrone sporche del cinema. Adesso invece di questi party ce n'erano tantissimi. Ci si riuniva nei palazzi abbandonati, si ballava e ci si drogava. Se avevi le conoscenze giuste – o quelle sbagliate, a seconda di come volevi guardare la questione – finivi per essere invitato. Qualcuno nel giro di Cillian gli aveva detto di questa festa al numero 5 di Orchard Row e Orla mi aveva chiesto di accompagnarla.

Non volevo andarci, ma non era tanto per la droga che girava o la cattiva compagnia. Con Orla avrei potuto essere anche nei bagni pubblici della stazione dei treni e non ci sarebbe stato altro posto sulla Terra dove avrei preferito trovarmi; e la droga non mi tentava granché. Il mio problema era dover raccontare bugie a Aidan, e nell'ultimo periodo lo avevo fatto spesso per proteggere Cillian. Mi aveva chiesto di uscire, quella sera, ma gli avevo risposto di no. Se gli avessi detto che andavo a un party con Orla e Cillian, non c'era ragione per cui non sarebbe potuto venire anche lui. Indossai la giacca e mi infilai la pistola nella tasca interna. Guardai Orla, severa, prima che potesse dirmi qualcosa.

«Non dire una parola» intimai.

«E invece la dico. Perché cazzo devi sempre andare in giro con una pistola in tasca? Non è normale».

«Perché sono nell'IRA, Orla. Non puoi chiedermi di venire in un palazzo abbandonato pieno di *thugs* e non portare una pistola».

«Non sono *thugs*, è solo gente che si buca. I *thugs* la spacciano, non si drogano. È diverso».

«Sto più tranquilla così».

Uscimmo. Quella sera tirava un vento bastardo e gelido. Quando arrivammo, Cillian era già lì. La luce fioca illuminava due divani sistemati su lati opposti di una stanza squadrata, ma molta gente chiacchierava e fumava nel corridoio. Alcuni erano in piedi, altri seduti a terra con la schiena appoggiata al muro. Cercai di mettere a fuoco le facce: non c'era traccia di *thugs*, almeno non facce note che mi era capitato di incontrare. Erano tutti irlandesi rimasti incastrati nell'eroina, non gente da cui avrei avuto bisogno di difendermi con una pistola. Tirai un sospiro di sollievo.

Cillian doveva essersi già fatto almeno una dose, perché era terreo come al solito e con gli occhi pesti, ma almeno era di buon umore. Baciò Orla e poi salutò me con un abbraccio talmente lungo da mettermi quasi a disagio. Ci sedemmo accanto a lui sul divano, ai suoi piedi c'erano una bottiglia di rum e delle patatine fritte molli e umide in un sacchetto di carta. Cillian svitò il tappo della bottiglia e la porse a Orla, che ci si attaccò come fosse acqua.

«Cazzo, Orla» dissi. «Bevi piano».

Lei mi ignorò, portò le gambe al petto mettendo i piedi sul divano, poi si appoggiò contro la spalla di Cillian. Io invece ero seduta rigida, con le braccia incrociate al petto e lo sguardo fisso su una macchia di muffa sulla parete. Mi accesi una sigaretta dietro l'altra, lasciando che la cenere mi cadesse sui pantaloni e a terra, sulla moquette grigiastra. Non me ne importava niente di non avere un posacenere. Quel posto era uno dei più sporchi che avessi mai visto e tutti gli altri erano troppo fatti per accorgersi che stavano letteralmente camminando su un tappeto di cicche di sigaretta, vomito, sputi e forse urina. Un ragazzo si chinò a terra per raccogliere un mozzicone con ancora un po' di tabacco, lo guardò con attenzione, poi se lo mise in bocca e lo accese. Provai un enorme senso di disgusto. Il tempo sembrava non passare mai. Oltre a bere, non c'era molto da fare. Le conversazioni che origliavo non mi facevano venire nessuna voglia di unirmi. Si parlava di eroina, degli spacciatori che la tagliavano con altre sostanze, specialmente la stricnina, che poteva mandarti all'altro mondo in un batter d'occhio se non stavi attento. Si parlava di aghi, di braccia che non avevano più vene per bucarsi, e allora forse era meglio farlo sulle mani o sulle caviglie. Qualcuno parlava di smettere, con noncuranza, come si parla di una giornata di pioggia e delle nuvole che la annunciano. Orla continuava a bere come una pazza e Cillian non parlava perché non aveva bisogno di farlo. Me lo aveva detto più volte che l'eroina ti dava tutto. Una volta che arrivava il flash, venivi catapultato nell'altrove, dove c'era tutto ciò di cui avevi bisogno. Un senso di calore e di nutrimento dall'interno. Un giorno Cillian mi aveva detto che era come stare nell'utero della propria madre, non che lui si potesse ricordare com'era, ovviamente.

Mi stavo annoiando a morte. Orla era ubriaca marcia, Cillian era fatto. Si misero a baciarsi sul divano, e io non avevo nessuno con cui parlare e nulla da fare. Sfilai una patatina fritta dal sacchetto di carta, ma la sputai subito. Era fredda e bagnata e il sacchetto stava lì chissà da quanto tempo. Presi la bottiglia di rum che Orla aveva bevuto per più di metà. Mi alzai, giusto per fare qualcosa, e mi piazzai davanti alla finestra per respirare un po' di aria fresca. Mi attaccai al collo della bottiglia, e pensai a quanto in quel momento avrei voluto farne una molotov per far saltare in aria quel posto di merda.

Un ragazzo mi chiese da accendere e poi si piazzò anche lui vicino alla finestra, appoggiato al davanzale.

«Io ti conosco...» disse dopo un po'.

«Tutti conoscono tutti nel Bogside». Un brivido mi attraversò la schiena perché avevo imparato da quando ero nata a essere diffidente, a stare sull'attenti, a camminare come su un tappeto di mine antiuomo. Mi portai la mano destra sotto la giacca e sfiorai la pistola.

«Non sono del Bogside, sono di Brandywell». Sbuffò il fumo nello spazio tra noi due. Lo guardai meglio, i capelli gli erano cresciuti e ora li portava lunghi fino alle spalle, ma gli occhi furbi erano gli stessi.

«Tony Doherty» dissi all'improvviso. La durezza del mio volto si sciolse in un sorriso e tolsi la mano da sotto la giacca. Gliela porsi per stringerla. «Sono Saoirse». L'ultima volta che lo avevo visto nel Bogside era stato nella Domenica di sangue, quando suo padre era stato ammazzato dai soldati. «Ti ho scritto una lettera... Non so se l'hai mai ricevuta».

«Ho ricevuto centinaia di lettere. E anche la tua, ma non hai mai scritto il tuo indirizzo e non sapevo dove risponderti. Grazie, comunque».

«Sono sicura che tua madre ce lo aveva, il nostro indirizzo» dissi. «Io, il tuo, l'ho chiesto alla mia». Le mie parole risultarono più dure di quanto volessi.

«Mia madre non è stata molto bene in quei giorni».

Mi sentii una merda. Avevo detto una cosa così stupida che mi faceva vergognare. Lui se ne accorse. Mi rifilò uno sguardo che sapeva di compassione e mi disse: «Ricominciamo da capo?»

Gli fui grata per quelle parole.

«Saoirse Doyle». Gli offrii di nuovo la mia mano e sorrisi come se ci presentassimo per la prima volta. In un certo senso, era così. Gli passai la bottiglia di rum. «Perché sei qui?» chiesi. Volevo cambiare discorso, smettere di parlare di argomenti che riguardavano la morte.

«Un amico» si affrettò a dire, indicando con un cenno del capo un ragazzo con i capelli scuri che si teneva la testa tra le mani. «Non mi drogo, io».

«Nemmeno io» dissi. «Ho un amico anche io...»

Guardai Cillian sul divano. Parlava con Orla, sussurravano tra di loro con i volti vicini. Sospirai. Volevo andarmene e Tony sembrò intercettare quel pensiero.

«Facciamo una passeggiata?» mi chiese.

«Ti prego, sì».

«Dammi solo un attimo».

Tony andò ad accertarsi che il suo amico stesse bene e fosse in grado di tornare da solo a casa. Io feci lo stesso con Orla e Cillian.

«Ti offendi se vado via?» Mi rivolsi solo a Orla, perché ero consapevole che Cillian era lì, ma era soprattutto altrove e che io ci fossi o meno gli risultava indifferente. Orla mi tirò a sé e mi diede un bacio sulla guancia.

«Sono così ubriaca che non mi offenderei neanche se mi dessi uno schiaffo» mi disse. Scossi la testa e le diedi un bacio sulla fronte, anche se uno schiaffo avevo voglia di darglielo davvero.

«Domani apriamo le lettere, va bene? Ti aspetto» dissi.

Trasalì e dalla luce che attraversò i suoi occhi mi accorsi che se n'era completamente dimenticata. Annuì, sorridendo.

Salutai Cillian con un gesto della mano e raggiunsi Tony.

L'unico vantaggio di quel palazzo abbandonato era il calore che i corpi sudati regalavano alla stanza. Fuori faceva molto freddo e la pioggia minacciava di cadere violenta da un momento all'altro. Mi strinsi nella giacca e Tony fece lo stesso.

«Quindi... mi avresti sparato un colpo in petto se non ti fossi ricordata chi ero?»

La sua frase mi sorprese. Non pensavo si fosse accorto che avevo cercato la pistola con la mano. «Mi dispiace» dissi.

«Sei nell'IRA, vero?» Poi, quando si accorse che ero rimasta in silenzio, aggiunse: «Lo so che non puoi dirlo, ma tanto lo so che è così. Ti ho visto qualche volta a Brandywell, eri con gente che so per certo che milita nell'IRA. Non c'è mica nulla di cui vergognarsi. Lo farei anche io, se ne avessi il coraggio. Pa' lo avrebbe voluto».

«Mi dispiace davvero tanto per tuo padre» gli dissi ancora.

«Anche a me. Vai a casa?»

«Vorrei andare al The O'Donnell, vorrei vedere il mio ragazzo».

«Posso accompagnarti, se vuoi».

Annuii. Camminammo insieme fino al pub e poi Tony mi allungò la mano per salutarmi. Gliela strinsi e poi lo abbracciai.

«Puoi venire anche tu a prendere una pinta, se ti va».

«Grazie, ma si è fatto tardi» mi disse. «Voglio solo andare a dormire».

«Dovremmo rivederci, qualche volta. In situazioni più piacevoli». Frugai nella tasca, scrissi il numero di telefono di casa su uno scontrino e glielo diedi. «Così non devi neanche cercarmi sull'elenco».

«Mi piacerebbe molto rivederti» mi disse. «Buonanotte, Saoirse».

«Buonanotte, Tony».

Lo guardai allontanarsi avvolto dalla notte e poi spinsi la porta di legno del locale.

Aidan era seduto con i compagni dell'IRA. Non appena mi vide, alzò un braccio. Lo raggiunsi.

«Sei venuta, alla fine!» I suoi occhi blu brillavano di gioia sincera nel vedermi, e gli sorrisi. Mi fece spazio e mi accomodai tra lui e Patsy, che mi cinse il collo con un braccio.

«Cosa stavi facendo di così importante da rinunciare a una pinta con i tuoi compagni d'armi?»

Mi liberai dal suo braccio, ridendo.

«Avevo mal di testa».

Patsy mi annusò come un cane da caccia.

«E ci hai giustamente bevuto sopra del rum per sentirti meglio». Si misero tutti a ridere. «Te l'ho detto una volta e te lo ripeto oggi: mi piace come pensi, Mrs Doyle».

Era completamente ubriaco. Aidan mi guardò a lungo senza parlare. Poi Patsy si alzò per portarmi una pinta di Guinness. Salutai Martha al bancone con un cenno del capo e poi presi tra le mani il bicchiere freddo.

«E quando l'Irlanda sarà unita, il ponte come lo chiameremo?»

«Unity» fece Conor.

«Quanto sei banale, Stick».

«Be', falla tu una proposta allora». Conor tirò a Aidan un tovagliolo accartocciato.

Dopo il rum che avevo bevuto, la birra mi andò subito alla testa. Il tavolino ondeggiava davanti a me, come le facce dei miei compagni. Mi arrivava l'eco delle loro voci mischiate alle canzoni di rivolta che facevano ballare le persone nel pub, ma mi sentivo distante. Ero felice, però. Appoggiai la mano sulla gamba di Aidan e lui me la strinse. Il mio posto era quello. Quello della lotta, dell'amore e delle canzoni, non quello dei palazzi abbandonati e dell'eroina.

Capitolo 52

Quando ce ne andammo, barcollavo così tanto che Aidan mi dovette tenere a sé per aiutarmi a camminare. Fare un passo dopo l'altro era faticosissimo e la pioggia con il vento gelido non aiutava.

«Perché hai bevuto così tanto?» mi chiese.

Sentii le lacrime affacciarsi agli occhi, un nodo stringersi dentro la mia pancia. La voglia di vomitargli addosso la verità era fortissima. Ero abbastanza ubriaca per farlo, ma sapevo che mi avrebbe fatto sentire meglio solo per poco e le conseguenze a lungo termine sarebbero state peggiori. Non era il mio segreto, era il segreto di Cillian, e non spettava a me rivelarlo. Mi inventai una cazzata, come al solito.

Andammo a dormire da me. Aprimmo piano la porta per non svegliare Ma' ed entrammo in camera.

Sul comodino c'erano le buste con sopra lo stemma della Queen's University.

«Non mi hai detto nulla!» disse Aidan quando le vide. «Allora?»

«Non le abbiamo ancora aperte. Stavo aspettando Orla».

«Hai paura?»

«Come non ne ho mai avuta prima».

Aidan mi strinse a sé e mi lasciai andare tra le sue braccia. Erano uno dei pochi posti che sapevano di casa.

«Vogliamo aprirla insieme?» chiese.

«Ho promesso a Orla che l'avrei aspettata».

«Non apri mica la sua...» disse facendomi l'occhiolino. «Apri solo la tua».

Non furono tanto le sue parole a spingermi, perché ci voleva davvero poco a convincermi a fare una cosa che volevo così tanto, quanto la rabbia. Ero incazzata con Orla per il suo party di merda in cui alla fine non mi aveva neanche rivolto la parola perché aveva preferito stare tutto il tempo a baciarsi con il suo fidanzato tossico. Ero dura, forse troppo, ma non mi feci molti scrupoli e aprii la lettera, strappandola in malo modo.

Estrassi il foglio. Pesava come una libbra d'oro. È assurdo pensare a quanto dei pezzi di carta possano cambiare il corso della nostra vita. Iniziai a leggere. Ero confusa, mi aspettavo una lettera breve, una o due righe. Sì o no. Invece la lettera era lunga, piena di 'Gentile signorina Doyle' e 'i nostri valori' e 'la sua domanda' e tutta un'altra serie di stronzate inutili. La parte che mi interessava arrivava alla fine e iniziava con 'siamo lieti di informarla che'.

«Ce l'ho fatta!» dissi. «Ce l'ho fatta, Aidan!»

Dovetti tapparmi la bocca per non urlare, ma iniziai a saltare sul posto. I miei piedi scalzi producevano tonfi sordi e rumorosi sul pavimento.

«Non avevo dubbi, Saoirse».

Lo baciai con un trasporto nuovo che mischiava euforia e terrore. Lo strinsi forte per la felicità e la paura di perderlo, tenendomi stretta tutte le buone intenzioni perché non accadesse mai.

«Andrà tutto bene, Saoirse» disse. «Belfast è qui dietro».

E mi chiesi se lo stesse dicendo a me, o a se stesso. Solo ora che avevo letto quelle parole, solo ora che ero stata accettata all'università, mi resi conto di quanto ci tenessi davvero. Soprattutto, mi accorsi che tutti i miei 'non m'importa' e 'alla fine è una cosa da poco' erano solo un modo per proteggermi dal rifiuto che ero sicura che pendesse sulla mia testa come una ghigliottina. Ma ora che ero ufficialmente una studentessa della Queen's University mi sentivo sulla cima del mondo. Ero in preda a una gioia mai provata. Tuttavia quella felicità aveva una condizione precisa, ossia che potesse essere divisa con Orla. Presi la sua lettera.

«Forse dovresti aspettare...» disse Aidan.

«La mia felicità dipende anche dalla sua». Non lo feci a cuor leggero, ma iniziai ad aprire la busta con più cura di quanto avessi fatto con la mia. Volevo richiuderla, dopo, per non farle vedere che era già stata aperta. Le mie dita tremavano ancora di più. Il cuore mi batteva così forte che il petto mi doleva. Il fruscio della carta rompeva il silenzio irreale della stanza. Saltai tutti i convenevoli e arrivai alla parte che mi interessava.

«Sono lieti di annunciarle, Aidan...» gridai. «Sono lieti di annunciarle!»

Aidan mi abbracciò di nuovo e io lanciai la lettera in aria. Ricadde a terra su un cumulo di vestiti sporchi.

«Andiamo a Belfast, cazzo!» dissi, tra le lacrime. «Orla non dovrà più vivere in questo posto di merda».

Avrei voluto prendere una bottiglia di quelle importanti, stapparla e festeggiare, ma cominciai di nuovo a provare un dolore sottile alla testa, come se fosse attraversata da migliaia di spilli, e le gambe pesanti. Aidan iniziò a baciarmi e tutto il resto sfumò. Gli sbottonai la camicia e lui iniziò a sfilarmi il maglione, quando all'improvviso il ticchettio di un sassolino contro il vetro della finestra mi fece trasalire.

«Chi è?» chiese Aidan.

Io feci spallucce. Mi affacciai alla finestra e vidi Cillian, l'espressione terrorizzata, che si muoveva avanti e indietro sul marciapiede.

«Devo scendere». Mi irrigidii all'improvviso.

«Chi è?» ripeté Aidan.

«È Cillian».

«Non può aspettare domani?»

«Scendo solo a vedere cosa vuole». Cercai di parlare normalmente, ma non riuscivo a nascondere la paura. Afferrai la giacca e corsi giù, con un presagio nefasto che bussava sul petto.

«Che c'è?» domandai, non appena gli fui davanti.

«Orla» balbettò. Aveva il terrore negli occhi e non riusciva a stare fermo. Gli poggiai entrambe le mani sulle spalle per bloccarlo.

«Orla *cosa*?»

«L'hanno portata all'ospedale. Si è sentita male».

«Per l'alcol?» Mi tornò in mente l'immagine di lei di qualche ora prima, scomposta sul divano, che buttava giù rum come fosse acqua.

«No» disse Cillian. «Un'overdose. Ha provato...»

«L'hai fatta bucare?» Mentre lo dicevo, non credevo alle parole che stavo pronunciando. Sentii l'asfalto sotto di me farsi morbido ed ebbi l'impressione di affondare in un terreno vischioso fino alle caviglie. Mi diedi un pugno sulla gamba per tornare in contatto con la realtà. Ero ancora sotto gli effetti dell'alcol, la testa mi girava e non riuscivo a pensare con la freddezza che avrei voluto avere.

«Voleva provare... Mi ha detto che voleva sapere come ci si sente, voleva capire perché io non riuscissi più a smettere. Diceva che voleva zittire le voci nella sua testa». Cillian piangeva e si metteva le mani nei capelli. Lanciai un'occhiata alla mia finestra, Aidan ci stava osservando. Gli mostrai il sorriso più rassicurante che ero in grado di esibire, e poi tornai a guardare Cillian. Mi sentivo invasa da una rabbia cieca.

«Tu sei una merda, Cillian». Avevo voglia di dargli un pugno in faccia e rompergli il naso. Avevo voglia di prendere la pistola che portavo nella giacca e puntargliela alla tempia.

«Sono stato un coglione, lo so» mormorò. «Ma se voleva provare, prima o poi avrebbe provato lo stesso! Ed era meglio che lo facesse con me».

«Non quando era ubriaca, cazzo! Non era neanche in grado di dirti come si chiamava in quel momento».

«Ti ho già detto che ho sbagliato, Saoirse! Lo so! Cosa devo fare adesso?» gridò.

«Non urlare». Cercai di recuperare la calma. «Sta... bene?»

«Sì, è fuori pericolo. Dovresti andare all'ospedale per stare con lei».

«E tu?»

«Mi vergogno» disse abbassando lo sguardo. «Non voglio vederla».

«Cillian, non fare il coglione...» Stavo per continuare, ma sentii la porta dietro di me aprirsi.

«Che è successo?» Aidan uscì con il maglione appoggiato sulle spalle.

«Niente» mi affrettai a dire. «Orla si è sentita male per l'alcol. Stavamo bevendo, prima e...»

«Hai detto che eri a casa, a letto con il mal di testa». Non avevo mai visto Aidan guardarmi in quel modo. Non era arrabbiato, era confuso e ferito. Aveva gli occhi disillusi di chi ha scoperto una bugia.

«Sì, ma...» Cercai una giustificazione qualunque, ma l'alcol che avevo in corpo non mi permetteva di trovare in fretta un'altra bugia decente che potesse reggere il peso di tutte quelle che avevo detto fino a quel momento.

Tuttavia, per la prima volta da un bel po' di tempo, Cillian fece la cosa giusta. «Ha avuto un'overdose da eroina. E la colpa è mia. Mi ha chiesto di provare e io gliel'ho fatto fare. Ho sbagliato le dosi, non lo so» disse, tutto d'un fiato. «E sì, mi buco anche io, Aidan. Da mesi».

Vidi il mondo di Aidan sgretolarsi sotto i suoi piedi. Provai a toccarlo, ma mi scansò con un gesto brusco.

«E tu lo sapevi?»

«Sì» ammisi.

«Perché cazzo non me l'hai detto?»

«Perché non era il mio segreto da rivelare, Aidan. Era il suo». Indicai Cillian, con rabbia.

Gli occhi di Aidan si riempirono di lacrime, poi si voltò e cominciò a prendere a pugni il muro di casa mia con una violenza tale che pensai che avrebbe potuto far crollare tutto.

«Aidan, ti prego». Cercai di cingergli la vita con un braccio, ma si divincolò con violenza e rischiai di cadere. Cillian mi sorresse appena. Iniziai a piangere.

«Non dovresti trattarla così, lo sai?» Cillian diede un pugno sulla schiena di Aidan, che stava riprendendo fiato con la fronte appoggiata al muro. Mi ricordai di colpo di quando giocavamo a nascondino, e di Aidan che contava fino a cento, contro quello stesso muro, in quella stessa posizione.

«Non mi ha fatto niente» dissi. Non piangevo perché mi aveva fatto del male – non me ne aveva fatto –, ma piangevo perché la mia migliore amica era in ospedale per un'overdose e io l'avevo lasciata sola. Piangevo perché mi accorgevo ogni giorno di più che, come non potevo salvare Cillian dall'eroina, non potevo salvare Aidan dalla sua rabbia. E non potevo salvare me dalla condanna di amarli. Alla fine erano uguali, e Orla aveva ragione. Tutti e due si difendevano dal mondo. Uno lo faceva bucandosi, l'altro facendo a pugni con i muri e con chiunque. Era il loro modo di vivere, era il loro modo di correre più veloce dell'angoscia.

«Perché non rispondi?» Cillian incalzò Aidan.

«Vorrei solo che mi lasciassi in pace. Devo pensare».

«Quanto tempo ci vorrà perché tu le metta le mani addosso? A meno che tu non lo abbia già fatto».

Solo allora Aidan si voltò di scatto. Lo afferrò per il collo e iniziò a colpirlo in faccia. Cillian non provò neanche a difendersi.

«Sono contento che Fianna sia morta! Ve la siete cercata, ve la cercate di continuo. Voi e l'IRA!» gridava.

I pugni di Aidan erano ciechi, la sua rabbia era fuori controllo. Cillian incassava, il sangue gli schizzava dal naso e dalla bocca e finiva addosso a Aidan.

«Che cazzo fate?» gridai. Afferrai Aidan per la camicia e cercai di allontanarlo da Cillian con tutta la forza che avevo. Poi corsi da Cillian e gli presi la testa tra le mani.

«Lo so a che gioco stai giocando» gli dissi. «Stai cercando di farti ammazzare perché ti senti una merda! Ma non puoi permettertelo».

Mi rivolsi a Aidan e gli gridai: «E tu smettila di cadere in tutte le cazzo di provocazioni che ti tira! Non vedi che vuole farsi ammazzare perché si sente in colpa ed è troppo vigliacco per ammazzarsi da solo? Hai un cervello che funziona, Aidan. Usa quello ogni tanto, prima delle mani».

Cercai gli occhi di Cillian, ma lui si voltò dall'altra parte. Ero stata dura e lo sapevo, ma non volevo più nascondere la verità.

«L'hanno portata a Altnagelvin?» chiesi. Era l'ospedale in cui avevano curato Cillian, una volta. Era caduto sul marciapiede mentre giocava e si era rotto il labbro. Non era niente di che, ma la botta era stata forte e Cillian piangeva come un disperato perché credeva che sarebbe morto. Avevamo quattro anni, più o meno. Aidan andò insieme al padre di Cillian fino ad Altnagelvin, lo tenne buono cullandolo sulle gambe e tamponandogli la bocca con un fazzoletto pulito. Mi chiesi cosa fosse andato storto, da allora.

Cillian annuì.

«Se voi due volete continuare a fare i cani da combattimento, fate pure. Se invece vogliamo andare da Orla per starle vicino, questo è il momento di farlo».

Non aspettai neanche che mi rispondessero e cominciai a camminare in direzione della fermata dell'autobus. Dopo pochi passi, mi accorsi che Aidan e Cillian mi stavano seguendo in silenzio.

Capitolo 53

L'odore degli ospedali è odore di ginocchia che cedono per la paura. È l'odore della rabbia cieca delle cose ingiuste che si annida nel petto e germoglia veleno.

La segretaria con i capelli scuri seduta dietro la scrivania era determinata a non far entrare nessuno. Non era orario di visita e poi: «Solo la famiglia» aveva detto. Ma noi eravamo famiglia: non di sangue, ma per scelta. Alla fine, riuscii a entrare solamente io. Aprii piano la porta della stanza. C'erano quattro letti. Orla era sveglia, con la schiena rialzata da due cuscini che avevano il colore della menta marcia. Aveva una flebo attaccata al braccio e i capelli biondi appiccicati alla faccia dal sudore. Trascinai lo sgabello di legno sul pavimento e lo misi accanto al letto. Le presi la mano tra le mie, e Orla mi regalò un sorriso debole e stanco.

«Non odiare Cillian» mormorò. «È stata colpa mia».

«Non ho avuto mai così tanta paura nella mia vita».

«È venuto?»

Annuii. «È qui fuori. Insieme a Aidan. Non li fanno entrare».

Chiuse gli occhi.

«Come ti senti?» Era una domanda stupida, ma era un modo di lasciare una porta aperta. Era un modo per dire che avrei ascoltato qualunque cosa avesse da dirmi.

«Non lo farò mai più» disse.

«Ci scommetto. A Belfast non conosci il giro. Non sapresti neanche da chi andare a cercarla, la roba». Sorrisi, e lasciai vagare lo sguardo sul soffitto.

«Che cazzo dici?» Orla si tirò su di scatto e il supporto di metallo a cui era attaccata la flebo traballò, rischiando di cadere. Qualcuno, dal letto accanto, grugnì perché stavamo facendo troppo rumore. Ridacchiammo, e le strinsi più forte la mano.

«Hai aperto la lettera?»

Annuii. Non ero fiera di averlo fatto, ma la gioia negli occhi di Orla mi dava la conferma che ormai non contava più nulla.

«Andiamo a Belfast?» mi chiese ancora, con lo sguardo incredulo di una bambina che si affaccia dalle scogliere di Moher per la prima volta.

«Andiamo a Belfast, Orla» confermai. «Ora pensa solo a riprenderti».

Si lasciò andare di nuovo sul letto, affondando la testa bionda tra i cuscini e scivolando fino a portarsi le coperte sotto il mento.

«Spero che domani mi dimettano. Grazie di essere venuta, Saoirse, ma ora vai a dormire, che è tardissimo».

«Tra poco».

Parlammo ancora un po', poi la baciai sulla fronte e uscii dalla stanza.

Trovai Aidan seduto su una sedia di plastica in sala d'aspetto, con i gomiti poggiati sulle cosce. Guardava fisso una mattonella chiara su cui la luce al neon componeva riflessi artificiali.

«Dov'è Cillian?»

Scrollò le spalle. «Ha detto che aveva bisogno di stare da solo».

«Se c'è una cosa di cui Cillian non ha bisogno è proprio stare da solo».

Aidan mi guardò, stava per dire qualcosa, forse che trovava stupido che io pensassi a Cillian in quel momento, che la colpa era tutta sua, che avrebbe voluto ucciderlo con le sue mani, ma rimase in silenzio. Quando gli dissi che andavo a cercarlo perché sapevo dove potesse essersi cacciato, annuì.

«Vuoi venire con me?» gli chiesi.

«No, aspetto qui Orla, così la accompagno a casa».

Speravo che mi dicesse di no. Cillian andava avvicinato con cura, come una bestia picchiata troppe volte con un bastone. Aidan mi accompagnò all'uscita, mi avvicinò a sé e mi baciò.

«Ti amo, Saoirse Doyle».

«Ti amo anch'io, Aidan McGuinness».

Corsi alla fermata dell'autobus.

Capitolo 54

Mentre ero sull'autobus, tra l'odore di aglio, sudore, la birra rovesciata a terra e i monologhi urlati degli ubriachi, l'idea di non trovare Cillian lì dove credevo che fosse mi attraversò la testa per un attimo. Cercai di concentrarmi su altro, sul paesaggio scuro illuminato appena dai lampioni ai lati della strada e dal cielo che iniziava ad albeggiare timido. Il buio divenne prima viola, poi blu, e quando scesi alla fermata di Craigavon Bridge il cielo era già di un celeste leggero, quasi trasparente.

Cominciai a correre sulla parte pedonale del ponte. Non passavano macchine, l'unico rumore era il cinguettio degli uccelli appoggiati alla ringhiera. Correvo, senza sapere perché. Non ero neanche certa che Cillian fosse lì, su quel mostro di metallo che attraversava il fiume da parte a parte. Quel ponte che avrebbe dovuto permettere la pace tra coloro che abitavano da una parte e quelli che abitavano dall'altra, ma che invece era diventato solo una trincea come tante altre. Correvo perché qualcosa dentro di me mi diceva che era urgente, che dovevo sbrigarmi, che il tempo stava per finire. Mi tornò in mente la Banshee e iniziai a correre ancora più veloce. Correvo con il vento che mi soffiava contro, perché ciò che è facile nella mia terra non è mai concesso. Sentivo il cuore che stava per scoppiare, non avevo quasi più fiato, ero certa che non appena mi fossi fermata avrei vomitato. E accadde proprio così.

Quando vidi una figura con i capelli rossi farsi sempre più vicina, raccolsi le ultime forze che avevo per raggiungerla. Poi mi piegai in due, mi sporsi oltre la balaustra e vomitai l'anima.

Cillian rimase immobile, non mi tenne la testa, non mi chiese neanche come stavo. Quando finii, mi rialzai a fatica, tossendo, con la bocca e i capelli sporchi di vomito, il volto sudato e bollente. Cillian riprese a camminare, dandomi le spalle. Io sentii un'altra fitta allo stomaco e quella volta non fui abbastanza veloce da sporgermi oltre la balaustra. I conati erano così forti da farmi male alla gola. Sentivo che stavo sputando veleno. Guardai la pozza di vomito ai miei piedi, poi alzai gli occhi sul ponte e vidi Cillian allontanarsi a passo sempre più svelto. Ripresi a camminare anche io, con le forze che mi rimanevano, e non appena lui si accorse che lo stavo seguendo, iniziò a correre.

Imprecai e gli andai dietro. Aveva un buon vantaggio e non sarei mai stata in grado di raggiungerlo. All'improvviso si fermò. Sollevò una gamba e si mise a cavalcioni sulla ringhiera. Poi sollevò anche l'altra. Adesso entrambe le sue gambe fluttuavano nel vuoto, si reggeva a malapena con le mani sul bordo di metallo. Lo vidi oscillare pericolosamente.

«Cillian! No!» gridai così forte da squarciare l'alba. Il fiume ci scorreva sotto i piedi senza curarsi dei nostri dolori. Mi avvicinai con cautela. Rimasi a una distanza tale che mi consentisse di parlargli, ma senza avvicinarmi troppo, per paura di spaventarlo e spingerlo a fare qualcosa di stupido.

«Cillian, scendi» dissi. «Ti prego».

«Non voglio vivere più, Saoirse». Solo allora mi resi conto di quanto tremasse. Le mani si reggevano a stento alla ringhiera sottile. Passai un dito sopra il metallo, era scivoloso e bagnato perché aveva piovuto da poco.

«Scendi da lì. Ti prego» gli dissi. «Almeno parliamo».

Cillian scosse la testa.

«Lasciami solo, Saoirse». Parlava a fatica, tra le lacrime e i singhiozzi che gli squassavano il petto. «È tutta colpa mia».

«Ho parlato con Orla, Cillian. Sta bene! Mi ha chiesto addirittura di non essere incazzata con te. E non lo sono. Forse Aidan lo è, ma cosa importa? Aidan è incazzato con il mondo, lo sai».

Non rispose, il suo sguardo annegava tra le profondità dell'acqua scura e appena increspata sotto di lui. Trattenni il respiro.

«Posso avvicinarmi?» domandai.

Lui scosse la testa, e tutto il suo corpo fu attraversato da brividi. Era terrorizzato come un animale ferito e io mi sentii inutile, addirittura pericolosa. Rimasi immobile, e cercai di parlargli ancora.

«Orla ha bisogno di te, adesso» dissi. «Io ho bisogno di te, Cillian».

«Non è vero».

«È vero, invece. Ho bisogno di un amico. Orla ha bisogno di qualcuno da amare e da cui essere amata. Perfino Aidan ha bisogno di qualcuno con cui incazzarsi».

Cillian rimase in silenzio, ma mi sembrò che tremasse di meno. Provai a fare un passo verso di lui, e quando mi accorsi che non mi respingeva ne feci un altro, poi un altro ancora, fino a quando non riuscii a essergli accanto. Alzai piano il braccio, in modo che lo vedesse, e gli posai la mano sulla schiena. Mi muovevo morbida, in silenzio, evitavo di fare gesti che potessero risultare bruschi o imprevedibili. Alla fine, il tocco delle mie dita sulla schiena si trasformò in carezze. Sentivo che l'amore che provavo per lui doveva gridare per farsi sentire, sotto la pelle spessa dell'eroina, dei traumi di un'infanzia di merda, del guscio che si era coltivato attorno con il passare degli anni.

«Vieni giù, per favore» dissi.

Cillian scosse di nuovo la testa.

«Salgo io, allora».

Scavalcai la ringhiera con il respiro che mi si spezzava in gola. Avevo le vertigini, odiavo quel cazzo di ponte che ancora oggi è il posto preferito della gente della mia città per andarsi ad ammazzare. Il Foyle è molto profondo in quel punto, anche se guardandolo dall'alto non si direbbe. La superficie è spesso piatta, increspata appena dal vento, ma le correnti che si muovono sotto l'acqua sono violente. Il Foyle Search and Rescue lavora ogni giorno: la gente si ammazza di continuo qui e i corpi riaffiorano anche a miglia e miglia dal Craigavon Bridge. L'acqua del Foyle scorre veloce e mangia i suoi figli, inesorabile. Ero terrorizzata, mi mordevo la lingua per concentrarmi sul dolore invece che sull'altezza. Mi sentivo debole e temevo che il vento potesse farmi cadere da un momento all'altro.

Con il terrore nel cuore, staccai una mano dalla ringhiera per posarla sopra quella di Cillian.

«Sei fatto?» gli domandai.

«No».

«Se ti butti, mi butto anche io» dissi. «Ti prego. Scendiamo».

Cillian si diede una spinta, e per un attimo non riuscii a capire se si stesse muovendo verso la vita o verso la morte. Per un dono del cielo e delle fate, o forse solo per caso, prevalse la voglia di vivere. Portò una gamba alla volta a cercare il cemento solido del ponte, poi mi porse entrambe le mani e aiutò me a scavalcare. Gli crollai addosso e finimmo a terra, i nostri corpi erano una sola massa indistinta, non sapevo dove iniziavo io e finiva lui. Ci stavamo sciogliendo uno addosso all'altro, tra lacrime, sudore e capelli in faccia.

«Questa è la cosa più stupida che tu abbia mai fatto in vita tua, Cillian».

Ormai era giorno. La luce illuminava i volti, le case, le gocce di pioggia sulla ringhiera di ferro, l'acqua sporca, gli alberi in lontananza. Eravamo tutti vivi.

Capitolo 55

Una volta ancora, come dopo la Domenica di sangue, la neve ricominciò a cadere nella *boule de neige* e la vita riprese il suo corso. L'estate era piombata su di noi come un imperativo di felicità, spezzata solo dai tuoni dei temporali e dal rumore delle bombe.

Non passava un giorno in cui io e Orla non parlassimo di Belfast, non indugiassimo in sogni e progetti. Mia madre era fiera di me e aveva messo un po' di soldi da parte per aiutarmi a sistemarmi in città. Mi disse che le sarei mancata, ma che la domenica mi avrebbe portato lo stufato di carne con i piselli. Il senso di colpa all'idea di abbandonarla smise di tormentarmi.

Desideravo tantissimo una casa con una scrivania vicino alla finestra, così da poter scrivere guardando il cielo, e un piccolo davanzale su cui far crescere qualche pianta. Avevo iniziato a scrivere una storia, ma non era niente di serio. Più che una storia era un diario di cose che non avevo elaborato, e buttarle giù sulla carta mi aiutava a vederle da un'altra prospettiva. Scrivevo, come facevo da sempre, per allontanare l'idea della morte. Nella mia storia c'erano Eileen e Damien, nonostante avessi dato loro altri nomi. Erano vivi, erano diventati adulti, avevano una famiglia e dei figli. Scrivevo anche poesie, mi venivano meglio. Non ero io a rincorrere le parole giuste, ma erano loro che sceglievano me. Le scrivevo su un quaderno, poi strappavo le pagine e le davo a Aidan, che le conservava con cura.

«Quando sarai famosa, queste mi pagheranno l'affitto!» diceva sempre, ma non credo che lo abbia mai pensato davvero.

La poesia ci piaceva perché era gentile e faceva scoppiare il cuore di tenerezza.

Quella sera raggiunsi Aidan al The O'Donnell. Patsy ci aveva detto di farci trovare lì perché aveva bisogno di parlarci. Non sapevo bene cosa aspettarmi, ma non ero preoccupata. Ero abbastanza certa che volesse chiederci di andare una settimana nelle brughiere insieme a quelli della Derry Brigade per l'addestramento militare.

Mi preparai di fretta e uscii. Il sole aveva battuto sulle strade per tutto il pomeriggio e un calore gentile saliva dall'asfalto fino ad abbracciarmi le gambe. Spinsi la porta del pub ed entrai. Era un martedì e il locale era quasi vuoto. Martha era di riposo e il tizio che stava dietro il bancone non l'avevo mai visto prima. Quando entrai, mi squadrò per bene e poi mi fece cenno di andare oltre la porta alle sue spalle.

Di solito ci sistemavamo sempre nella sala centrale. Nella saletta interna non c'eravamo mai stati. Abbozzai un sorriso al tizio, che spillò una birra scura e la appoggiò sul bancone. La presi e mi diressi verso la saletta.

Aprii piano la porta, Aidan e Patsy erano già seduti. Sul tavolo c'erano quattro boccali vuoti. Dovevano essere già lì da un po'.

«Sono in ritardo?» chiesi.

«No, siediti» mi disse Patsy.

Lo feci. Buttai giù un sorso della mia Guinness, la appoggiai sul tavolo e poi incrociai le braccia al petto.

«Perché mi hai fatto venire qui, Patsy?»

«Il tuo amico, Cillian Doherty, è uno spacciatore».

Quella frase mi arrivò come uno schiaffo in faccia. Sentire il nome di Cillian pronunciato da Patsy mi fece uno strano effetto. Guardai Aidan, che distolse lo sguardo.

«Si fa di eroina» precisai.

«La spaccia anche» aggiunse Patsy.

«Come la maggior parte di quelli che si drogano e non sono di buona famiglia». Era una puntualizzazione inutile, ma la feci lo stesso. Patsy mosse la mano in aria, sembrava che non gli importasse molto di quello che stavo dicendo.

«La prende da un tale Richard Doom». Prima di dire quel nome consultò un foglietto di carta stropicciato. «È uno dell'UVF».

Io non dissi nulla, non avevo la minima idea da chi prendesse l'eroina Cillian né era un problema che mi riguardava. Quello che mi aveva detto Patsy mi preoccupava, ma non mi sorprendeva affatto. Lui non aggiunse altro, e Aidan rimase nel silenzio in cui era chiuso da quando ero entrata, nascosto da un muro di pensieri funebri che gli rendevano gli occhi bui.

«Quindi?» domandai.

«Quindi...» disse Patsy. Appoggiò le mani sui braccioli della sedia e si alzò. «Quindi è ora di dare una lezione a queste merde. Doom riunisce i suoi *thugs* il mercoledì sera. Si incontrano all'ex fabbrica di Queen Street. Voglio che ve ne occupiate voi due. Non da soli, ovviamente. Ci saranno altri uomini, me compreso».

«Per fare cosa, esattamente?»

«Ammazzare Doom e gambizzare gli altri» disse Patsy. Sfilò una sigaretta dal pacchetto e la accese. «*Tutti* gli altri».

Sbuffai una risata.

«Non toccheremo mai Cillian, Patsy» dissi. «È assurdo anche che tu lo stia solamente pensando. Non me ne frega un cazzo di Doom. Può bruciare all'inferno. Mi sta bene levarlo di mezzo. Mi risolve anche un problema. Ma se pensi che toccheremo Cillian anche solo con un dito...»

Parlai al plurale, perché ero sicura che le mie parole fossero quelle che avrebbe pronunciato anche Aidan. Mi voltai verso di lui e cercai di nuovo i suoi occhi. Ancora una volta me li negò. Prese anche lui una sigaretta e la accese senza dire una parola.

«Non mi frega niente di quello che pensi, Doyle» disse Patsy. «Ricevi un ordine, esegui un ordine».

«Aidan, cazzo!» Sbattei un pugno sul tavolo e i boccali di birra sbatterono tra loro. Presi la mia pinta e la finii in un sorso.

«Saoirse, io...» Si morse il labbro, poi piantò gli occhi sui bicchieri vuoti. «Mi dispiace».

«Stai scherzando?» Mi alzai e scoppiai a ridere. Era una risata nervosa e incredula.

«Le conosci le regole, Doyle» disse Patsy. Per la prima volta, nella sua voce avvertii rabbia. Era spazientito, come quelli che non sono abituati a essere contraddetti. «Ricevi un ordine, esegui un ordine. Prima l'IRA, dopo il resto».

«Cos'è? Una prova di lealtà?» Avevo una voglia incredibile di tirargli un pugno in faccia e mi tenevo le mani piantate in tasca per non cedere alla tentazione. «Sai perfettamente che Cillian è solo un tossico! Mi stai chiedendo di gambizzare il mio migliore amico per provare la mia lealtà all'IRA. Non la provi così, la mia lealtà, questa roba mi fa solo venire voglia di farvi saltare in aria».

Gli diedi una spinta. Lui accusò il colpo e arretrò di qualche passo.

«Cosa cazzo aggiunge questo alla causa irlandese? Richard Doom morto, lo capisco. Cillian Doherty gambizzato è solo una tortura che stai infliggendo a noi. Anzi, solo a me!» Guardai Aidan, ma lui non parlò.

«Il tuo migliore amico ha quasi fatto crepare di overdose la tua migliore amica, Doyle» disse Patsy.

«Non sai un cazzo, Patsy. Non sai un cazzo!»

Lo spinsi di nuovo, questa volta con più forza, tanto che la sigaretta gli cadde dalle labbra. Mi afferrò i polsi per tenermi ferma e solo a quel punto Aidan si alzò. Patsy mi lasciò andare.

«Non sono tenuto a discutere con te» disse. «L'ordine è questo. L'hai ricevuto».

«Ammazzerò Doom. Lo ammazzerò anche a mani nude. Gli posso strappare il cuore dal petto, Patsy. Ma non farò altro».

Non rispose. Raccolse la sigaretta da terra e se la mise di nuovo in bocca. Sbuffò il fumo verso l'alto e poi tornò a parlare.

«Doyle. Io so che Cillian sarà lì domani. Se non dovesse esserci, la ragione sarà perché lo hai informato tu».

«Mi stai minacciando?»

«Ti sto spiegando come funzionano le cose nell'IRA, dato che mi sembra che tu non lo abbia capito».

Gli alzai il dito medio davanti alla faccia.

«Saoirse, non rendere le cose più difficili di quanto non lo siano già» disse Aidan.

«Tu sta' zitto, cazzo».

Presi un bicchiere e lo scagliai contro il muro. Poi un altro, e un altro ancora. Guardai il vetro infrangersi in mille scaglie brillanti contro la parete di legno scuro e cadere sul pavimento. Un coccio mi ferì. Mi portai la mano alla bocca e succhiai via il rivolo di sangue. Patsy se ne andò via sbattendosi la porta alle spalle. Aidan si avvicinò con le braccia aperte e, per quanto lo odiassi, non ebbi altra scelta che abbandonarmi alle sue carezze.

Non ricordo quanto tempo passò, ma gli inzuppai il maglione di lacrime, gli presi a pugni il petto, sferrai calci e gridai per il dolore. Aidan, con pazienza, mi accarezzò i capelli, li arrotolò tra le sue dita, mi baciò la fronte e lasciò che il respiro mi tornasse nel corpo.

«Non puoi farlo, Aidan» urlavo. «Perché non hai detto nulla per opporti? Non puoi accettarlo».

«Saoirse, tutti facciamo delle scelte. Cillian ha scelto di farsi di eroina. Io ho scelto di lottare nell'IRA. Non si guarda in faccia a nessuno. Lo sapevi che poteva arrivare il giorno in cui la tua lealtà sarebbe stata messa alla prova. E io ho giurato, Saoirse. Ho giurato di servire l'IRA».

«Non può andarti bene questa cosa. Non può...»

«Non mi va bene. Non provo nessun piacere all'idea di doverlo fare, ma sono un soldato e ho giurato lealtà all'Irlanda» disse. «Cillian è adulto. Conosce perfettamente i rischi connessi alla sua scelta, che siano crepare in un vicolo con un ago in vena o essere gambizzati come si fa con tutti gli spacciatori. Non è stupido. Vuole drogarsi e ha accettato il rischio».

«Sei pazzo...» dissi. «Sei diventato completamente pazzo».

Sentivo la testa farsi leggera. Guardai le lame di vetro a terra, avrei voluto prenderne una e ficcargliela nel petto fino a ridurgli il cuore a brandelli. Ma avevo paura che Aidan un cuore non lo avesse più.

«Non me ne frega più un cazzo, Aidan. Ho giurato lealtà

all'Irlanda, ci siamo arruolati per lottare contro la morte, per vedere l'Irlanda unita. Facevamo questo perché la gente non crepasse più. Non ci siamo arruolati per gambizzare i nostri amici. Non ci siamo arruolati per tradirci tra di noi!»

«Mi dispiace, Saoirse».

«Aidan...» Mi allontanai, presi fiato, gli piantai gli occhi addosso. Alla fine, pronunciai le parole più difficili di tutta la mia vita.

«Aidan. Devi scegliere. O me o la cazzo di IRA».

Non si prese neanche il tempo per pensare.

«L'IRA, Saoirse». E per accertarsi che il suo colpo mi avesse colpita al centro del cuore, lo ripeté. «L'IRA».

Quando chiusi gli occhi, le lacrime caddero tutte insieme. Me ne andai senza voltarmi.

Capitolo 56

Derry, 1986

Quando incontrai Cillian quella domenica, non immaginavo che sarebbe stata l'ultima volta. I nostri sguardi si incrociarono con imbarazzo sull'unico binario della stazione di Derry. Ero riuscita a prendere l'ultimo treno da Castlerock e il tramonto estivo bruciava i palazzi all'orizzonte. Non lo vedevo da più di dieci anni, da quando Aidan e quelli dell'IRA avevano sparato tre colpi in testa a Richard Doom e gambizzato i *thugs* che erano con lui. La sera prima, avevo detto a Cillian di non andare all'incontro. Gli avevo spiegato che quelli dell'IRA sarebbero stati lì pronti a massacrarli, ma lui mi aveva detto che conosceva i rischi che correva e che temeva più l'idea di passare una notte senza eroina che doversi difendere da qualche stronzo dell'IRA. Alla fine, era andato lo stesso e nello scontro qualcuno lo aveva colpito alla gamba destra con un proiettile.

Non seppi mai se fu Aidan a sparare. Seppi solo che, come Aidan aveva scelto l'IRA, Cillian scelse un'altra volta l'eroina. Passò una settimana in ospedale imbottito di morfina. Io e Orla andammo a trovarlo ogni giorno. Quando si riprese, andò via da Derry senza dire una parola e io dovetti raccogliere i cocci della mia migliore amica. In un certo senso, li sto ancora raccogliendo.

Dopo più di un anno da quella sera, ci mandò una lettera. Io e Orla stavamo finendo il primo anno di università. Scrisse che gli dispiaceva, ma l'IRA era stata chiara, e se lo avessero beccato un'altra volta a spacciare lo avrebbero ucciso, per quello aveva deciso di sparire. La gambizzazione era un avvertimento, poi seguiva l'esecuzione, ovunque si fosse trovato. Un colpo alla testa e via. 'Tu dovresti saperlo meglio di tutti, Saoirse' scrisse, e il risentimento di quelle parole ancora mi stringe il cuore. Scrisse che sapeva di essere un vigliacco, ma era scappato perché aveva bisogno della roba, che provava a smettere ma non ci riusciva, e di non cercarlo, perché ci saremmo messi reciprocamente in pericolo. Aggiunse che non odiava Aidan, e mi stupì che utilizzasse quasi le stesse parole che Aidan aveva usato quella sera al pub. Ognuno era costretto a fare delle scelte, nella vita, e Cillian non lo biasimava. Anche la sua scelta di andarsene era stata difficile. La lettera si chiudeva con frasi di speranza. Scrisse che era in un centro per disintossicarsi e sarebbe tornato alla fine del programma, pulito.

Dovetti prendermi cura del cuore di Orla e del mio per lungo tempo, prima che quella ferita così profonda accennasse solo a rimarginarsi appena un po'.

Ma adesso Cillian era di fronte a me, con uno zaino distrutto portato su una spalla sola.

«Sei tornato a casa?» gli domandai, con il cuore in gola. Lo avevo odiato per tutti quegli anni, ma ora che era di nuovo davanti a me non volevo fare altro che stringerlo forte e non lasciarlo andare mai più.

«Non lo so».

Alzò la mano per salutarmi, la tenne sospesa in aria per qualche secondo. Sorrise con imbarazzo e poi iniziò a camminare verso l'uscita.

«Oi!» gli gridai, ma non si fermò. Sentii una marea scura crescermi dentro. Gli corsi dietro, dentro la stazione illuminata da luci fredde al neon. Rischiai di scivolare sulle mattonelle e gridai ancora. «Fermati, Cillian!» Mi scontrai con un uomo e gli urlai di andare all'inferno. Quando raggiunsi Cillian, gli afferrai la spalla e lo costrinsi a girarsi verso di me. «Mi stai prendendo per il culo. Che sta succedendo?»

Mi guardò attraverso, come mi aveva sempre guardata da quando aveva iniziato a bucarsi. Dentro la stazione, ci fissavano tutti. «Vuoi parlare?» mi domandò.

Volevo dirgli di sì. Lo sguardo mi cadde sulle sue braccia, coperte dal cappotto scuro e rovinato. Poi gli osservai il volto grigio e scavato, gli occhi spenti. Avevo il respiro affannato e fui costretta a stringere i pugni per assicurarmi di essere ancora dentro il mio corpo.

Un treno fischiò il suo arrivo.

«Dove vivi adesso?» gli chiesi.

«Da nessuna parte in particolare» rispose, evasivo.

«Io abito a Beechwood Ave adesso, divido una casa con Orla» gli dissi. Avrei voluto dirgli che poteva stare da noi, se ne aveva voglia, ma le parole mi morirono in gola. Come potevo fare finta che non fosse successo niente? Come potevo esporre Orla alla violenza di vederlo di nuovo, come se fossero passati tre giorni? Erano passati dodici anni. Lo guardai e mi sembrò di vedere i fotogrammi di un'altra vita che non mi apparteneva più. Gli volevo bene, profondamente, così come gliene avevo sempre voluto, ma la ferita era ancora aperta.

«Oh». Sembrò stupito. «Be', siete tornate nel Bogside. Belfast vi ha trattate bene?»

Non ce la facevo a fare conversazione in quel modo. Non riuscivo a ignorare tutte le parole non dette che si aggrovigliavano nello spazio di dolore che ci separava.

Non gli risposi. Lui vagò con lo sguardo verso la biglietteria della stazione. «Come sta Orla?»

«Sta bene».

«E tu, Saoirse? Come stai tu?» mi chiese. Davanti a me avevo un uomo con un filo di barba che mi parlava con la stessa voce spezzata del bambino a cui avevo stretto la mano ogni volta che aveva paura.

«Sto bene, Cillian». Rimanemmo in silenzio per un po'. Eravamo sempre stati bravi a farlo.

«Senti, io vado» disse. «Ci vediamo in giro».

In una città come Derry non era un modo di dire, ma un

dato di fatto. Gli accennai un sorriso. Mentre stavo per allontanarmi, mi afferrò il polso.

«Saoirse» mi disse. «Scusa. Per tutto».

«Sei qui adesso, Cillian» risposi. «Ti serviranno solo otto vite per chiedere scusa».

Gli diedi le spalle e me ne andai.

Capitolo 57

«Tè o caffè?» mi domandò Orla.

«Quello che prendi tu».

Era quasi la stessa cosa: avevano praticamente lo stesso sapore. Orla si fermò sulla porta d'ingresso del Five Twenty, la drogheria più squallida di tutta Derry. Andavamo lì ogni mattina da circa tre mesi perché Orla si era presa una cotta per il ragazzo che lavorava lì.

Mentre la aspettavo, imbucai una lettera indirizzata al Comune per segnalare la presenza di delfini nel Foyle. Era la terza volta che li vedevo. In realtà, era stato un bassotto con il pelo scuro a vederli per primo. Aveva cominciato a tirare il guinzaglio della padrona e ad abbaiare come un pazzo verso il fiume. Mi ero girata nella direzione in cui puntava il suo muso e li avevo visti. I delfini erano emersi e scomparsi di nuovo sotto la superficie dell'acqua scura. Erano meravigliosi, sì, e la loro vista spezzava la monotonia di un paesaggio tutto uguale, di case, alberi e di un fiume che divideva ancora la città a metà. Ma non era una cosa normale. I delfini appartengono al mare, e non all'acqua dolce. Avevo sorriso, perché la mia testa mi aveva riportato alla memoria un ricordo lontano. Avevo pensato a me e a Aidan e a quello che eravamo stati. Ci eravamo amati, ma eravamo riusciti a farci del male. La colpa però non era mai stata nostra. Eravamo come quei delfini di fiume: noi eravamo giusti, era quello che ci stava attorno a essere sbagliato. Avevo sentito il cuore stringersi per tutto quello che avremmo potuto essere e non eravamo stati. Per la prima volta dopo molti anni mi ero data il permesso di sentire la sua mancanza. E mi mancava di brutto. La nostalgia mi aveva colpito in faccia come una bastonata.

Orla uscì con la faccia di cera, il giornale stretto sotto il braccio e due tazze di caffè maleodorante d'asporto. Al Five Twenty non ti concedevano neanche il lusso di sederti. Mi porse il giornale.

«Cos'è successo?» le chiesi. Ma non ebbi neanche il tempo di incrociare i suoi occhi che lo sguardo mi cadde sulla piccola foto in bianco e nero in prima pagina.

'Cillian Doherty è morto ieri notte circondato dall'affetto della sua famiglia nella casa del Bogside in cui aveva trascorso la sua infanzia'. Non riuscii a leggere oltre. Pensai di nuovo ai delfini nel Foyle. Le gambe di Orla si fecero di gomma e dovette aggrapparsi a un lampione per non cadere a terra. La sorressi.

«Tu sapevi che era tornato?»

«No» mentii.

Orla si chinò e svuotò le due tazze di caffè in un tombino.

«Fanculo questa merda» disse. «Andiamo al Peacock». Era uno degli unici caffè per gente di classe a Derry. Ci avevo messo piede per la prima volta dopo aver pubblicato il mio primo racconto su una rivista – mi avevano anche pagata bene – e le mie aspettative non erano state deluse. Da quel momento in poi, io e Orla ci andavamo solo per le grandi occasioni. Il Peacock era uno di quei posti dove chiamavano Derry 'Londonderry', ma Kelly, la ragazza che lavorava la mattina, era del Bogside. Aveva la faccia pulita e preparava senza dubbio il miglior caffè della città.

Ci sedemmo sullo stesso lato del divanetto di velluto rosso con il giornale appoggiato sul tavolino di vetro. Io tenevo le braccia incrociate e le gambe di Orla tremavano nervosamente, ma l'atmosfera del Peacock mi rassicurava almeno un po'. Orla indicò la foto.

«L'ho scattata io» disse. Piantò il dito contro la fronte di Cillian, i suoi occhi erano gonfi, ma non si concesse di piangere. Il mio cuore era piccolo come una nocciolina. Non avevamo voglia di ripensare a quegli anni e Cillian ce li aveva fatti ripiombare addosso senza chiederci il permesso.

«Era in uno dei suoi momenti peggiori» dissi.

Ricordavo quando Orla aveva scattato quella foto. Cillian mi aveva detto da poco che si drogava. Eravamo andati al cinema, e durante l'intervallo lui era dovuto andare in bagno per farsi una dose. Quando eravamo usciti, Orla gli aveva fatto la foto. C'era una luce infuocata e il cielo era viola, ma tutto questo non si vedeva nella grana bianca e nera del giornale.

«Anche io stavo male» aggiunse Orla con un sorriso amaro.

Rimanemmo in silenzio, senza guardarci.

Arrivarono i nostri scones, il burro e la marmellata in piattini d'argento, e due tazze di caffè che profumavano di cacao e non di acqua di scolo come quelle del Five Twenty. Presi il coltello e tagliai a metà uno scone, poi affondai la lama nel burro tiepido.

«Devo dirti una cosa, Orla» le dissi, mentre spalmavo uno strato generoso di burro sull'impasto morbido.

«Cosa?»

«Ho incontrato Cillian, due giorni fa».

«Cosa cazzo stai dicendo?» Orla stese con violenza le gambe in avanti, colpendo il tavolino di vetro. Le tazze tintinnarono pericolosamente e una signora con i capelli bianchi raccolti dietro la nuca ci guardò con diffidenza, appoggiando accanto a sé il libro che stava leggendo. Orla mi incalzò con un gesto della mano. Le raccontai cosa era successo.

«Perché non me l'hai detto prima?» mi chiese.

«Te lo avrei detto, prima o poi» dissi. «Non avevo voglia di pensarci, in realtà».

Orla reagì con un mugolio e si legò i capelli con un elastico.

«Chiedere scusa per tutto è come non chiedere scusa affatto» aggiunse soltanto.

«Sembrava sincero, però».

«Non lo metto in dubbio». Sorseggiò il caffè e appoggiò la tazza sul tavolino. «Dovremmo andare al funerale».

Annuii.

«E dovremmo dirlo a Aidan...»

«No» dissi decisa.

«Saoirse... Ti prego». Orla mi prese la mano. «Cillian è morto per colpa dell'eroina. Lo sai. Aidan non c'entra. E poi, dopo tutto questo tempo, non avresti voglia di rivederlo?»

«No» tagliai corto. «Non so neanche se sia vivo, a dirla tutta». Quello in realtà lo sapevo, perché ogni volta che moriva un membro dell'IRA lo venivamo a sapere tutti. Ma ogni tanto, senza che lo facessi di proposito, da quando ero tornata a Derry, mi capitava di andare al cimitero per portare un saluto a Damien ed Eileen, e buttavo sempre un'occhiata alle tombe dei repubblicani. L'angoscia di cui non parlavo mai è che un giorno avrei visto il nome di Aidan incastonato nella pietra per sempre senza avergli potuto dire che, mio malgrado, non avevo mai smesso di amarlo.

«Io so dove vive» ammise lei. «Ogni tanto ci mandiamo una lettera. Non te l'ho mai detto perché tu...»

«Hai fatto bene a non dirmelo» la interruppi. «Perché non m'importa».

«Be', vive nel Donegal. Ora è un ufficiale dell'IRA».

Sentii le gambe farsi briciole. Mi tornarono in mente i suoi occhi dello stesso colore del mare, a Buncrana, tanti anni prima.

«Diglielo tu, allora» le dissi, fredda.

«Non ti incazzare, Saoirse, ti prego» mi disse.

«Ci vediamo dopo».

«Saoirse...»

Lasciai i soldi sul bancone e feci un cenno di saluto a Kelly prima di uscire.

Quando muore una persona che hai amato così tanto, la gente si aspetta che tu pianga, ma io invece ero incazzata come non lo ero mai stata.

Capitolo 58

«Non è vero che sei morto» mormorai quando vidi il corpo di Cillian disteso nella bara di legno. Lo pensavo davvero. Doveva essere uno scherzo. Se fosse stato davvero uno scherzo, lo avrei riempito di botte fino a fargli sputare il cervello, e forse dopo anni sarei anche stata capace di riderci sopra, ma invece ero di fronte alla banalità della vita.

Cillian aveva desiderato attenzioni per tutta la sua breve esistenza: dai suoi genitori, da noi, dai soldati inglesi da cui, contro ogni buon senso, si faceva regalare cioccolato e caramelle. La sua morte pretendeva l'estrema forma di attenzione che potessimo dargli. E se la prese tutta, il bastardo.

C'era una sua foto appoggiata sull'altare. Mi venne voglia di buttarla giù.

«Come stai?» Orla mi appoggiò una mano sulla spalla.

«Come stai tu, piuttosto?»

Orla si strinse nelle spalle.

«Mi manca, Saoirse» mi disse. «Mi è mancato per tutti questi anni. Ma ho davvero pensato che ci saremmo rivisti, un giorno».

Mancava anche a me, ma non lo dissi perché sapevo che tutto ciò che fosse uscito dalla mia bocca sarebbe stato avvelenato dalla rabbia che provavo.

'Sei un fottuto egoista, Cillian Doherty'.

Le mie labbra erano serrate, la mia espressione poteva apparire impenetrabile a chi mi guardava, ma nella mia testa gridavo a Cillian tutto il mio dolore.

'E ti odio'.

L'odore di incenso era talmente forte da bloccare in gola il respiro.

'Ma ti voglio anche un bene dell'anima. Ed è questo il cazzo di problema'.

«Ho bisogno di prendere aria» dissi a Orla. Lei annuì. Mi allontanai dalla bara. Guardai gli altri che venivano a salutarlo, uno alla volta, nel modo in cui preferivano. Orla gli rimase accanto, come aveva sempre fatto, in silenzio. Pensai che sarebbe arrivato il momento in cui avrebbero dovuto portare via la bara, e avrebbero dovuto portare via Orla con la forza. Volevo risparmiarmi quella scena. Non ne potevo più del dolore. Vidi Martha da lontano, sottobraccio a suo padre. Ormai era vecchio e aveva bisogno di una stampella per camminare. Ma' mi aveva detto che aveva smesso di bere quando era morta sua moglie. Comunque con almeno due decenni di ritardo. Regalai a Martha il sorriso più dolce di cui fossi capace e lei lo ricambiò. Avrei voluto correre ad abbracciarla, ma era impegnata a incassare parole di circostanza da parte di vecchie che conoscevo appena e che andavano ai funerali di tutti, per non perdere mai l'esercizio al dolore. Mi aggirai tra le panche semivuote, in cerca di qualunque cosa che riuscisse a distrarmi da me stessa, ma le vetrate di opalino erano noiose e dozzinali e non c'era una scena biblica che non riconoscessi a colpo d'occhio. Mancava ancora un po' all'inizio della messa. Fuori pioveva a dirotto e i lampi illuminavano l'interno della chiesa di una luce elettrica, tra il viola e il blu. Decisi di uscire lo stesso. Almeno potevo fumare.

Mi infilai in bocca una Park Drive, avevo iniziato a fumarle da quando avevo rotto con Aidan. Chinai il capo e mi sistemai la giacca sopra la testa per evitare che la sigaretta si bagnasse. Infilai una mano nella borsa per cercare l'accendino, ma era scarico. Sbuffai e continuai a frugare. Trovai una scatola di fiammiferi raggrinzita dal tempo. Ne estrassi uno dopo l'altro, ogni volta che provavo ad accenderli la fiamma si spegneva all'istante.

'Cazzo'. Sono sempre le cose stupide che ci fanno crollare. Gettai a terra la scatola di fiammiferi e la calpestai, poi la calciai via. Si fermò sul secondo gradino di pietra, dove l'erba ostinata spuntava a ciuffi. Iniziai a piangere per la prima volta da quando avevo saputo che Cillian era morto. Mi resi conto solo in quel momento che era morto davvero. Realizzai che non lo avrei visto più.

La pioggia era così forte da piegare i rami degli alberi e tutto intorno a me sembrava irreale. Mi lasciai andare sul gradino con la testa tra le mani. La pioggia mi cadeva addosso. Non me ne importava nulla. Volevo solo fumare una stramaledetta sigaretta. Sentii lo scatto di un accendino. Mi voltai.

'Cazzo'.

«Hai bisogno di accendere?»

Le mie mani fecero da scudo insieme alle sue mentre avvicinavo la sigaretta alla fiamma. Lasciai che la boccata di fumo mi arrivasse ai polmoni e poi soffiai piano.

«Grazie» dissi.

Aidan mi sorrise. Salì un altro gradino e si avviò verso il portone.

«Aidan, io...»

Si fermò. Mi alzai, infilandomi la giacca. Aspirai un altro tiro e poi ricominciai a parlare.

«Avevi ragione tu...»

«Ho sempre ragione io» disse con un sorriso furbo. «Su cosa?»

Lasciai che la sua voce mi entrasse dentro. Aidan era bello come lo era stato sempre, anche se qualcosa aveva finito per indurirlo ancora di più. Ma i suoi occhi blu, nei quali avevo visto riflessa la luce di mille molotov, erano più tristi di come li ricordavo.

«Ho visto i delfini» dissi. «I delfini nel Foyle».

Mi sorrise. Gettai a terra la sigaretta fumata a metà.

Entrammo di nuovo in chiesa. Tutti avevano cominciato a prendere posto.

«Mi sei mancato». Orla gettò le braccia intorno al collo di Aidan.

«Anche tu».

Ci sedemmo sulla panca in prima fila.

Il chiacchiericcio si fermò. Il silenzio venne interrotto solamente da un tuono che fece vibrare le vetrate. Poi l'organo iniziò a suonare. Mi voltai all'improvviso, perché qualcosa di scuro mi aveva avvinghiato il cuore. La vidi. Era in piedi, accanto alla porta, coperta dallo stesso scialle nero. Nella mano grinzosa reggeva il bastone. I suoi occhi non guardavano nulla, come fossero ciechi. Erano fissi altrove, lì dove io non potevo guardare.

'La Banshee di Tory Island'.

Tremavo. La mia mano cercò quella di Aidan e lui la strinse.

Un attimo prima che il prete iniziasse a parlare, Aidan affondò la testa tra i miei capelli.

«Continuo ad amarti, Saoirse Doyle» mi sussurrò.

Le lacrime gli rigavano il volto. I suoi occhi fissarono l'altare.

Eravamo tutti eroi.

Ringraziamenti

Grazie ad Arianna, la mia agente. La nostra storia d'amore è iniziata con un 'signorina, ma che bomba'. È stata la prima a credere in questa storia quando aveva ancora un titolo bruttissimo. Non so se sa che mi ha cambiato la vita.

Ci sono sogni che ti permetti di fare e poi c'è sempre quel sogno segreto e intimo di cui non parli con nessuno, su cui non ti azzardi neanche a indugiare con il pensiero per troppo tempo. Fare della scrittura un lavoro era quel sogno lì. Arianna l'ha scovato e l'ha reso reale. Mi sembra ancora di fare una cosa pazzesca, come se di mestiere facessi il pirata.

Grazie ad Alessandra, la mia editor. Ci siamo capite da subito e abbiamo lavorato spalla a spalla guardando nella stessa direzione. È una fortuna rara di cui sono consapevole e immensamente grata. Senza di lei, questo lavoro non sarebbe stato possibile.

Grazie a Francesca e a tutta la squadra di Salani per la fiducia e per le ali. Non ho mai volato così libera sapendo che c'era sempre un nido a cui poter tornare quando ero stanca.

Grazie a Marco Peano, perché anni fa mi scrisse delle parole che cambiarono la mia vita. Alla fine, l'ho fatto davvero: ho iniziato a vivere come se la scrittura fosse l'unica cosa che contasse davvero.

Grazie a C.T., perché ha fatto per me una cosa grandissima, senza saperlo. Ha riparato una scissione enorme e ha reso possibile l'intero.

Grazie a Cesca, perché mentre stavo per varcare la soglia di una porta, mi ha aperto la sua. Mi ha dato la possibilità di fare la scelta migliore.

Grazie a Giorgia, perché sa sognare sempre al posto mio.

Grazie a Derry, che mi ha accolta ogni volta che ne avevo bisogno.

È lì che raccolgo le storie che racconto, attorno ai tavolini di un pub con una pinta di Guinness in mano.

Grazie a Gi, che sarà sempre la mia storia d'amore preferita.

NELLA STESSA COLLANA:

- Erin Doom, *Fabbricante di lacrime*
- Erin Doom, *Nel modo in cui cade la neve*
- A.J. Foster, *Dangerously Mine. Pericolosamente mio*
- Carrie Leighton, *Better. Collisione*
- Rokia, *The Truth Untold. La verità nascosta*
- Malorie Blackman, *Pari e Dispari. Noughts & Crosses*
- F. Vanessa Arcadipane, *Inferorum Gemmae Saga* (4 voll.)
- A.J. Foster, *Strangely Mine. Stranamente mio*
- Carrie Leighton, *Better. Dannazione*
- Valentina Ferraro, *Wings*
- Carola Lovering, *Tell Me Lies. Dimmi bugie*
- Erin Doom, *Stigma*
- Rokia, *Sindrome*
- Lynn Painter, *Better Than The Movies. Meglio che nei film*
- Marilena Barbagallo, *Stuck*

PEFC
PEFC/18-31-226

Certificato PEFC

Questo prodotto è realizzato con materia prima da foreste gestite in maniera sostenibile e da fonti controllate

www.pefc.it

Questo libro è stampato col sole

GRAFICA VENETA

Azienda carbon-free

Fotocomposizione: Alessio Scordamaglia

Finito di stampare
nel mese di settembre 2023
per conto della Adriano Salani Editore s.u.r.l.
da Grafica Veneta S.p.A. di Trebaseleghe (PD)
Printed in Italy